中国当代
作家小说集

常芳

著

蝴蝶飞舞

HUDIE FEIWU

中国文史出版社

图书在版编目（ＣＩＰ）数据

蝴蝶飞舞 / 常芳著. -- 北京 ： 中国文史出版社，
2020.3
（"锐势力"中国当代作家小说集）
ISBN 978-7-5205-1988-5

Ⅰ．①蝴… Ⅱ．①常… Ⅲ．①中篇小说－小说集－中
国－当代②短篇小说－小说集－中国－当代 Ⅳ.
① I247.7

中国版本图书馆 CIP 数据核字(2020)第 034063 号

责任编辑：全秋生

出版发行：中国文史出版社
地　　址：北京市海淀区西八里庄路 69 号　　邮编：100142
电　　话：010－81136602　　81136603　　81136606（发行部）
传　　真：010－81136655
印　　装：北京温林源印刷有限公司
经　　销：全国新华书店
开　　本：787×1092　　1/16
印　　张：15.75　　字数：248千字
版　　次：2020 年 6 月北京第 1 版
印　　次：2020 年 6 月第 1 次印刷
定　　价：49.80 元

为有源头活水来（总序）

温亚军

以网络为主流传播媒介的这个时代，文学所面临的挑战、创作的生长点以及得失，大家时常挂在嘴边，却无能为力。是的，我们对自己也是有提醒的，对文学的新动向应该进行反思，对其有一个清晰、全面的认识，并做出客观的评价。比如对现实生活中矛盾的大胆触及，注重塑造转型期新的人物形象，区别与以往人物性格的重复，增加时代内容的融入，社会气息的强化，平凡的人物性格等多样性与更新趋势方面，虽然不是为了迎合，但是否有所改观？我们对网络的冲击除了接受，别无他法，可始终在安慰自己，纸质阅读带给人的精神愉悦，总好过徜徉在俗世里平庸琐碎的纷纷扰扰。而清浅淡远的生活，也终是热爱生命的人殊途同归的期冀。那好吧，我们还在坚持纯文学创作的这群人，最终发现希望值得等待，有些失望也值得经历。

"锐势力·中国当代作家小说集"是中国文史出版社推出的一套品牌图书，在纯文学日渐式微、图书市场极其疲软的今天，该社编辑全秋生谋篇布局、倾心打造，为致力于中短篇小说创作的实力派作家提供一个展露成绩的阵地。众所周知，网络横行的此时，纸质阅读的空间几乎日渐稀薄，尤其文学作品，这是个不得不承认的事实。作为责编，全秋生先生坚持纯文学本心，坚守纯文学出版平台，他编辑这套丛书所面临的各方压力，未来市场的销售难度有多大，我们是可以想象到的。但他还是冒着风险坚持下来，并且在选择作者、书籍装帧上更加严格、考究，使这套丛书日趋精致、高端大气，符合大众的品位。此举于纯文学作家的创作来说，无疑是一种福音。

"锐势力丛书"第二辑中的这八位小说家，大多人我未曾谋面，但从各类刊物中读过他们的作品。单从作品上来看，他们对小说文本的探索，有自己的理解和认识，对小说艺术的追求，有较好的能力和把握，他们创作出了无愧于小说意义的文本。可以说，他们在小说领域各有千秋，而且，有些作家已经取得了不凡的成就。

陈斌先的小说从细微处着笔，艺术地再现了生活，具有很强的思想性和艺术性。收在这本集子里的七部小说，叙述的风格不尽相同，但就其故事背后所体现的大悲悯情怀，或娓娓道来，或抽丝剥茧，或深沉哲思，都饱含深情，包括作家采撷了一个又一个生动细节，塑造的一系列鲜活的人物形象等，可以窥探出作家的艺术情怀和艺术探索。比如作者所写的寒腔，是庐剧的一种唱腔，庐剧人的寒苦，水月、长生的挣扎、坚守和追求，尤其代表物质和当下世俗层面的句一厅与水月的精神对峙等，有了较深探索。《寒砚》写老大的一次善意赠予，造成授受者精神的异化和挣扎。《操守》写卤菜摊主小昭的片刻游离所带来的痛苦和挣扎，其故事背后呈现的面貌，值得深思。

王传宏的中短篇小说大都聚焦普通人的日常生活，以冷峻而细密的笔触描摹出他们的孤独、焦虑与失望。她的小说有一种奇异的色彩，沉稳而不安，动荡而释然。那些在时间的风尘中不断挣扎的人们，被流水般的过去与梦魇般的现实牵扯着，在那团从他们的心灵深处升腾而起的雾霭里踯躅、徘徊着。而这一切，总是被王传宏拿捏得恰如其分。王传宏的文字极富张力，饱满而冷寂，紧致而悠远。里面既有不动声色的平实，也有出人意料的绚烂。作者热爱她笔下的人物，把这种热爱隐藏在自己的文字之中，极富耐心地构筑起一个个小小的世界。这其实在某种程度上也造就了她作品特有的气质，绵长而柔韧的文字中所涌动的奇光异彩。

晓秋以女性的眼光，对准她所生活的城市背景，对城市的历史和生活的整体性做着追忆式的拆解和重构。她作品里的各色人物，如时光一般缓慢，他们的心境也如缓慢流淌的河水，在沸腾的时代背景下，再怎样暗流汹涌，依然对生活抱着希望和美好的幻想。晓秋的作品注重城市的人与自然、人与历史、人与时间、人与地域的关系，将人的行动放置在阔大的文化视野中加以审视，意境由此幽远起来。她打量当下都市生活中的女性群体，她们的情感、婚姻、家庭，还有友谊，于浓密的生活质地中把握住了火候，于婚姻的烦琐里写出了练达，于微波细澜的情谊里见著温暖。

叶炜的小说创作努力拓展乡土文学的书写空间，重新反思人与土地的关系变化，其乡土叙事聚焦一个区域、一个村落和区域文化特质，呈现出独具个性的乡土书写立场和姿势。同时，叶炜的乡土小说以全景式观照和"非道德"视角审视两种方式书写民族心灵史，在人与土地关系的视野中发掘和表达乡土中国的精神存在。如何在乡土的视野中去探索乡土中国更多的书写方式与路径，是叶炜及其小说创作带给我们的重要启示。

赵剑云的创作纯真而又深刻，她的小说关注更多的是平凡人物和普通人的生活，人物很现实，事迹很平实，却以一颗悲悯之心体察生命，由此实现了对命运及时间之河中的存在之思。赵剑云在自己的小说中，强化了日常生活中的温暖和爱意。她擅写感情，尤其是爱情，她从女性视角出发，叙述当下中国人的家庭、婚姻和情感生活，追随着人物波澜起伏的情感，探寻人物或柔软或幽暗的内心世界。她细致温婉地表达了对于中国社会精神情感状态诸多缺失元素的关注，例如情感的隔膜、亲情的淡漠、友情的缺失等等。赵剑云习惯书写杯水的微澜，小事之光，生活生命中那些纤细的、毫发的温度，以及由这温度而影响到的内心，赵剑云构建的是一个有着毛茸茸质感的情感世界，她体察、审视着那些和青春相关的冲动、爱情和孤独。

曹永出道就拓土开疆，构建自己的文学地域。他建造的野马冲镇和迎春社村，俨然已成他的地理标识。在这个相对闭塞的蛮荒世界，没有常见的田园牧调，由于恶劣的自然条件和生存环境，处处展现出人类的懦弱与偏执、无助与挣扎、粗野与凶残，他们似乎永远活在压抑和焦虑之中。这片领土上居住的民众，虽然活得像野兽般坚忍顽强，但生命的质地却无比脆弱，随时有可能被意外事故所折断。曹永的小说语言朴拙，棱角分明，故事在推进过程中没有多余的渲染，显得干净利落。他作品散发出力量的冲击，以及让人震颤的审美快感。感性的生活经历和理性的社会思考，形成他独特的写作风格，也让他在有限的叙事里，展示出无限的空间。

常芳的小说有厚重的文化思考，她有着温婉的书写姿态，不动声色的价值批判，在温情与诗意的文字下，直面广阔的世界。以中篇小说《一日三餐》《你在木星上有多重》《左青龙右白虎》为代表的市民生活系列小说，以中篇小说《纸环》《撒拉弗的翅膀》《冬天我们去南方》为代表的反映当下知识分子精神困境的小说，敏锐地捕捉现实与日常生活，呈现出人的本真存在以及与这个变化世界的复杂关系。以短篇小说《蝴蝶飞舞》《白色蝌蚪》《一只乌鸦口渴了》为代表的成长小说，在关于少年们成长的小小欢乐之外，更多的是呈现时代和命运的不可抗拒，以及少年们成长路上所背负的沉重和无助。

杨帆的作品试图展示不同阶层的个体在社会环境下的际遇，人的吃饭问题、安全感、幸福指数、情感与理想等等。杨帆近年偏于社会题材，在作品中继续质疑、探讨这些问题：经济与文化、自然与社会是否可以脱离，科学、艺术能留给后代什么，在先进与传统、个人与集体之间如何前行；房屋的功能是什么，不同阶层的人能否相爱，人的物化与物的人化完成后人类将走向哪里等等。杨帆将本来沉重、严肃的命题简约到用文字叙说来表达，然后再依靠文字的奇特功效"以小见大"，从而实现自己的文学表达目的。这一从具体到抽象、再通过抽象还原到具体的技巧，使得她的作品具有较大的扩张力和震撼力。

八位作家的中短篇小说在虚构能力、人性开掘上都有值得肯定的地方，因为大家的共同坚守，使纯小说领域的色彩更加丰富。大家都知道，小说是作家想象力的产物，说的核心品质在任何时候都是复杂的，而不是简单地表达一段生活经历，或者说故事。这个时代，还在保持传统阅读的人们对小说解读或多或少存在着一些偏差，甚至带有些许鞭挞社会现象的期待和给予混浊呼吸以彻底颠覆的情绪，致使小说作品的负荷时常超重。再就是，越来越多的诱惑对作家本人的冲击，致使某些作家很难沉静下来，认真面对小说的意义去创作。加上一些读者的误读，使一些作品奋不顾身地往"真实生活"上靠拢，有些作家越写越现实，越来越缺乏想象力，使小说创作越来越没有了难度，有些基本上就是现实生活的翻版，这显然削弱了小说的实质意义。

一个作家的观感、视角，也就是一个作家的价值判断能力，或者异质性的经验，是作家对生活不断地阐释，对生活的空间以及多变的外部环境做出充分的估计，在创作中不断地加入自己的思想认识，启发他人更加自觉地去发现生活中隐秘的一些事物，这应该才是我们创作小说的初衷。

愿与诸位共勉。

2019.11.28 于京华

（作者系第三届鲁迅文学奖得主）

目录

CONTENTS

一只乌鸦口渴了

一

　　林林踢踏着地上薄薄的一层积雪，背上背着个超大的书包，犹如一只臃肿的小乌龟，慢慢腾腾地朝校门口走着。脸上的神情则像一只被大雪冻僵了翅膀的麻雀，呆头滞脑的，一出校门就滑倒在了雪地上。

　　看着包裹在红色羽绒服里、像一个红色皮球一样滚落在地上的儿子，林木想笑，又忍住了，跨前一步拉住儿子的胳膊把他拉了起来，逗着儿子说："你知道你这一屁股，压坏了多少朵漂亮的小雪花吗？"

　　林林低下头去看了看地上的积雪，有一些雪花吓得抓住了他的衣服，还有一些被他的屁股压扁了花瓣，缩头缩脑地拥挤在了一起。再看看他的脚在地上蹬出去的两条黑线，林林觉得那肯定又是另一些胆小的雪花，在忙着从他的屁股和书包底下逃跑时留下来的印迹。

　　看完地上的雪，林林暂时忘记了摔倒的不愉快。他把眼睛望向爸爸林木的眼睛，认真地问："爸爸，雪花里是不是也有爱偷懒的坏孩子？"

　　"怎么会呢。"林木弯下腰，摘下林林背上的书包，扬起一只手拍打着林林衣服上沾的雪，同样认真地说，"你想一想，它们从那么高的天空中飘下来，要走那么远的路才能降落到地上，它们是不是都是

1

非常勇敢、非常能干的好孩子？"

"他们是从多高的地方飘下来的？是神舟六号去过的地方吗？"

"神舟六号？"林木想孩子的想法真是永远让你摸不着头脑，他拍了拍林林的后背，笑着说，"神舟六号去的地方是非常遥远的太空，而雨和雪花都是从我们看见的云彩那么高的天空飘下来的。"

林林明白了似的点点头，突然又想到了什么，兴奋地看着林木，欢快地说："爸爸，今天老师给班里的小朋友发新年贺卡了，那些卡片都特别漂亮，上面还有我最喜欢的小熊泰迪。老师给班里每个小朋友都发了一张，也发给我一张。"

当了大半个学期的小学生了，林林还是像在幼儿园里一样，习惯把班上的同学称作小朋友。

林木看着儿子眼睛里面闪烁着的亮亮的光点，继续笑着说："是吗？"

林林非常认真地点着头，说："在书包里呢，我回家再拿给您和妈妈看好吗？老师说了，只有那些学习上不偷懒的好孩子，和跳舞跳得好的孩子，才能得到新年的礼物。爸爸，我没跳舞，但我是个不偷懒的好孩子，对吗？"

林木把两只大手插进林林的腋下，托住他飞速地旋转了一圈，玩了一个开飞机的游戏，声音愉快地说："当然，你每天都在用功地读书呀，写字呀，怎么会是偷懒的坏孩子呢，你是一个非常能干的好孩子。"

"可是，今天还是有好几个小朋友不愿意和我玩，他们说我昨天跑出去小便的时候，老师说我是个偷懒的孩子。他们说他们不和偷懒的坏孩子一起玩。"林林脸上的表情风起云涌，他使劲地挤了挤眼睛，然后是鼻子和嘴巴飞快地跟在眼睛后面扭动起来。

"你又是在老师上课的时候去小便的吗？"林木不无担心地问。从入学到现在，因为不能适应小学的生活，林林在上课的时候总是在教室里走动，或者趁老师在多媒体及黑板上教学生写字的时候，独自跑到院子里去玩，林木的手机就三天两头地接到班主任于老师的电话。尽管于老师在电话里什么也看不见，林木还是赔足了笑脸，不停地说好话，给于老师道歉，然后表决心似的向于老师保证回家好好教育孩子，下次一定不让他再在课堂上捣乱，影响其他的孩子学习。但林木每次的保证，几乎都是空话，用不了三天，林木肯定就会准时地接到于老师打来的电话，弄得林木一听到于老师的声音就心慌，每回都是硬着头皮，听凭于老师在那里发牢骚。每次接完于老师的电话，林木都会坐在那里发半天的愣，觉得事情不可思议得厉害，儿子在幼儿园时是多么乖巧的一个孩子，几乎天天都被阿姨表扬着，一进了小学，儿子怎么就像魔术师大变活人一样，完全变了模样呢？这段日子，于老师的电话明显地少了，但林木的心却悬得更厉害了，他发现儿子的眼睛、鼻子和嘴巴，像是被一根看不见的线串在了一起，而那根线在串起了林林的眼睛、鼻子和嘴巴之后，就反复地把玩着同一个动作：抽紧、松开，再抽紧、再松开。

林林看着爸爸，又快速地挤了一下眼睛，抽动了一下鼻子和嘴巴，一脸委屈地说："于老师在课间里一直让我们抄生词，不让我们下课，谁都不能离开位子去喝水和小便。"

"老师一直不给你们课间吗？为什么呢？"林木看着儿子的眼睛，问。脑子里却在想老师怎么会不给学生课间休息呢，一年级的孩子，还不至于紧张到连课间都没有吧。

"我们不知道。"林林说，"您去问我们老师吧。我们的年级主任问于老师为什么不给我们课间，于老师就说我们不需要课间。她还说我们这些小屁孩，什么都不懂。爸爸，我们的于老师是不是非常狠？"

林木没想到儿子会用"狠"字来形容他们的老师，就沉吟了一下，在考虑选择什么合适的词来回答儿子的这个问题，然后才说："不是的。

3

老师说你们不需要课间，肯定是在和你们的年级主任开玩笑，因为大人之间说话经常会开一些玩笑。她说你们是小屁孩的时候呢，我觉得应该是她对你们的一种昵称，就好像妈妈说你小蜗牛小坏蛋什么的，是一个意思。"

林林说："肯定不是。我们老师说话的时候，脸上一直都没有笑。妈妈说我是小蜗牛和小坏蛋的时候，都是笑着说的。并且，老师还说我们什么都不懂。"

"是这样。"林木说，"人和人的性格是不一样的。你妈妈是个爱笑的人，所以她说话总是带着笑；而你们的老师呢，是一个不爱笑的人，所以她说话就不喜欢带笑。你们现在才读一年级，就是有很多东西都不懂。因为不懂，爸爸妈妈才把你们送到学校里来，让你们学习那些你们现在还不懂的东西。"

林林仰着头，看着林木的脸，说："我喜欢和妈妈一样爱笑的老师。我们老师生气的时候，就摔小朋友的课本，把课本摔到后边去了，还让小朋友站到后边去听课。老师每次生气，我们心里都特别害怕。"

"老师为什么生气呢？"林木担心那个被摔了课本的孩子就是林林自己，于是便用一种成人的狡猾引导着儿子问，"是不是小朋友不认真听老师讲课，在课堂上来回地走动，或是偷偷跑到院子里去玩，老师才生气了？"

"没有，他小声和同桌说了一句话，老师就生气了，就把他的书扔了。"

林木摸着儿子的脑袋，问："老师上课的时候，你觉得小朋友在下面说话对吗？"

"不对。老师说了，只有外国的孩子才可以在课堂上随便说话，或者去厕所。"林林说完，又仰头看着林木问，"爸爸，我为什么不是一个外国的孩子？"

4

林木在儿子的屁股上拍了一巴掌，笑着说："等爸爸有了钱，把你送到美国去留学，你就和那些在中国的外国孩子一样，是一个外国的孩子了。"

二

吃饭的时候，林木看见老婆杜泽一直在盯着儿子看，就猜测老婆肯定是在儿子身上看出什么问题来了。

最近一段日子，林木发现儿子挤眉弄眼的动作越来越严重了，频率不断地在加快，好像他的眼睛里落满了灰尘，鼻子和嘴巴上爬满了蚂蚁，他要不停地用力地挤眼睛，扭动鼻子和嘴巴，才能把那些灰尘和蚂蚁赶出他的眼睛、嘴巴和鼻子。但是，那些灰尘和蚂蚁，却不管你的眼睛、嘴巴和鼻子愿不愿意，它们只是固执地，乐此不疲地爬来爬去，重复着它们自己的游戏。看着儿子脸上的表情，林木一直在忧心忡忡，偷偷地揣测儿子不会是得了多动症吧？林木听人说过，现在平均每十多个孩子里，差不多就会有一个患多动症的孩子，并且男孩子的比例还远远地超过了女孩子。林木一直想不明白，现在生活条件好了，个个孩子都被宠得上了天，想伸手摘天上的月亮，家长就不敢塞给他一颗星星。哪像他们小时候啊，大人上班去了，把他们随便往家里往门口一扔，他们就成了一块没人管没人问的石头和瓦块，一天不喝一口水，家长也顾不上过问。现在的孩子什么都不缺了，要风有风，要雨有雨，就差能架一架梯子，让他们爬到云层里，在棉花一样的云彩垛上翻跟头玩了。物质上什么东西都不缺了，都应有尽有了，怪毛病竟也跟着层出不穷了，什么自闭症，什么多动症，听听，这是些什么稀奇古怪的毛病？

这些天，林木一直在单位里忙事。说是在忙单位里的事，其实就是在单位里耗的时间相对长了点，出去吃吃喝喝的时候少了点。林木在市新闻出版局报刊处工作，是个位置排在最后的副处长。上一周，处长老宋在众人毫无心理准备的状态下，突然就被"双规"了，跟着就传出了他贪污受贿金额竟然高达二三百万元的说法。处里的一干人在面面相觑之后，紧接着人人心里都敲起了自己的一面小鼓，有人如坐针毡，有人如临末日，有人暗自得意。当然，暗自得意者，都是老宋的一些对立面，事情很明显，老宋倒下去了，他们当中肯定就会有人时来运转，等来出头之日了。但得意归得意，他们的得意里恐怕也会掺着几分说不清楚的惶然。想想，能混到他们这个份上的人，能有几个是傻瓜？所以每个人心里都很清楚，如果细究起来，只要手里有一分权限的，哪个不是拿着自己手里的桃子，在想方设法地去交换别人手里的苹果？林木就曾听下边上来的人说过，说他们那儿的乡镇里，有的镇长为了谋得镇党委书记一职，就敢拿着百八十万的钱，四处去跑门子。设想一个镇长，如果不是搜刮民脂民膏，他上哪里能弄来上百万的钱，去买什么锦绣前程。

在处里，林木评价自己应该是最老实的一个人了，但他也不敢说自己的手里就没拿过不该拿的东西。人都是有攀比心理的，都是一样的人，手里各有权力，凭什么你能拿的东西，我就不能拿？眼下，处长被"双规"的这几天里，整个处里表面上看还是一副风平浪静的样子，但众人心里都玻璃般透明，说大家个个犹如惊弓之鸟，人人自危，各自在心里清算自己，一点都不过分。

林木对自己清算的结果是，如果上头不掀起整个缸底来刮泥沙，他一个排名最末的小副处，就会有惊无险。不比别处的，就比比老宋那二三百万，自己零零碎碎占的十万八万，算个屁！恐怕说出来还会被人当作不同的笑柄，来笑话你的无能。林木就已经被老婆杜泽笑话过无数次了。林木有个同学在市粮食局工作，原来也是个副处，和林木平级，但他到下边的县粮食局当了三年局长，再回来，官立马升了一格不算，谁也不知道他腰里肥了多少圈，大家知道的，是他光房子就一下子买了三套。那天林木回家一说他的这个同学，老婆杜泽就轻蔑地从鼻子里往外哼了一声，说人家的粮食里能往外生虫子，虫子吃了大量的库损，产生了高蛋白，人吃了高蛋白的虫子，还有不把人养肥的道理。另外恐怕还有你没听说的呢，那些虫子都敢把国家粮食储备库里的粮食吃光了你信不信？一旦有上级领导来检查，他们就会连夜往储备库里运饲料，甚至沙子，来填充粮仓，当作粮食。你们新闻出版局有什么，即使那些烂纸堆里能生出几条虫子来，还等着你这只鸟张嘴去啄了？

被人嘲笑的滋味固然不好受，但现在，和被"双规"起来的老宋比一比，林木觉得被嘲笑的滋味还是舒服和熨帖多了，起码它还不妨碍你自由地晒太阳，随便地打开房间的任何一扇窗子，自由地呼吸着来自东南西北任何一个方向的新鲜空气，偶尔还能捎带着听几声清脆悦耳的鸟鸣。尽管美妙的鸟鸣声和这样那样的奢侈品比起来算不得什么，甚至在欣赏这些大自然的馈赠时你也许还带有一些盲目的、自娱自乐的满足和嘲弄，但有时候，能听着鸟鸣声，在鸟鸣声里看着鸟儿一下一下自由扇动的翅膀，看着明媚的阳光和空气在鸟的翅膀上流动和荡漾，你就不能不相信这也是一种天大的幸福。

今天，处里新来了一个头头，大家的位置都没有什么变化。一直巴望着借此机会能升一升的两个副处也没达到预想的目的，但工作总算重新恢复到了往日的层面上，一切又都按部就班地运转起来。林木自己的心里松了一口气，他相信处里每个人的心里，现在一定都跟自己一样，都在暗暗地松了一口气。他能感觉到，这些天一直冰一样僵着的空气，已经慢慢地开始流动了，走廊里来回走动的脚步又渐渐地多了。而在前些天，整个处里人的膀胱好像都普遍变大了，厕所是能不去就免了。

心里没负担了，松缓了，下午去接儿子的时候，林木的眼睛就重新注意到了儿子拼命挤巴眼睛、扭动鼻子和嘴巴的毛病了。带着儿子往家走的路上，林木一直在想回家后怎么和老婆说儿子挤眉弄眼的事，怎么抽空带着儿子去医院里找医生咨询一下，看看儿子的这些状况，到底是不是多动症的征兆。回家后，他还没想出来怎么开口和老婆说呢，看老婆杜泽在饭桌上的情形，他觉得杜泽好像也已经注意到儿子脸上那些夸张的舞蹈动作了。

果然，杜泽收拾完桌子，安排好儿子去写作业，走过来就一屁股挤在了林木身边的沙发里。林木知道，老婆往他这里一挤，就是有事情要和他说了，老婆不和他说事情的时候，从来都是坐在面对着电视的沙发上，和儿子占据着那个长沙发。

杜泽一坐到林木身边，就把林木眼前的报纸推开了，然后按着报纸的一个角，朝儿子卧室的门看了一眼，声音低小而惊惧地问林木："你看见儿子脸上的表情没有？他挤眉弄眼的动作，怎么像是脸上爬满了虫子或是沾满了蜘蛛网？再回头联想一下老师说的，他平时在学校里的那些表现，你觉得儿子的动作和报纸上说的一些多动症的症状，是不是有点相似？"

"别瞎想，我们的儿子既没有早产，也没有受伤或者铅中毒，更没有家祖病史，怎么可能得那么时髦的毛病。"林木看着老婆的神情，忽然改变了主意。故意抖了抖报纸，装出了一副若无其事的样子。

杜泽盯了他半天，又追问了一句："真的不是？"

"肯定不是。不过，我们还是应该找个时间，带着他去看看医生，问问医生孩子挤眉弄眼的毛病都是什么原因引起来的。"林木说完，又把眼睛盯在了报纸上，心不在焉地浏览着一些娱乐新闻。

杜泽半信半疑地跟着说："是要找医生去看看。"

林木早就预料到了，老婆一旦注意到儿子挤眉弄眼的动作，反应就一定不会是一般地强烈。现在，她就连声音都变了。林木想他刚才若是附和了杜泽的意思，她大概又一夜都不能睡着觉了。杜泽从怀了儿子起，不知怎么就落了个莫名其妙的怪毛病，一激动夜里就睡不着觉，睡不着觉就会满屋子里转圈。她不停止转圈，林木就不能睡觉，要一直坐在那里看着她没完没了地转。等她什么时候转累了，被林木哄孩子一样哄上床，天也快亮了。林木本来以为儿子出生后，杜泽的这个毛病就会好的，谁知道现在儿子都读小学了，杜泽这个毛病还是根深蒂固地长在她身上。尤其是和儿子有关的一些事情，比如儿子生病了，受了什么委屈了，她一知道，夜里马上就会进入不眠的状态，里里外外地转个不停。如果是在他们原先的房子里转，林木觉得心里还能承受，但在现在这个逼仄的小房子里一转起来，杜泽的整个人就好像是在林木的心里转起了陀螺，转得林木心里塞满了黏稠的东西，怎么努力都不能畅通地呼吸。所以，在现在这个家里，林木更是从来都不敢说不敢做那些让杜泽激动的事情，特别是和儿子有关的事情。

　　他们现在住的这个房子，是为了儿子上学专门租的，一个五十平方米的两居室，面积还没有他们家房子的零头大。更要命的是，还黑着个厅，青天白日的也需要开着灯，才能看清楚那些茶杯之类的小东西上绘的是什么模样什么颜色的图案，弄得他讨厌透了礼拜天，每个礼拜天都不愿在家里待着。但杜泽在周末里给孩子报了美术、数学和英语补习班，林木既不能和杜泽带着儿子去他的父母家，又不能和杜泽去她的父母家。星期天杜泽陪着儿子去学习，林木出去多了，哪怕说是去了他们原先的房子里，杜泽都会一脸狐疑地胡乱猜测，说他星期天都不在家里待着，是不是什么时候在外面种了桃树，现在桃树开花了，所以他要跑来跑去地当护花使者？林木说还等着桃树开花呢，不等我把桃核埋在地里，恐怕桃仁就被你砸出来做了咸菜。林木不能解释说他是不喜欢现在的黑厅才不在家的，如果他这么说，杜泽肯定就会不断找他的碴，在夜里睡不着觉了。这个房子是杜泽找来的，找到房子那天，杜泽像赚了一个天大的便宜，在电话里说房子的内部和外在环境差是差了点，但这样的房子，假如是晚了一步，恐怕也租不到了。"我和房东刚签完协议，就又有两个人找了来。房东说要不是和我签了合同，他的房子每个月多租两百元肯定都不会有问题。"杜泽兴高采烈地说。

他们家原先住的房子是局里统一购买的，室内面积就有一百六十多平方米，四室两厅，光线通透，光客厅的面积就差不多有现在这个房子大。有时候，林木在夜里醒来，看着这个狭窄的空间，左想右想都想不通，不明白他们放着那么大的房子不住，为什么非要跑到这个狭促的地方来。难道儿子进了这所学校，就真能成了龙，不进这所学校，就一辈子没出息？但是这样的话，你和杜泽怎么讲也不会讲明白。杜泽的理论和她的时尚衣服一样，一套一套的，层出不穷。你一开口，杜泽就会说：好学校和一般的学校就是有差别，你承认也好不承认也好，这是一个客观存在的事实。好比盖茨的微软公司，它制造出的电脑软件就是世界一流的产品，这一点是谁都不可能否认的。现在的条件和环境允许孩子有更好的学习空间，别人的孩子都在选择最好的学校，我们的孩子为什么要在起跑线上就输给他的同龄人？

从去年开始，杜泽就在为儿子的择校问题纠缠不清了。儿子林林现在进的这所学校，是全市最好的一所小学，一些来这座城市工作的外国人的孩子，都在这所学校里学习。也就是这些外国人的孩子，无形中就提升了这所学校的知名度和进门槛的价钱：所有户口不在这个片区的孩子，要想进这所学校，就必须交十万块钱的择校费。林木始终想不明白，中国人崇洋媚外的毛病到底要到一个什么年代才可以改掉，他们广泛地认为，凡是有外国人存在的地方，就一定是个天堂，他们如果不挤破脑袋钻进去，就显得他们没本事，没能耐，就会在众人面前丢尽了高贵的颜面。

杜泽一提出来要儿子进这所学校，林木就笑了，说："进一个小学就交十万块钱的择校费，这是不是太荒唐了？我读到了硕士毕业，也没花上这么多钱。如果这样一路择下去，等孩子上完了学，还不把我们的骨头都榨干了，磨成了骨粉。"

杜泽说："别的我都不管，我就是要我的儿子进最好的学校，从小学的第一天开始，就享受到本地区内最好的教育。"

林木说："咱们不能因为这所学校里有几个外国人的孩子，因为它收费一流，就认为它的教育质量也是一流的，最好的，是与国际教育接轨的。"

"最起码，它的各种硬件设施和师资力量，在全市都是一流的。当然，更重要的，还是那些孩子的素质和背景，你想想，能送孩子进这所学校的家长，他们是不是都是社会上出类拔萃的精英人物？而人是会受环境影响的，一个孩子从小就被一种精英意识熏陶着，对他将来一生的发展，肯定都是至关重要的。"杜泽逼视着林木，说，"如果这样的学校都不能令人满意，你完全可以想象那些普通的学校会是什么情况。稍微有点智商的人只要转动一下脑子，就可想而知了。"

"你整天就知道背景。如果孩子进了这所小学，我们手里肯定就空了，以后怎么办？"林木想我也愿意让孩子进最好的学校，受一流的教育，可问题的关键是，这最好的学校不是人人都能进得起的。当贵族需要资本，向贵族靠拢，同样是需要资本的。而这个资本，不是人人都能承受和消费得起的。

杜泽不屑一顾地说："现在谁不明白靠山吃山靠海吃海的道理。人家能用各种各样的手段去交换想要得到的东西，你手里管着报纸杂志，就不能在上面做做文章？"

三

白天一层薄薄的雪打了底子，夜里竟又不声不响地下了一场几年不见的大雪。早上，林木被隔着窗纱的玻璃窗子上的白亮光晃醒，就断定夜里一定又下雪了，并且，凭他的经验完全还可以想象得出，这雪至少会是一场中雪。他从床上下来，走到窗子前拉开一点窗帘，推开窗子，眼睛就看见了一个银装素裹的、晶晶亮的世界。一夜之间，所有的楼房、街道、树木，以及那些干枯的花草，它们集体和天空密谋着，联手制造出了一个神话般的奇迹，制造出了一个满园花开的春天景象。只是这个春天是特别的，所有盛开的花朵在这个春天里都是洁白的、素雅的、高贵的。

林木在窗子前站着，眼睛从高处的树上垂落到雪地上，又从雪地上回溯到树上，然后慢慢地在一些树木上跳跃起来。他的眼睛在树木上跳跃着，是因为他看见了几只麻雀在树木上跳跃着。看见麻雀，他又莫名其妙地联想到了鲁迅，想到了鲁迅描写在雪地上捕麻雀的那篇文章。他想他可以想象出鲁迅文章里写的那些在雪地上支起箩筐捕麻雀的情景，可以想象出捕麻雀时的快乐，是因为他曾经在童年里跟着一些大孩子捕捉过麻雀。但是，他的儿子林林从来没在雪地上玩过任何游戏，没在雪地上玩过游戏的儿子长大后再读到鲁迅的这篇文章，还能够想象出在雪地上捕麻雀的情景和捕麻雀时的快乐吗？林木觉得这跟人没有翅膀，根本无法真正地去想象小鸟飞翔的感觉是一样的。

想到这些，林木突然有些替儿子惋惜，甚至还夹杂着些许的伤心和难过。在杜泽的威逼利诱下，儿子三岁的时候，就已经能背诵几十首古诗和《三字经》了，四岁的时候，就能够把世界上几乎所有汽车的标志都认出来，各种各样的玩具汽车摆满了屋子。但是，儿子至今却没能在泥巴里打过一个滚，没在草地里爬过一次，没在真正的大自然里纵情地疯玩过一次，甚至没畅快地淋过一场雨，没赤脚在地上走过。他的童年是装在一个玻璃盒子里的，是干净的，是极其精致的，却也因此丧失了真正的快乐。

细碎的雪花还在空中零零散散地飘着，看上去好像一个人不愿意离开另一个人时的光景，动作和神态不免都有些缠绵般的留恋，有些依依不舍。林木从麻雀跳跃的树上收回眼睛，关上窗子，转身朝儿子的卧室走去。现在没有鲁迅文章里那些笋筐之类捕麻雀的工具，不能带着儿子去捕麻雀，但至少，他可以趁着厚厚的大雪，带着儿子到楼下去打打雪仗，堆一堆雪人，让儿子去体验一把他小时候堆雪人打雪仗的快乐吧。

林林横在小床上，被子又被他踹在了地上。林木把被子捡起来，盖在儿子的身上，然后拍打着儿子的小屁股，说："起来了儿子，起来，外面下大雪了，爸爸带你到楼下堆雪人去。"

林林睁开眼睛，听明白爸爸要带他下楼去堆雪人，马上就兴奋得在床上跳了起来，问林木堆雪人都要什么工具。林木举起两只手，在林林眼前晃了晃，诙谐地说："这就是工具。"

林林想了想，说："是不是还需要一个红鼻子和两只大眼睛？电视里的雪娃娃，就有一个红红的大鼻子和两只非常大的黑眼睛。"

"那你想想，我们用什么来做雪人的鼻子和眼睛呢？"林木逗着儿子。

林林使劲挤了下眼睛，快速地抽动了一下鼻子和嘴巴，才说："我们用妈妈买的胡萝卜做雪人的鼻子，用围棋的黑棋子做雪人的眼睛，好不好爸爸？"

林木冲着儿子点点头，赞同地说："这个主意不错，爸爸这里基本上同意了。你现在的任务就是去把妈妈喊起来，让她给我们爷俩做早饭。吃完早饭，我们就到楼下堆雪人去。"

"我们现在就去堆雪人好不好？妈妈知道了，肯定又不让我们下去？"林林雀跃着，一脸期待地看着林木，看林木在摇头，马上又说，"求求你了爸爸，现在就去吧。"

"好吧。"林木对着儿子挤了下眼睛，用一副同谋的口气说，"那你赶快穿好衣服，然后找好棋子，爸爸现在去厨房里找胡萝卜。"

自从住到这里，除了来回地接送孩子上学，平时杜泽很少带着孩子在楼下走动，更不准林林和周围住户的孩子打交道。杜泽的理由很简单也很充分，但却有些千丝万缕的意味，就是这里的老住户，对他们这些来此给孩子择校上学的人，都充满了敌视的情绪。林木听杜泽解释完理由，有些不以为然地说："我们择校花了我们自己的钱，又不是花了他们兜里的钱，与他们有什么关系？既然与他们没有关系，他们为什么又要敌视我们。这会不会又是你考虑得太多，结果把自己弄得草木皆兵了？"

杜泽斜睨了一眼林木，说："副处长大人，你能不能开动一下你尊贵的脑子去想一想？我们的孩子来这里择校上学，是没花了他们的钱，但是我们的孩子来上学，是不是在一定的意义上侵犯了他们的利益？"

"侵犯了他们什么利益？"林木一时没反应过来，看着老婆，被弄得一头雾水。

杜泽说："一所学校本身就那么大的容量，多一个择校的孩子进入这所学校，这所学校在这片区域里接收的孩子，是不是就相应地减少一个名额？"

林木明白过来，若有所思地点点头，笑着说："想想，好像是这么回事。"

"不是好像，而是就是。"杜泽掌握了真理似的，一字一顿地说。

"但是，这是学校的行为，不能怪我们。学校多接收一个择校生，他们相应地就会多收入十万块钱的择校费。而他们在辖区内接收一名学生，除了学费，他们收不到任何一分额外的钱。"林木说。

杜泽说："问题是他们不这样认为。他们认为，如果我们都不来择校，学校到哪里收费去？没人前来择校，学校方面自然而然地就只能招收本辖区的孩子了。所以，这里的人理所当然地把愤怒加在了我们身上，认为是我们破坏了整个游戏的规则，而不是学校方面。"

林木讥讽地说："愤怒就由着他们愤怒去吧，这个世界上要愤怒的事情多了。这有些东西，他们改变不了，我们也改变不了。如果全中国所有的学校都是平等的，都是一流的，我们的脑子又没毛病，又没被尿水泡得脑萎缩了，我们干吗要拿着大把大把的钱，往哗哗流淌的水里扔着砸水花玩。我们的钱要是实在多得没地方花了，就跟那些腐败的人学着，到澳门去赌上几圈，刺激刺激神经好不好。"

杜泽不喜欢林木后边的这个比喻，不满地说："你最好再到我们公司里去过过电，那样可能更刺激，并且会刺激得火花四溅。"

"火花四溅的是现代人的欲望。"林木说完，看见杜泽在那里笑，知道自己的话着了杜泽的道，就不再理她，让她自己在那里独自得意。林木想，现在的人为了追求一己的私欲和部门利益的最大化，哪个部门不是在想尽办法损人利己？在这个意义上，包括杜泽他们的电力公司，包括那些把房价哄抬上天的房地产商，当然还有电信跟铁路这些权力和行业的垄断者，说到底，他们扮演的都是掠夺者的角色。

吃过早饭，林木带着儿子来到楼下，雪地上已经有好几个孩子在那里堆雪人了。门口两边的位置分别被两个男孩子占了去，他们正红着鼻子和小手，认真而细致地拍打着雪人的身子。每拍打一下，雪人的身上就会留下他们一个小小的手印，清晰，透明，似乎还在散发着他们温润的体温。随着那些拍打出来的手印，雪人好像被他们挠了腋窝，似乎在不停地颤动着，和他们一起嘻嘻哈哈地笑着。特别是门右边那个孩子，把雪人堆得无比大，雪人的身子看上去都夸张得有点东倒西歪了。大概因为干得太卖力了，孩子的头上已经热得出了汗，所以他索性就把帽子摘了下来，扔在了雪人的一边，倒好像是雪人的帽子在前仰后合的大笑中，一不小心被大风给吹落了。

看了一会那个孩子和他堆的巨大雪人，林木就带着儿子来到了一个花坛边，在靠近花坛的地方选了一个位置。花坛里原来挺立着一些枯萎的、在深秋里没来得及凋谢的月季花，现在，它们早已经暗淡枯萎的花朵，在夜里被白色的雪花神奇地包裹修饰了一番，就又重新获得了生机勃勃的生命一般，在若有若无的、淡淡的、清冷的太阳光里，惊世骇俗地张扬着它们白色的花朵，仿佛周身都在闪着熠熠的光辉了。

林木先是领着林林围着花坛转了一圈，让林林去找一找雪地上有没有麻雀呀、小老鼠呀、小猫和小狗留下的花脚印。林林独自围着花坛转了半圈，在雪地上踩下了一长串他自己的脚印，却没找到一种爸爸让他找的动物脚印，就折回来，看着林木说："爸爸，那些小动物是不是都被大雪冻坏了，躲在家里不敢出来了？"

林木看着儿子用力挤在一起的眼睛，笑着说："很有可能。它们都怕冷，没有林林勇敢，所以，就躲在家里不敢出来了。"然后又诱导着林林说，"你知道麻雀的脚印是什么样子吗？"

林林自负地说："我当然知道，麻雀的脚印是竹子的，小猫和小狗的脚印是梅花的。"想了想，带着试探的性质说，"小老鼠的脚印也是竹子的吧？"

林木抓起一把雪朝林林的身上投去，一边哈哈地笑着说："笨蛋儿子，小老鼠的脚印怎么会是竹子的呢。一会回家好好想想去。"

林林只想着堆雪人，对其他的好像都没有兴趣。他毫无兴致地往爸爸的身上撒了一把雪，急不可耐地说："爸爸，我们不打雪仗了，快点堆雪人好吗？"

林木假装抵挡着儿子撒过来的雪，蹲下来，从地上捧起一捧雪，看着林林说："儿子，看好了，爸爸现在要给你变魔术啦。"说着，两只手像捂住了一只小鸟似的捂在一起，把雪捂在了手心里，然后拢着手用力地挤压起来。

　　林林看见爸爸的两只大手用力地挤压着手里的雪，再摊开手掌时，手里的雪居然就变成了一个圆圆的、结实的雪球。林林扭动了一下嘴巴和鼻子，说："爸爸，我也能捂出这样的雪球来吗？"

　　"当然能。"林木又从地上捧起一捧雪，示意林林也捧起一捧来，学着他的样子捂在手里，然后就开始示范着怎么用力。但林林捂着两只小手努力挤压了半天，跟着爸爸摊开手时，手里的雪球还是随着他松开的手一下子散开了。

　　因为着急，林林的眼睛鼻子和嘴巴瞬间就拥挤在了一起，整个面部表情就像是一群孩子在舞台上尽情地表演着一场近似疯狂的摇滚乐。林木看着儿子脸上倏忽间扭结在一起，又在瞬息间分散开的五官，心里也跟着他扭结起来，觉得无论如何也得去医院给儿子看医生了。

　　林木扔下手里的雪球，重新捧起一捧雪，鼓励着林林说："儿子，别着急，像爸爸这样，把身上所有的劲都往手心使，就一定能成功。来，学着爸爸的样子，再试一次。"

　　林林受到了爸爸的鼓舞，迟迟疑疑着捧起了一捧雪，看着林木。林木扔下了手里的雪，把自己的两只大手捂在了林林的手上，嘴里喊着："一、二、三，和爸爸一起使劲。"

　　喊完了口号，示意儿子松开手，林林手里原本松散的雪就变成了一个结结实实的小雪球。

　　林林有些兴奋看着手里的雪球，突然冲着林木快乐地尖叫起来："爸爸，我成功了，我成功了，我能做出雪球来了！"

　　跟着儿子笑着，林木同样欢快地说："下面，我们就要把这个雪球滚大，开始做雪人了。"

堆完了雪人，林林兴奋地跑到门口那个堆大雪人的男孩子跟前，看见那个男孩子正在用冬青树的叶子给雪人做眼睛，就显摆地说："我和爸爸的雪人已经堆完了，我们是用围棋子做的眼睛。我这里还有黑棋子，送给你的雪人做眼睛好吗？"

男孩子抬起头来横了林林一眼，蛮横地说："谁用你的烂棋子，一边去。"

林林讨好地说："树叶子做眼睛不好看，故事书里只有大灰狼才闪着绿眼睛呢。"

"你才是大灰狼呢。"男孩子给雪人做完了冬青树叶子的眼睛，又开始用几张显然是从婚礼上捡回来的彩色纸条，在那里给雪人贴着红色的鼻子。

男孩子不愿和林林玩，林林讨了个没趣，就把眼睛看向了爸爸林木，想从爸爸那里得到援助。林木觉得这个孩子有些意思，就走到男孩子跟前，蹲下来，看着男孩子说："小弟弟只是说你的雪人用树叶子做眼睛不好看，想把他的棋子给你用，你怎么就说他是大灰狼呢。"

男孩子歪着头看着林木，毫不畏惧地说："你们就是大灰狼。我妈妈说了，你们这些有钱人跑到这里来上学，让我们这些住在校门口的孩子都进不了好学校，你们就是大灰狼。"

林林挤着眼睛，扭动着鼻子和嘴巴，看着林木，疑惑地问："爸爸，我们是有钱人吗？有钱人不好吗？小哥哥为什么要骂有钱人是大灰狼？"

林木的情绪一下子被这个堆雪人的孩子扫得一落千丈。他一直认为杜泽叨叨的那些稀奇古怪的想法，都是杜泽自己闲得无聊、夜里睡不着觉瞎琢磨出来的，都是她自寻烦恼。没想到，现在竟连这么一个不足十岁的小孩子，都对他们的到来充满了敌视和仇恨。

看看那个堆雪人的孩子，再看看儿子脸上起伏不定的表情，林木心里的懊恼情绪开始层层叠加，想自己真是比眼前吊着一把青草的驴子还要蠢上几分，开始怎么就同意了杜泽给孩子择校这个荒唐的想法。

四

听见杜泽趴在窗子上喊他们上楼，林木一边带儿子往楼上走，心里一边憋气，觉得给儿子择校可能是他迄今为止做得最没脑子的一件事了。名声大的学校怎么了，名声大就一定是好学校，好学校就一定适合所有的孩子？自己在上大学之前，从来就没有进过任何一所重点学校，最后还不是所向披靡，一路顺风顺水地考进了名牌大学，读到了硕士毕业。现在，假如儿子进的是离家最近的一所普通小学，而不是因为择校，忽然住进了这样一个陌生的环境里，丢失了他原来所有的小伙伴，他挤眉弄眼的毛病也许就不会有了。这真是应了古人的一句话：劳民伤财。往深层里想想，又何止是劳了民，简直就是在毁民。

杜泽已经打开了门，看着林木和儿子进来，就有些幸灾乐祸地说："回来了，两只大灰狼。现在领教到这些土著居民的厉害了吧？"

林木白了杜泽一眼，没好气地说："还不是我们自讨的没趣。孩子放了学，连个一起玩的伙伴都找不着，天天回来趴在电视上和电视节目赛跑。"

"那有什么。"杜泽说，"孩子在学校里有那么多背景好的同学，已经足够他交流的了。和这些低素质家庭出来的孩子混在一起，能学到什么？你刚才已经领教过了，只能学着他们尖酸、刻薄和嫉妒，骂比他们强的人是大灰狼。"

"你哪儿就比别人强了？你以为工作比别人舒服一点，收入比别人高一点，吃的穿的比别人好一点，为儿子择了一所花钱多的学校，

19

你就比别人高贵了？你高贵，高贵得过英国西班牙的那些王室贵族？你富有，富有得过李嘉诚？纯粹就是一种畸形的心理在作祟！"

搬到现在的住处后，林木发现杜泽也开始有点装腔作势了。而林木平时最看不惯的，就是那些装腔作势的女人。一个女人，浅薄或者无知固然可怕，但更可怕的还是她的装腔作势、盲目攀比、随波逐流、自以为是。今天认为风头上的东西就是普天底下最好的东西，不抓在手里似乎就没命了；明天又跟在潮流的屁股后头，颠颠地认为怀旧的东西才是弥足珍贵的；天天忙活得像一场旋风，刮来刮去地找不到东西南北，却偏偏还把东西南北统统地拿了来，当作她找不到东西南北的可恶理由。

杜泽看着林木满脸的愠色，听他讲完了一长串讥诮的话，哼哼地冷笑了两声，笑完了，直视着林木的眼睛说："林木先生，您的演讲结束了吗？请问我的心理怎么就畸形了？正是因为我没有那些王室贵族们高贵，没有那个李嘉诚富有，我才希望我的孩子能享受到一流的教育，将来能比我高贵，能比我富有。我错了吗？"

"你没错。"林木说，"我的意思是，我们首先要放下自己的姿态，让孩子在这里尽可能地多找到几个伙伴。他要在这里度过六年时间，六年是一个什么概念？六年对于漫长的历史可能是个一闪而过的瞬间，但对于儿子，六年就表明他接下来的所有童年及少年时光，都是立体地和这个地方链接在一起的。而他人生的许多东西，也都要在这六年里形成最初的模型。你总不能让他天天关在家里，时刻和电视电脑做伴吧？人是需要群体组织的动物,对于需要群体组织的动物来说，世界上没有什么比孤独这件事本身更可怕了。你不看看，孩子从来到这里后，天天关在笼子里，都变成什么样子了。"

杜泽显然是被林木的话激怒了，她继续冷笑着，说："林木你这样说简直就是可笑至极！这所学校每年招收五六百名新生，但在这片区域里却只招收一百个孩子，其他四五百个孩子都是来择校的，为什么别人就没有考虑孩子的这些问题，没有认为自己的孩子不和学校外的孩子来往就不能健康地成长了。你觉得孩子在学校里的那个群体还不够庞大吗？"

"孩子和孩子不一样，个体之间是有差异的。别人没考虑这些问题，是别人还没意识到孩子的成长到底需要什么，他不是只需要阳光和雨水，他还需要其他大量的微量元素，而这些微量元素，不是仅仅选择一所好学校就能解决的。还有，别人家可能还没遇上我们这样的问题，他们的孩子可能没和我们的孩子这样——不适应这里的环境。"林木差点就说出别人的孩子没和我们的孩子这样，已经开始严重地挤眉弄眼了。林木还想说，杜泽你看看，我们的儿子现在不仅仅是在上课的时间里自由地走动，在课堂上随意地喊叫，在老师讲课的时间里随便跑到教室外面去瞎溜达那样简单了。他瞅了一眼站立在一旁看着他们争论的孩子，软了口气说，"新年期间，我们不讨论这些头疼的问题了好不好。"

杜泽说："我没要和你讨论这些莫名其妙的问题，是你下楼堆了一个雪人，被雪人在背后头踢疼了尾巴，上来就疯狗似的乱咬人。"

一年四季，不论在家里还是在办公室里，林木每天上午都习惯喝一杯速溶咖啡。现在，他不想再和杜泽没完没了地打口水战，在这些没有结论的事情上浪费精力，就扔下手里胡乱翻着的报纸，站起来去冲咖啡。

林木正在往咖啡杯里倒着水，就听见林林在有板有眼地对杜泽说："妈妈，你真傻，雪人根本就不会动，怎么会过来踢爸爸的屁股。还有，爸爸是人，又不是大灰狼，怎么会有尾巴呢。不信你就和爸爸一起洗一次澡，看看爸爸的屁股。"

杜泽和林木都被儿子一本正经的话逗笑了。林木搅着咖啡扫了一眼杜泽，说："还是儿子英明。怎么样，乱打比方，遭到儿子最高权威的反驳了吧。"

林林却在那里换了话题，盯着林木说："爸爸，如果我是爸爸，我一定会在楼下踢那个小哥哥的臭屁股一脚。"

杜泽一愣，说："为什么呀？"

林林说："因为他一次都没和我玩过呀。不和我玩，还敢说我们是大灰狼。"

"如果他和你一起玩，你就允许他说我们是大灰狼吗？"林木饶有兴趣地看着儿子，问。

"对呀。"林林说，"我还可以装作大灰狼的样子，和他一起做游戏，堆雪人。"

林木说："你想和他们一起玩吗？"

"想呀。"林林使劲地点头，脸上立即呈现出一脸渴望的神态。

杜泽瞪着林木，不耐烦地说："你别在这里诱导孩子了行不行。"然后走到林林跟前，竭力哄着他说，"儿子，今天想要什么样的新年礼物？我们现在就让爸爸带着去买好不好？"

林林仰头望着杜泽的眼睛，嗫嚅着声音说："妈妈，我想和楼下的小朋友一起堆雪人。"

杜泽拧回身子，冷着脸子横了林木一眼，愤愤地说道："这回你应该得意了吧？"

林木端着咖啡，没去回应杜泽横眉冷对千夫指的脸子和质问，而是笑着对林林说："一会爸爸喝完了咖啡，就再带着你下楼堆雪人去。我们要堆一个世界上最好看的雪人，让楼下所有的小朋友，都希望加入我们的队伍，和我们一起来堆雪人。"

林林担心地说："如果他们都不想怎么办？"

"他们一定会想的。"林木郑重地看着儿子，信心十足地说，"他们就是不来和我们一起堆，心里也一定是特别想的。儿子，相信爸爸。"

从林林在课堂上来回地走动，林木第一次被于老师打电话叫到学校开始，他就一直在想，或许，从杜泽提出来要给儿子选择这所学校来读小学的那一天起，他们的日子就已经从平平静静的岸上，彻底地迈进了无人知道深浅的水里。

过完春节，春天的第一串柳芽刚在柳条上泛出了浅浅的一抹茸绿，林木就被杜泽催着，开始为儿子上学的事情奔忙了。除了工作和为了工作必不可少的应酬外，林木剩下来的所有精力，几乎都花在了这件事上。杜泽虽然不参与实质性操作，但她实际上所操的心和付出的心血，一点也不比林木少。不仅不少，甚至可能还要比林木多出多少倍去。每天下班回到家里，在饭桌上或者床上，杜泽说得最多的一件事情，肯定就是儿子上学的事。有好几次，林木正和杜泽做着那事，做着做着，杜泽就推着林木停了下来，眼睛盯着林木问："儿子上学的事情现在怎么样了？"

林木非常气恼地说："现在说这个问题，你煞不煞风景？"杜泽的行为，几乎让林木好气又好笑到忍无可忍的地步了。因为儿子上学择校的事，杜泽大概已经自我折磨得大脑神经都有了问题，最后直接导致的后果，就是她做其他任何事情，都不能专心致志了。有几次，林木看见杜泽在厨房里择菜，择着择着，就把好的菜扔进了垃圾筐里，把那些黄的烂的菜叶子统统地扔进了水池子里。更可怕的，是她步行走着路，都能直直地往人家停着的汽车上撞。

杜泽却在坚持着问："你快说呀，孩子上学的事到底怎么样了？"

林木正在劲头上呢，就软了声恳求道："正做着呢，我们能不能做完了再说？"

杜泽说："还是你先说了再做。要不我就不能一心一意地做。"

假如林木想尽快地接着进行正在做着的事情，应付说正在办着呢，你等着孩子到时候去上学就行了。杜泽一听事情还没有彻底准确无误地确定下来，就说："到底有没有把握？不行就再换个人问问？"

假如林木说刚找了一个人，现在正跟校长联系着呢。杜泽就说："能不能把校长约出来一块吃个饭，咱们详细地问问学校的情况，也听听她最终的意思。"

类似的问题一开了头，就会像毛衣上的线扣一样，心事重重的，一个钩着一个，就把两个人正在做的那事慢慢地淡化出了主题，退成了一个模糊的背景，每次都弄得林木像是大海退潮后露出来的一片沙滩，赤裸而尴尬地晾在那里，不知道怎么进和退。结果就是每次的结局几乎都是不欢而散：爱没做成，两个人却都生了一肚子闷气，像两只煮熟的大虾，各自弯了身子，脸朝外弓着。

有时候，林木看着两个人赤裸的身子躺在那里生气，也会觉得事情滑稽得都快成趣事了。一个小孩子到了该上学的年龄去上学，这原本是一件简单至极的事情，但是，现在，这件原本简单的事情，一个本来不是问题的问题，却被他们自己人为地弄成了一个大麻烦，一个大问题。这个问题不仅影响到了他们日常的工作，还严重地影响到了他们夫妻在床上的感情。一件原本简单的事情最后弄成了这样，你说可笑不可笑？

更令人气恼的是，你无论怎么认为事情可笑，心里怎么憋气，事情还得继续去办。不仅要办，而且还要尽可能地想尽一切能想的办法，尽快地去落实好。因为事情一天办不好，杜泽的心思就一天不会过得安宁，杜泽不安宁，他们的日子就一定不会安宁。林木觉得孩子上学的事情简直就成了他们家庭生活中一枚不定时的炸弹，说不上什么时间，什么地点，它就会在他的生活里炸开，把他炸得支离破碎，没头没脑。

那段日子，林木最恐惧的就是杜泽的电话和下班后往家走。每天下了班，他都磨磨蹭蹭地留在办公室里，等别人都走了，他不是到网上胡乱地浏览一些乱七八糟的东西消磨时间,就是四处打电话约饭局,能人为地制造一些晚回家的理由,就坚决做到不早回家。

和杜泽又一次因为床上那事赌气后,林木第二天下班后就又磨蹭到了八九点,才起身关了办公室的灯往外走。没承想到了电梯口,竟遇到了处长老宋。进了电梯,老宋在电梯狭窄的空间里反复地看了林木几次,突然关切地问道:"是不是最近工作上遇到了什么麻烦?这些天,我可是一直觉得你脸色不怎么好看。"

林木心想天天和老婆因为孩子上学的事赌气,脸色能好看吗,但嘴里说:"工作上没什么困难,可能是最近休息得不太好。"

"是不是身体缺乏锻炼了?"老宋说,"以后你早上得跑步,跑步是最好的有氧运动,对心脏大脑等各个器官都有好处,对膝关节也好,还能减肥、降血脂,比任何运动的益处都多。你没发现,现在院子里那些大头头们上班下班都喜欢步行着走。"

走出电梯,老宋又想起了什么似的,停下步子等了下林木,扭头说道:"唉,你那孩子今年是不是要入学,准备进哪所小学?咱们附近的那所小学是万万不能去。现在那里的好老师都走光了,尽剩下些老教师和新来的,老的教育方式早过时了,新来的呢又一点教学经验都没有。好孩子交到他们手上,一准会被他们给毁了。"

林木说:"杜泽听人说绿地小学是全市最好的小学,就一门心思地想让孩子到那里去。但那里的择校费太贵了,交十万,没有关系还进不去。"

老宋说:"找到关系了?"

林木摇摇头,说:"正因为这事,杜泽天天和我赌气。"

"你怎么不早吱声。"老宋说,"这点小事,早吱了声,还用和老婆赌气了。"

"您那里有关系?"林木跟了一句,心想没有过硬的关系,恐怕

25

谁也一样白搭。

老宋说："咱们手里不是有报社吗，没有关系，现找关系也来得及，这事我给你办了。你准备准备，咱们下周在全市各报社再来一次医疗广告检查，再不整治一遍，这些医疗广告又弄虚作假没谱得厉害了。"

五

新年后的第二个星期二，林木又在中午接到了于老师打来的电话。林木一听是于老师，心里立马就条件反射地跳了两下，想不出儿子在课堂上又制造出了什么状况，逼迫得于老师又来找家长训话。

儿子入学后的这几个月，林木觉得自己的神经都快绷断了。上班下班的时间里，无论他在干着什么，只要电话或者手机一响，他脑子里马上想到的就是：电话是不是又是儿子学校里打来的？有时候，他一听是于老师的声音，就觉得空气都被弄得稀薄了，稀薄得他喘口气都要拼尽了力气。

林木觉得于老师这次的冲天怒气似乎不同于任何一次，因为隔着电话线，他就闻到了一股子头发都被怒火烤焦的味道。果然，于老师连一句前缀都没有，直接就说："林林的家长，您能不能配合一次我们的工作，给我们一次面子？就算我个人恳求您了好不好！"

林木忙赔起了笑脸，小心地说："于老师，请您先消消气好吗？我这里先给您道歉，您说孩子他又怎么了？我们一定会配合。"

于老师连珠炮似的轰道："我也不愿意天天找你们这些家长，讨你们家长的嫌，但您孩子今天的行为实在是太出格了，出格得让人实在是不能承受了。这几天，新加坡有所小学来我们学校交流访问，今天，校长特地安排新加坡来的两位老师带着孩子到我们班级里来听课，四十分钟的课，您知道您的孩子跑出去几次吗？我说了您都不会相信，一堂课，他竟然跑出去了四次。最有意思的是，他每次出去，都会去弄一个雪球回来，放到新加坡小朋友的手里，说小雪球在雪地里滚成大雪球后，就可以堆成雪人了，还问人家会不会堆雪人。您说，假如是您在上这样一堂课，您能不能讲下去？"

林木脑袋里嗡嗡地响着，连声地给于老师道歉。然后，林木说："我在新年的假期里带他堆过几次雪人，孩子可能就迷上了堆雪人的游戏。今天早上看见了大雪，就要堆完了雪人再去上学。另外，他曾经说过班里的孩子都不喜欢和他玩，所以，我想，是不是看见来了陌生的孩子，他就想用这个话题去和他们交朋友。"

于老师发了一阵子火，大概也发够了，声音听上去似乎就和缓了一些，她说："我能不能给您提个讨人嫌的建议？"

"您有什么建议，就请您直说。"林木恭恭敬敬地说。

"我是想。"于老师停顿了一下，才说，"我想您是不是该抽个时间，带着孩子去看看心理医生？我教了十多年的小学了，每年的新生里都能遇到几个好动的孩子，但像您孩子这样过分的，愈演愈烈的，说实话是不多。我还想问您一句，您孩子左手拇指和食指的指甲，您平时给他修剪过吗？"

尽管林木早就上网证实过了，知道现在多动症儿童的患病率在国外是百分之五到百分之十，在国内也占到了全体小学生的百分之一到百分之十，但林木没有去反驳于老师关于这种多动的孩子是多还是少的问题，这些现在都不在他关心的范围之内，他眼下唯一需要关心的，只是他的儿子林林。林木疑惑着问："给孩子修剪指甲的事一直都是孩子的妈妈在做。孩子好动，和指甲之间还有什么关系吗？"

"这样给您说吧，您的孩子在课堂上不打扰别人的时候，就一定是在反复地咬着自己的指甲。另外,您最近发现孩子脸上的表情了吗？他似乎总是在那里不停地挤眉弄眼，抽鼻子扭嘴巴地做怪样，弄得好多孩子都跟在他后边偷偷地学他的模样,结果是好多家长都打来电话,质问我学校里什么时候开了教孩子挤眉弄眼的课。"

于老师的怒气似乎又在随着她高扬的语调慢慢地膨胀了起来,林木眼前又飘动起一个被气体吹得巨大的气球,不断膨胀的气球让林木心里紧了又紧,老觉得那随时都可能"嘭"的一声炸开来的气球碎片,随时都有散落下来崩得他满脸开花的危险。

要不是一直担心着儿子下课后的情况,林木实在不想再听这个女人叨叨了。一个身心都健康的孩子,读了几个月的小学就弄出了这么一身怪毛病,你们这些为人师表者,敢说孩子现在的状况与你们没有一点关系?如果孩子第一次在课堂上弄出怪声、第一次在教室里来回地走动、第一次跑出教室去玩的时候,你们这些老师能用一颗热忱的爱心去关心他,爱护他,而不是拿着他在孩子们中间去做反面的教材,用不负责任的眼光和语言去斥责他,去鼓动其他的孩子疏离他,他能是今天的状态?

林木试探着问:"那孩子,现在在干什么呢?"

于老师显然听出了林木话里的意思,就带着一种嘲弄的口气说:"孩子当然是在上课,您以为我们还会虐待您的孩子吗?孩子的表现无论怎么样,最后还不都是我们这些做老师的没有教好孩子。"

林木说:"于老师您理解错了,我不是这个意思。我的意思是,我马上要去开一个会,如果您让我现在过去,可能会有些困难。"

于老师刻薄地说:"我知道你们家长都很忙。在你们家长那里,孩子交到学校,你们的任务就已经完成了,老师想找你们家长谈个话,通个气,交流交流孩子的情况,你们就会有一千条一万条的理由来推诿。但是,请问一下,是您的会议重要呢,还是您的孩子重要?孩子归根到底是您的。"

林木想,放下花了大笔的钱不说,我早上把一个身心健康的孩子交给了学校，交给了你们老师，你们就有绝对责任，在每天下午把一个身心都健康的孩子还给我。但是他嘴里却还是道出了一串的歉，赔了几火车皮的不是，并且答应下午接孩子的时候，一定先去找老师面谈，这才让于老师气咻咻地撤了线。

挂了电话，林木走到窗前拉开一扇窗子，把脑袋往窗外探了探，想让窗外凛冽的寒风平息一下烦乱的心情。办公楼下一株身材瘦小的玉兰树上，积雪正在随着风的摇动，在一小坨一小坨地往下落着，像一个调皮的孩子，把手里的雪砸向更低矮一些的灌木丛上。这个冬天里，雪神好像遇上了什么天大的喜事，然后拿着雪花当了礼花，雪就一场接着一场地下，新年的积雪还在那些低矮的树木间没消融干净，昨天夜里又落下了一场铺天盖地的大雪。早上下了楼，林林一眼看见了大雪，就拉着林木要去堆雪人。林木说你现在要去上学呢，堆完雪人就迟到了。林林想了想，说下午放了学，你再带着我来堆雪人好不好？林木看着儿子兴奋的眼神，说好啊，下午咱们放了学就来堆雪人。

看着一些在清扫积雪的工人，林木心想要不是这场大雪，儿子也许就不会在课堂上跑出去，捂了雪球去给新加坡的孩子玩，然后再让于老师气势汹汹地来找他了。但是，在更深层的意义上，孩子的做法也许并没有错，是学校里根本就没想到，假如让老师带着孩子们和新加坡来的孩子一起，到雪地里去共同做一场玩雪的游戏呢，那样的交流是不是会更有意思？

关窗子时，林木不由得骂了一句：他妈的什么破学校，简直是金玉其外。

坐到桌子前，林木忽然想到花钱买罪受和聪明反被聪明误这两句话，越想越来气，抄起电话就想找杜泽。拿着电话想了想，觉得找到杜泽也只能是惹得两个人都生气，就又放下了。电话是放下了，心里对杜泽的抱怨却是有增无减，要不是她盲目攀比，一心要把孩子送进什么一流的学校，去享受什么一流的教育，能把孩子折腾得都有可能得多动症了？更可恶的是，老师还能像狱警训犯人似的，随时都能把你揪过来，给你上一堂不能对抗政府的教育课，这是什么道理！

整个上午和下午，林木的心情都像外面伪装得极好的天气，看着晴朗朗的，阳光也在普照，暖意融融的样子，但在僻静处，在太阳的光线扫描不到的角角落落，细风却无声无息地，一刀子一刀子地割着人的肌肤。

林木考虑了好几套方案，先是想要不要去找校长，给孩子换个班级，换个老师，并且想到了孩子换班级后的种种可能性。比如在一个对孩子充满爱心和呵护的老师面前，儿子有没有可能会慢慢地改掉身上的这些毛病，进入正常学习的状态。但是想了一圈，还是觉得这个方案不太可行。换了班级，如果遇上一个和于老师一样的老师呢，怎么办？林木听其他处里一个处长说过，他的孩子曾经就有过这种情况，因为孩子在课堂上乱说话，老师就不停地体罚孩子，有一次被他看见了，就把情况反映给了校长，校长没及时地处理这件事，他有点拢不住火了，一气之下找到了教育局。在教育局的干涉下，孩子的班级换是很快换了，但孩子换到新的班级里，新的老师对孩子的行为却一直采取放任自流的态度，记不记作业都不管不问。后来他知道了，打电话找校长，没想到校长的话会令他后背都在发凉。校长说您太让我们为难了，我们的老师管多了，你们家长本事大，一句话就能把我们学校告到教育局里去；现在老师都不敢管了，您看看，这又成了您的把柄。那个处长说完了，看着林木，说林处你听听，他们这些逻辑，还是为人师表的逻辑吗，简直和那些强盗逻辑没有什么区别，我只是要求他们别体罚孩子，并不是要求他们不管孩子的学习，最后弄得孩子走到学校门口就打哆嗦。后来转学一年了，都没调整过来。

左思右想，林木觉得还是不敢贸然去涉这个险。万一重蹈了那个处长孩子的覆辙，事情的结局就可能和他的孩子一样，完全彻底地毁了孩子。

后来林木又想是不是干脆给儿子转所学校，搬回他们原来的家，让孩子进他们家附近那所普通的小学。孩子回到了从小熟悉的环境里，找回了原来的小伙伴，他的这些毛病是不是自然而然地就能得到了修复改正？但转校这个想法，杜泽那里肯定是死活也不会同意的。

晚上躺到床上，林木刚流露出一丝想给孩子转学的意思来，就遭到了杜泽的强烈反对。杜泽翻身坐起来，俯视着林木，居高临下地说："你真有意思，能不能告诉我你到底是受了什么刺激？老宋被抓起来后，你怎么三天两头地在孩子身上想一些馊主意，你不是和老宋一样贪赃枉法，也背着我窝藏了一笔赃款吧？"

林木说："放狗屁！我贪赃枉法了多少，检察院不清楚，你还不清楚？"

杜泽拍了一下林木的下巴，说："现在这个社会，谁还能相信谁。你还一直说老宋是好人呢，结果呢，还不是弄了几百万进去了。"

"一码是一码。"林木说，"要不是老宋利用报社的关系，林林能进了你想进的学校？你也看见了，当时我被你逼着找了多少关系，背着猪头都找不到庙门。"

杜泽说："那你现在怎么突然想给孩子转学？是不是和老宋的案子有什么关系。"

"你瞎琢磨什么。我是觉得孩子不适合在这里学习。还是那句老话，所谓的好学校不一定好，即使好也不一定适合所有的孩子。"林木一把推开了杜泽虎视眈眈盯着他的脸，说，"于老师今天又找我了，你知道因为什么？"

"因为什么？"林木看见杜泽一下子又紧张起来，像一只奔跑的兔子忽然看见了正瞄准自己准备射击的一杆猎枪。

"今天新加坡来的老师和孩子到他们班里去观摩听课，一堂课，儿子竟然跑出去了四趟，去弄雪球给人家新加坡的孩子玩。"

"还不是你，前几天带着他堆什么雪人，都玩疯了。现在惹出乱子来了吧。"

"我带着他堆雪人是为了培养他的注意力和耐心。"林木非常不满意杜泽的态度，好像儿子在学校里做的事情都是他事先调教和唆使的结果。停顿了几秒钟，林木才又说，"孩子现在需要一个有爱心和耐心的老师，来配合我们纠正孩子的这些毛病。"

杜泽先是盯着林木看了一会，然后说："我今天和办公室里李姐说起林林在学校里的情况，她马上就问我请老师吃饭没有。我说没有。她又问送没送礼。我说也没有。她听完就笑了，说你们也太实在了，现在哪有家长不给老师上供的。你一不请人家老师吃饭，二不给人家老师送礼，你的孩子凭什么能得到老师的特别关照。她还说即使有的老师真能做到对孩子一视同仁，但一个班上五十多个孩子，他们一眼能看得过来吗。我想想也对，要不，我们也找个机会请老师吃个饭，或者给她送点礼去？"

林木一天接受了于老师的两次训诫，心里本来就憋着火，现在一听火就蹿出来了，口气便生硬地说："我的耳朵没出什么毛病吧？孩子上学是花了钱的，家长凭什么再去给老师请客送礼？教好孩子是他们的本职工作。"

见林木还是只认一条死理，杜泽就进一步地分析说："第一，你的孩子花钱来上学是你自愿的，他们没人拿刀架在你的脖子上请你来。第二，那些钱是交到了学校的小金库里，他们老师没从你个人手里得到任何直接的好处。所以，在课堂之上和课堂之下，他们当然是既可以关心你的孩子，也可以不关心你的孩子。他们关心和不关心，你还都挑不出毛病来。你刚才不是说孩子目前最需要老师的爱心和耐心，来配合我们纠正孩子的毛病吗，也许现在正好是个机会。"

林木说："我们把孩子交给学校，交给老师，让他们教育，你知道什么是'教'吗？教在《说文解字》里的意思，就是上行下效。行是什么？行就是行为，是指教育者用自己的行为去影响被教育者，整个教育的过程应该是快乐的，是寓教于乐的，因为教后边还跟着一个育，育是什么，育就是喂养，喂养是要用爱心和耐心去做的。爱心几乎是所有动物的本能。而现在，我们的孩子在他们手里都快变成多动症患儿了，我还去给他们请客送礼？你给一群根本就没有爱心的人送了礼，他们就有真正的爱心和耐心来爱护你的孩子了？你的想法也忒天真了点吧。"

杜泽一听"多动症"几个字，立刻把请客送礼的想法扔到了九霄云外，脸色惊恐地看着林木，说："你是说，孩子真的是得了多动症？"

林木闭上眼睛说："是不是多动症，还要等看了医生再下结论。我说的是那个意思。"

杜泽摇了摇林木的胳膊，声音抖动着问："你说实话，孩子到底是不是得了多动症？"

"我当然希望不是。"林木睁开眼睛，看着眼神有些呆滞起来的杜泽，说，"别想了，现在又不能确定是或者不是，你担心不是在白担心吗。先睡觉。"

杜泽焦虑万分地说："如果是呢？如果是，怎么办呢？"

林木不耐烦地说："是或者不是，都需要去看了医生才能知道。"

"我是说，如果是呢？"杜泽固执起来，眼睛盯紧了林木，好像林木就是坐诊的医生。

林木看着杜泽，知道自己又引火上了身，这一夜，杜泽极可能又要上演一场"今夜无人入眠"的戏，梦游一样满屋子里转圈了。

六

星期六的上午，阳光温暖地照耀着一些街道、楼房、窗子和玻璃，照耀着一些树木、车辆、行人和偶尔的鸟鸣，也照耀在一片一片低矮干枯的草地上。林木给儿子挂完号，从挂号房里出来，看着在一片干草地上给麻雀喂东西吃的儿子，觉得手里的挂号单有一种特别滑稽和讽刺的意味。一个不到七岁的孩子，一个本来应该像小鸟一样叽叽喳喳地蹦跳、内心里无忧无虑、行为上无拘无束、精神上充满了喜悦和快乐的孩子，现在却要来医院看什么心理医生，看精神障碍，这不是天大的滑稽和讽刺吗？

杜泽看着林木手里的挂号单，问："挂了，什么科？"

两只麻雀一会儿飞起来，落到一棵紫薇花树萧条瘦弱的细条子上，把枝条弄得一抖一抖的，上下颤抖着，一会儿又因为贪恋林林撒在草地里的食物，径直地扑落下来，在草地里蹦蹦跳跳，寻找食物。一边寻找着食物，还不忘了抬起警惕的小脑袋，警觉地打量一下林林。林木看着儿子快乐的笑脸，说："内科。"

听见林木和杜泽说话，林林忽然从麻雀的身上抬起眼睛，向林木问道："爸爸，你能告诉我什么是霜吗？"

看着儿子一脸的好奇，林木一愣，猜不出正在喂麻雀的儿子小脑壳里为什么又会突然想到什么霜。看了一会，林木才解释说："霜是一种白色的结晶体，是气温降到零度以下时，接近地面的空气中所含的那些水汽，在地面的物体上凝结成的，有点像很小很碎的雪，太阳一出来，它们就融化了。所以呢，我们今天就看不到它了。

"如果没有太阳出来呢，它们现在是不是还在这些草地上睡觉？"

林木点点头，说："应该是这样。明天早上你早起来好吗？你早起了床，爸爸就可以带着你到楼下的花坛里，去找到那些白色的霜了。"

林林兴奋地跳了一下高，又喊了一声太好了，我明天就可以看见霜了。喊完了，看着林木手里的挂号单，好奇地问："爸爸，谁看病？是妈妈还是您？"

林木和杜泽迅速地对视了一眼，说："没人看病，我们是来给你查一查身体。"

林林侧着头想了想，说："是不是查眼睛，查身高，查体重，还拿一个漏斗一样的东西对着机器吹气，查肺活量？我们上体育课的时候，早在学校的多功能厅里查过了。我的左眼睛是五点一，右眼睛是五点二，身高是一米二六，体重是四十八斤，肺活量是三百六，老师说我的身体特别棒。"

林木说："那还是你刚入学的时候查的吧？现在都好几个月了，需要再检查一次了。"

"是不是所有的小朋友都要来查？"林林摇着头往周围看去，寻找着认识的同学。

林木笑着说："这个和学校里查的不一样，不是所有的小朋友都来查，是爸爸妈妈自己要来给你查的。从你刚一出生，爸爸妈妈每年都会带着你来这里检查。"

"那要查什么？会不会打针？我在幼儿园的时候，打针就不哭了，对吧妈妈？"林林看了看爸爸林木，又扭过头去自豪地看着妈妈杜泽，等待着杜泽的肯定。

杜泽表扬道："对呀，你是一个小男子汉了，小男子汉都是很勇敢的。所以，勇敢的男子汉打针的时候当然是不会哭的。"

"只有那些女小朋友，打针的时候才哭呢。"林林说完，又转身给两只麻雀喂食去了。

看了一会，林木发觉儿子给麻雀喂食的时候，眼睛由于一直在跟着麻雀跳跃和飞动，所以并没有像平常一样，拼命地往一起挤眼睛，鼻子嘴巴也没有扭来扭去地跳舞。

杜泽瞅了一眼林木手里的挂号单，催促道："快进去吧，不知道要不要排队。"

林木朝草地上的儿子和麻雀扬了扬下颌，示意杜泽再等一会，低声说："你看，儿子喂麻雀的时候，脸上表情多平静，那些挤眉弄眼的动作都忘了。"

杜泽观察了一会，喜出望外地看着林木，声音激动地说："真是这样。你说，儿子是不是根本就没有多……"看林木一个劲地朝孩子那里使眼色，杜泽就把后面的两个字咽了回去，接着说，"说不定我们真是虚惊一场。"

林木鼻子里哼了一声，嘲讽地说："这还不是你一贯的作风，从怀了孩子到孩子上幼儿园，到上学，一直到现在，凡是和孩子有关的事情，哪一件不是你自己先急得发了疯，然后再把我往疯里逼。"

杜泽看着全神贯注在喂麻雀的儿子，看着儿子风平浪静的小脸，没去介意林木的嘲讽，反而嘻嘻地笑着说："你到大街上随便找个人问问，现在谁不想给孩子提供一个最好的成长环境？给你摇头说不的那个人，要么就是他根本没有孩子，要么就是精神有问题。"

"少来你的三段论，这就是你给孩子提供的最好的成长环境？"林木冲着杜泽扬了扬手里的挂号单，继续带着嘲讽的口气说。

杜泽白了林木一眼，有些不悦地说："珍珠里包含了一粒沙子，它才是真正的珍珠。"

林木讥笑地说："这么说，你宁愿我们儿子是珍珠里那粒沙子？"

杜泽有点生气了，不再理林木，干脆去草地上拉了林林的手，朝门诊楼里走去。

进了门诊楼，找到伪装成内科的儿童心理保健门诊，林木推开门进去，把挂号单递给了在门口管挂号单的一个女人，看见她面前摆了厚厚的一沓子挂号单，就朝那沓挂号单指了指，问："都是看这个门诊的吗？"

女人往挂号单上写着号，抬起头来看外星人一样奇怪地扫了林木一眼，笑着反问道："您以为别的门诊会在这里排号吗？"

林木看着女人笔下写出的两个阿拉伯数字26，这才知道，门外走廊里那些形形色色、大大小小的孩子，原来都是和他儿子一样，来这里看心理门诊的。林木忽然就觉得有点触目惊心的意味，心里被结结实实地吓了一跳，扎了一刀子。心想什么是河里无鱼市上看，现在这个场面在表达着的，就是这层意思了。惊悚过后，林木心里不由得又有些愤愤然，可怜起这些孩子来。不管他们有着什么样的心理障碍，反正他们都是病了，而且，他们现在所患的心理疾病，比起那些肉体上得了疾病的孩子，其伤害不知道要严重多少倍。面对眼前这种患儿云集的现象，林木多少有了点弄不明白这些问题到底是出在了哪里，是学校出了问题，是家长出了问题，还是整个社会大环境出了问题？为什么这些本应该阳光一样明媚透彻的孩子，现在的心理上却布满了大小不一的太阳黑子？

看见林木走了出来，杜泽往前迎了两步，问："要等多长时间？"

林木朝冲走廊里沸沸扬扬的大人和孩子扬扬头，说："这些孩子都是来看这个门诊的，我们排了26号。"

杜泽惊讶地说："这些都是？怎么会这么多？"

林木心想你问我，我问谁去，是去问教育部长还是问卫生部长？于是便神情淡淡地说道："我怎么知道。"

听着林木没油没盐的声音和毫无表情的神态，杜泽以为林木还在为他们刚才在草地边上的争论生气，就不动声色地退到了一边。这些天，林木对杜泽的态度就像室外的气温，眼瞅着温度在一天一天地降低，低得杜泽也有些恼火了，怀疑林木是不是在外边有了什么事，回到家里故意借着儿子的事在无事生非。杜泽听林木说过，他那个在粮食局工作的同学在外面有了女人后，就是借口老婆在家里没管好孩子的学习，整天把家里弄得乌烟瘴气。林木现在虽然没有他同学那么大的本事在外面置宅子养女人，但找个故作高雅的女人玩玩小情小调的资本还是有的，现在，这样的女人可是像春天里那些柳絮似的，一群一群地在半空里飘着，几乎是无孔不入，只等着林木这样有点资本的男人走过时，就悄悄地依附了上去。

喊号的女人从门里伸出半个身子喊"26号，26号到了"的时候，林木刚带了儿子下楼去喂麻雀上来，站在那里和一个男人说话。那个男人的孩子同林林一样，也在不停地挤眉弄眼。他看了看自己的儿子，又看了看林林，问林木："您的孩子在哪所学校上学？"

"在绿地。"林木说，"您的孩子呢？"

男人说："我的孩子在锦绣苑小学，没办法，我们两口子都下了岗，我给人开出租，老婆在超市里干保洁，上外头择校根本花不起择校费，只能让孩子和那些外来打工人的子女混在一起。哎，绿地不是全市最好的学校吗，在最好的学校里上学，孩子也能被折腾成这样？"

林木笑了笑，说："最好的学校，并不代表他们教出的每一个孩子身心都很健康。"

男人又问："你们是花钱上的，还是住在那一片里？"

林木不知道这个人的话是什么意思，就随口说："住在那一片里。"

男人说："住在那一片里，不用交巨额的择校费，孩子被折腾成这样，心理上还能承受。听说那里择校是要交十万块钱择校费的，对吧？您想想，您要是交了十万块钱择校费，到了那里孩子又被折腾成这个样，您糟心不糟心。"

林木正不知道该怎么回答，就听那个男人忽然愤愤地骂道："他妈的，现在的教育制度已经彻底地完了。我孩子现在这个样子，就完全是被那些眼睛只盯着分数的老师迫害的。现在的学校都实行工资和教学成绩挂钩，那些外来打工人的孩子素质又差，所以那些老师对孩子就特别凶狠，孩子上课走神、说话、搞小动作，老师统统都罚孩子蹲马步。我那孩子被罚了几次，就被弄得每个星期一都会因为害怕上学生病，又吐又拉。开始我们不知道原因，带着孩子上医院来查，结果什么毛病都查不出来。后来呢，知道了又晚了，慢慢地就成现在这个样子了。"

完了又问林木："您儿子学习怎么样？"

林木摇摇头说："不是太好，中下游吧。"

男人说："我估计也是这种情况。您想想，孩子学习不好，即使那所学校的老师素质高一点，不让孩子蹲马步，恐怕也好不到哪里去，用手指头去戳戳孩子的额头，或者扭扭耳朵踢踢屁股的，这些动作肯定一样少不了。一个孤立无援的孩子，时间长了，要不被那些凶巴巴的脸色吓得挤眉弄眼才叫怪呢。"

看见杜泽的眼睛里好像突然被装进了什么恐怖的画面，脸都渐渐地变了颜色，林木就冲着那个男人笑了笑，含混地说："您这么一说，好像我们是把羊送进了虎口里。"

男人忽然笑了，说："您以为呢？我们的孩子进了学校，您还以为是把他们送进了堆满糖果的乐园里，那些老师都是看护他们的天使。"

杜泽说："我们是得仔细地问问儿子，问问他有没有被老师这样体罚过，如果他也被体罚过，我们就得去教育局讨个说法。"

林木看了一眼杜泽，说："你能不能先不激动，去看看是不是该叫到我们了？"

杜泽刚一转身，就看见喊号的女人半敞着白大褂，把半个干咸鱼一样的身子探出了门框，在那里干巴巴地喊着："26号，26号到了。"

林木带着老婆、孩子一起进了门诊室，坐在了中年女医生的一侧。

医生没急着问林木和杜泽什么问题，而是看着林林，笑着说："往前来一点，小伙子，告诉阿姨，你几岁了？"

林林看了看爸爸林木，又看了看妈妈杜泽，然后才大声地回答："七岁。"

医生又问："你平时最喜欢干什么呢？"

林林侧着小脑袋想了想，说："和爸爸堆雪人。我和爸爸堆的雪人，是世界上最漂亮的雪人，我们整幢楼上的小朋友，都趴在玻璃后边偷看呢。"

医生又问了林林几个问题，才开始问林木和杜泽一些孩子在家里和学校里的情况，然后就开始做智力测验、多动注意测验、学习能力测验、感觉统合能力测验、社会适应能力测验、心理健康状况测验，最后又做了血铅化验、家长心理健康测验以及家庭环境的测验。

林林做一项测验就提出一次抗议，说我们在学校里查体都不是这样查的，我们就去量身高、称体重、查眼睛和肺活量，根本就不用回答这些问题。

那些稀奇古怪的问题颠来倒去的，弄得林木和杜泽也有些头大，不知道那些问题能证明什么。杜泽一个劲地在看林木，林木知道她是在怀疑这些测验能找出孩子的什么病因来。林木也觉得医生好像有点故弄玄虚的意味，比如问到上课的一个问题，医生问林林，你的小手放在桌面上听课时，是右手放在上面呢，还是左手放在上面？诸如此类的问题，林木实在想不出来它能说明什么深层次的原因，和孩子的挤眉弄眼有什么关系。

林木去把血铅化验单拿来递给医生，医生看了看，说没问题，就让杜泽带着孩子出去了，示意林木留下来。林木心里一紧，不知道医生做了这一堆测验的结果会是什么，是不是孩子的问题很严重。如果不严重，医生又怎么会让杜泽带着孩子先出去呢。

医生看着林木紧张的神态，笑了笑才说："您用不着这么紧张，你们的孩子在智力、学习能力、社会适应能力和感觉统合能力上问题都不大，血铅化验中铅的含量也不超标，多动的原因看来主要是出在了心理上。"

林木心里也想稍稍松一松，但越想放松却越紧张，觉得医生不让他紧张，本身就说明他是应该紧张的。医生们就是这样，你得了一个无关紧要的病时，他们可能会给你夸张得没了边缘，让你做这样的检查那样的检查，还没查出病来，就先把你吓了个半死；可一旦你真得了这癌那癌以及诸多不治之症的时候，他们又会在你面前扇动着天使一样轻盈的翅膀，对你的病情始终轻描淡写，让你以为你真是被蚂蚁咬了一口，或者被蜜蜂踢了一脚，接下来，你正盲目乐观着，心里在精致地为往后的日子铺排着呢，却不知道上帝正拢着口，随时准备着把你头上的那一盏灯吹灭了。所以，在医院里看病，医生越是告诉你不要紧张，没什么大问题，你就越应该注意了。

林木跟着医生笑了笑，问："这么小的孩子，怎么就会出现心理问题呢？"

医生说："造成孩子心理问题的原因太多了，家庭和外在的环境，都可能造成孩子的心理紧张，而心理紧张也是会像细胞核一样不断分裂，成倍数增长的。比如你的孩子突然失去了很多的玩伴，就会由于这种突然的孤独给他造成心理紧张，这种紧张转化后，又使他对外在的环境产生一种排斥力和恐惧感，在学校里，因为新的玩伴关系一时还建立不起来，这种排斥力和恐惧感就会慢慢地蔓延到学习上，使他不停地弄出一些小动作，期望用这种破坏力赢得别人的注意。这时候，如果老师不是循循善诱、多加爱护和鼓励孩子，而是一味地批评或斥责孩子，让他的自尊心不断地受到伤害，他的这种行为就会愈演愈烈。到最后，心理压力越来越大，就使他走进一个坏孩子的陷阱里，形成

41

一种恶性的循环。"

林木小心地问："他挤眉弄眼的动作，不会是被老师吓的吧？"

医生笑着摇了摇头，声音缓慢地说："你们所有的家长，几乎都会这么问。我认为应该不是，但也不能排除个别老师的粗暴行为，有可能加重孩子的病情这个因素。但从医学的角度来说，孩子表现出来的这些毛病，其实是一件好事，是心理的一种自我调节和保护，他们通过大声说话、来回走动、无故喊叫、撕书、乱涂乱画、挤眉弄眼这些各种各样的小动作，把心理的压力排遣出来，就好比是把心理过多承受的一种电波释放了出来。我们都知道，癫痫病人就是由于大脑里的一种超强电波无法排除而导致的癫痫病发作。"

医生在低头开处方，林木又试探着问道："除了药物治疗，还有别的辅助办法吗？"

医生把处方开完，推给林木，然后看着林木说："当前最好的辅助办法，就是家长和学校尽一切可能地给孩子创造一个宽松、自由、和谐的环境，多鼓励，少批评，用爱心和耐心来慢慢地解除孩子的心理压力，增强孩子的自信心。"

林木拿了处方单往外走，心想我们做父母的当然会有用不完的爱心和耐心，但学校里的老师也会和我们一样，有用不完的爱心和耐心吗？想到于老师一贯的态度，林木觉得实在有些怀疑。

七

寒假前，学校里召开了一次一年级学生家长会。开完会，林木刚走到会场门口，就被于老师叫住了。于老师冷着一张化了淡妆的脸，说林处长您能到我们班级里去看看吗？林木不知道于老师要让他看什么，但是单看于老师的脸色，就明白于老师要他看的东西肯定和自己

42

的儿子有关，于是就跟着于老师去了他们的教室。

一进教室的门，于老师就在门口站住了，伸出一根尖细的食指，远远地指着教室后面的墙，似怒非怒、似笑非笑地说："林处长，您看见墙上涂的那些意象画了吗？那可都是林林同学今天下午的杰作。"

林木心里突然被扎了一针，他不理解地看了一眼于老师，说："孩子下午没上课吗？"

于老师脸上依然似笑非笑着，夹杂着一些让人看不明白的表情说："我都不知道该怎么和您说了。上课的时候，林林不停地在拍打桌子，我实在没法制止了，就让他单独坐到了后边。后来他不敲桌子了，就去把一面墙涂成了现在这个样子。"

见林木阴沉着脸，站在那里看着墙壁不作声，于老师摆出了一副她也深感无奈的神态，冲着林木说："您应该理解我的难处，我的班上有五十多名学生，马上就要进行考试了，我不可能只对您的一个孩子负责。"

于老师后面的话让林木很有些恼火，林木压抑了几个月的火气就要跑出来了，但想了想，他还是忍住气，把火熄了下去。为了治疗林林的多动症，林木揣着医生的诊断书和建议，挨着个地找了老师，就是希望老师们能够尽可能配合他，把孩子的多动症尽早地治疗好。而现在，他们的配合就是在孩子控制不住自己、搞一些小动作扰乱课堂秩序的时候，把孩子调出原来的位置，单独安排在后边，把他完全地孤立了起来。

看着墙壁上那些铅笔印，林木板着脸说："您放心，孩子弄脏的墙壁，我一定会在假期里找人来给您重新粉刷一遍。我想，在孩子控制不住自己的情绪时，您能不能换一种方式，而不是让他单独坐到后边去？您知道，孩子是最怕孤立的，这也正是他患多动症的原因之一。孩子在幼儿园的时候，特别乖，心理是非常健康的。"

于老师看着林木，疾言厉色地说："您的意思是说，您的孩子患了多动症，都是我们老师缺乏爱心和责任心给造成的？"

"我不是这个意思。"林木强压心里呼呼往外蹿的火苗，尽量放低声音说，"我的意思是说，好孩子都是鼓励出来的。尤其是林林现在这种情况，可能需要你们这些老师更多一些的关爱和关注，特别需要感受到一些学习中的快乐。刚才在家长会上，你们校长也讲了，你们学校的办学理念，就是让孩子享受教育，在快乐中学习。"

于老师大概意识到自己刚才的态度有些蛮横了，就恢复了一些女人的常态，声音有些温婉地说："我理解您对孩子的爱和对学校的期待，我们也想尽力地做到不让一个孩子在一年级掉队，我们在教学中千方百计地去做的，也是爱心加智慧的教育方式。但是，我在这里还是请求您做一下换位思考，想一想我们的难处，我们所有的孩子都脱离不开现行的应试教育，所以我们的教室里就不可能像国外的一些学校那样，把教室里摆满各种玩具。我们也希望每个学生的状态每天都是阳光的、愉快的，可为了应付考试，这些都是我们不可能做到的。"

一直到从教室里走出来，林木既没有再接于老师的任何话，也没有因为儿子涂乱了墙壁而向她表示道歉，他觉得真正需要道歉的，应该是这个根本就不懂得爱护孩子的女人。林木来开家长会的时候，杜泽坐在车里还专门提醒过他，让他开完会再去找一找于老师，了解一下孩子的情况，仔细地问问孩子最近这几天在学校里的表现。杜泽说："如果孩子在学校里表现得进步了，我们今天晚上就请她一起吃顿饭，谢谢她的配合。"

现在，林木想，我就是把钱扔给路边上那些拿只破碗讨钱的乞丐，或者去卖假古董的人手里买个假古董摔着玩，哪怕没处扔了扔进下水道里去，也决不会请这个女人去吃饭。

从学校里出来，一直到坐进车里，林木的脸上仍然余怒未消。杜泽见林木阴沉着脸色钻进了车里，立即神色慌张地问："见到于老师了吗？"

林木还没说话，林林就从书包里摸出一根白色的鸽子羽毛，高高地举着，大声地说："爸爸，这是我在操场边上捡到的，它是什么小鸟的羽毛？羽毛掉下来的时候小鸟会疼吗？"

林林总是这样，一双小眼睛会在路边发现各种各样他认为有趣的东西，比如在树下看见被风雨摇下来的一枚新鲜树叶子，他马上就会蹲下来，把树叶子捡起来，小心地捏着叶柄，在树干上来回地找着地方往上插，一边插，嘴里还嘟噜着"树叶子，你不要害怕"之类的话，安慰着树叶子。

"这是鸽子身上的羽毛，有可能是鸽子的嘴巴叼下来的，也有可能是羽毛自己掉的，就像你妈妈梳头发往下掉头发一样，是不会疼的。"从儿子手里接过了羽毛，林木津津有味地看了一会，又说，"知道吗儿子，世界上最早最早的蘸水笔，就是用鹅的羽毛做的。"

林林没问林木蘸水笔最先是谁发明和使用的，而是问："爸爸，你开完家长会后，有没有去我们的教室，看我在墙上画的那些画？"

林木笑着说："当然看了，还是你们于老师请爸爸去看的呢。"

"爸爸，你觉得我画得好看吗？"林林兴奋地看着林木，问。

"好看啊。"林木看了一眼杜泽，制止杜泽开口，然后继续看着儿子说，"不过呢，你如果能够把那些画画在纸上，而不是画在墙上，就更好了。"

林林说："爸爸，我下次画在纸上，画完不给老师看，放在书包里，拿回家给爸爸妈妈看，好不好？"

林木说好啊，然后又装作想起了什么，拍了下自己的额头，问道："儿子，告诉爸爸，老师上课的时候，你为什么要拍桌子呢？"

"我想唱歌，外国的小朋友想唱歌的时候，他们就这样拍桌子。"

"那你要唱什么呢？"林木又问。

林林挤着眼睛，快速地扭动了一下鼻子和嘴巴，快乐地唱道：

　　冬天的太阳大家都喜欢，

　　张老师李老师快来晒太阳，

　　晒得脸儿红通通，

　　晒得身上暖洋洋。

林林刚编了这首儿歌回家来唱的时候，林木觉得特别有意思，特别好玩，就把歌词当作短信的内容发给了几个朋友，想让他们一起享受一下孩子带来的快乐，没想到几个人收到了短信，都在最短的时间内给林木打来了电话，而且都疑神疑鬼地问林木，是不是短信内容里包含了什么暗语。林木听了他们的话，只觉得好笑和好玩，说这是我儿子编的一首儿歌，里面什么暗语也没有。放下电话，林木就想现在的人活得多累，把什么事情都往复杂里搞，一首本来充满着童真童趣的简单儿歌，通过短信的方式发给他们，也会让他们心里疑窦丛生，以为里面暗藏了什么秘密。没想到，现在，这首儿歌竟然又惹出了一次麻烦。

杜泽看了一眼林木，然后又看着儿子，有些惊奇地说："林林，这是你在幼儿园里时自己编的一首歌，你还记着呀？"

林林拿过爸爸手里的鸽子羽毛，用手里的羽毛扫着林木的鼻子，一脸向往地说："妈妈，我喜欢幼儿园，在幼儿园里，老师会带着我们不停地去晒太阳。在学校里，只有外国的小朋友才能随便去晒太阳。"

林木伸手揪了一下林林的耳朵，说："等你放了寒假，爸爸天天带你晒太阳好不好？"

林林霸气地说："不，我要和小朋友一起晒太阳。"

林林在期末考试中语文考了五十七分，数学考了三十九分，英语考了二十分。寒假里，林木拿着儿子的成绩报告单，伸到杜泽面前，哭笑不得地说:"看看,杜泽女士,这就是你选择的全市最好的学校里,一年级学生林林考出来的成绩。"

杜泽一把抓过来,有些恼怒地说:"你怎么知道他在别的学校里就不会得多动症,就不会比现在考得还差。"

"是是。"林木说,"你的选择和安排永远都是正确的。你情愿让孩子在最好的学校里承受最大的挤压,也不愿意孩子在普通的学校里多享受一分轻松。"

杜泽冷笑着说:"我想你还不会忘记在医院里遇见的那个男人吧?他的孩子是在普通的学校里,为什么他的孩子也得了多动症?"

"妈妈,什么是多动症?"林木和杜泽只顾着争执,没看见儿子早就从卧室里跑了出来。他们正愕然着,不知道怎么回答儿子,林林又说:"爸爸妈妈,老师让我们预习新书,我来给你们读新书的课文好不好?"

没等林木和杜泽点头,林林就已经大声地朗读起来:"一只乌鸦口渴了,到处找水喝……"

林木心里突然一沉,他闷闷地站起来,沉着脸色看了杜泽一眼,起身走到了窗子前。外面,纷纷扬扬的大雪已经覆盖了地面。

白 色 蝌 蚪

一

早餐前，小雷盯着厨房的门，手和舌头配合着，转身做了个往下拉的鬼脸，大雷就知道出门时要带什么了。面具是他们参加万圣节派对，剑桥英语的玛丽老师给他们的，前五十名优秀学生才可以任意挑选。

"路上注意安全。"

出门时，妈妈周盐在卧室里探出半个脑袋说。他们每天出门，妈妈都要重复一遍这句话，就像是按下放音机的按钮，放了一遍录音。妈妈有个很奇怪的名字——盐水。盐水原来的名字叫周盐，她的身份证和户口本上写的都是周盐。小雷一直没弄明白，他妈妈的那些朋友，为什么都叫她盐水。后来，他悄悄地拿着户口本给大雷看，大雷说妈妈老是在我们睡觉时偷偷地上网，"盐水"一定是妈妈的网名。

太阳带着"嗡嗡"的声响，在远处黑色的火车道上空往高处飞着，这让小雷又想起了大雷那个带着羽毛的面具。他趴在天桥漆成水蓝色的栏杆上，一只手向前伸向扑着翅膀飞奔的太阳，一只手伸向旁边的大雷，要大雷快点把面具给他。

"妈妈今天不在家，"小雷举着面具说。"你听见没有，起床的时候，妈妈说她今天要去补货。"

"听见了。"

大雷正在往脸上戴着他的羽毛面具，他尤其喜欢上面各种颜色鲜艳的漂亮羽毛。现在，那些彩色的羽毛，正在早晨灿烂的阳光和微风里，轻轻地颤动着，像一只小鸟在欢快地抖动着翅膀。

小雷看着大雷的面具说："我们不去上辅导班了好不好？"

"妈妈知道了怎么办？"

大雷的鼻子已经被几片柔软的红色羽毛遮盖住了。他额头的中间是两根绿色的长羽毛，长得已经越过了他的头顶，使他看起来好像长高了一点；两边黑色的大眼圈周围，分别是黄色、紫色、绿色和褐色的羽毛。小雷不喜欢戴羽毛的面具，他选了一个橡胶的大鬼脸。他喜欢鬼脸张开的大嘴巴，看上去异常恐怖，可以吓得严婷婷嗷嗷尖叫。

"妈妈回来的时候，天就黑了，那时候我们早回家了。"

"那——我们去哪里玩呢？"

"我还没想好"，小雷说，"你跟着我走就行。"

"我们应该先想好去哪里，然后再走。"大雷的眼睛躲在那些彩色羽毛的后面，看着小雷，"妈妈说了，不许我们乱跑。"

"我们不乱跑。"

"妈妈说严婷婷就是因为乱跑，才跑丢的。"

"老师说了，严婷婷是因为走迷了路，我们肯定不会迷路。"小雷说。

二

两个孩子出门时，周盐正在卧室里换衣服。她探着半个脑袋，看着两个孩子走出家门，心里忽然又怦怦地跳了两下。严婷婷只是个意外。她在心里安慰着自己，迅速套上裙子，走到窗前扯开纱帘，盯着

49

楼下寂静的树木和路面，等着两个孩子从楼洞里冲出来。

孩子已经读三年级了，从他们上小学的第二周起，她就没有再接送过他们，来回都由他们自己走；步行也好，坐公交车也好，两站地的路，他们愿意怎么走，就随便他们怎么走。男孩子和女孩子不一样。她一直觉得，孩子，尤其是男孩子，一定要放开养，要给他们足够的空间和自由，像山里的小野兽那样，训练出他们独自面对各种危险和挑战的胆量来。天天金丝雀似的把他们圈在笼子里，饭来张口，衣来伸手，出来进去都由人护送，不知道饥饿是什么，不知道寒冷是什么，不知道风雨是什么，这样养大的孩子，谁知道他们成人以后会是什么材料。将来有一天，比如国家需要他们站起来去保家卫国了，恐怕连个能上战场拼杀的合格士兵都做不了。和她一起经营玉石的兰姐，一说到自己的儿子，就会满脸愁苦地抱怨，说现在的孩子真是难伺候呀，小皇帝似的，冷也不行，热也不行，温也不行，暖也不行，饱也不行，饥也不行。周盐每次听着她发牢骚，嘴上不驳她什么，心里却一直忍不住想笑。过去那些小皇帝，谁去找找看，看有没有一个是现在这样娇纵着养的？他们花上比常人多十二分的气力去学本领，文韬武略差不多都堪称天下第一了，可稍一差池，仅仅是因为喜欢多写了两首诗词，或是多习了一笔字画，还未必不会成了亡国之君，猝然把手里的江山弄丢了呢。

当然，撒开养也不是就不顾他们的安危了，就会听任他们像走失的那个严婷婷，在放学回家的路上走着走着，就意外地走丢了，找不到了。

严婷婷也是绿地小学的学生，已经走失一个星期了。周盐现在担心两个孩子，是因为走丢的严婷婷和他们是一个班级的，并且，还和小雷同桌。她担心报纸和电视里对严婷婷走失后的种种猜测，会在两个孩子心里引起某种慌张和恐惧。

现在，几乎全城的人都在寻找严婷婷，关注着严婷婷。晚报上印着严婷婷，时报上印着严婷婷，电视里省台加上市台，有六个频道都在播着严婷婷。电视和报纸不一样的是，报纸上印的是严婷婷穿着花裙子的照片，电视里播的是严婷婷穿着校服在走路和挤公交车。在电视上，严婷婷从学校里出来，先是在学校跟前的公交车站点上了一辆车，上车后，她在车里使劲往后边挤着，头上的小黄帽都被挤掉了。后来，她就像一只小乌龟，背着大书包挤到了车后门，然后就一直站在那里了。电视上说这是严婷婷乘坐第一辆公交车时，车上的摄像头给她拍下来的。在这辆公交车拍下的画面里，大家会看到严婷婷弯腰捡了一次帽子，仰头挖了两次鼻孔，还皱着鼻子，大概是冲着车门口的那个摄像头，来回地吐了几下舌头。

小雷在电视里看到严婷婷的时候，说他最喜欢看严婷婷在电视里吐舌头的样子。还说她在学校里从来没有这么好玩过，像是吃辣椒被辣到了，要是摄像头再清楚一点，他们可能就会看到她眼睛里被辣出来的眼泪了。

周盐看见的不是严婷婷吐舌头的小怪模样。她关注的是在公交车上，严婷婷的四周挤满的那些又高又大的成年人。她看见，满满一车人里，居然没有一个人的目光，落到这个小女孩的身上去，看一眼她吐舌头的顽皮小动作。当然，严婷婷漂亮的大眼睛也没有去看任何人，她一直在盯着手中的小黄帽。小黄帽的帽檐，被她在手里折来折去地虐待着。后来，公交车在一个站点上停靠后，车还没有完全停稳，严婷婷就第一个跳下高高的车踏板，从车厢里跳了下去。看电视的时候，小雷一直瞪着那双大眼睛注视着严婷婷，说她怎么跳得那么快，快得就像是从水桶里逃出去的一只蝌蚪。

三

一列白色的火车从他们站立的天桥下面钻出来，一眨眼睛就跑进

51

了太阳里。大雷不想再看那些跑进太阳里去的火车和黑色铁轨，他转脸看着小雷鬼脸上的大嘴巴，伸手摸着它说："严婷婷最怕鬼了，她要是没走丢，我们上学时候带上这些鬼脸，一定会把她吓得哇哇大哭。"

"我最喜欢叼梨那个游戏。"小雷说，"你上厕所的时候，玛丽老师说，谁叼梨叼得速度快，谁就能在万圣节上实现一个心愿。"

"你许的是什么心愿？"

"让严婷婷快点回来呗，我的两支彩笔还在她那里呢。"

"你相信不相信，严婷婷是故意藏起来了？"大雷摸着鼻子上的羽毛说，"严婷婷那天说，她妈妈要和她爸爸离婚了，因为他爸爸在外面又找了个女的。"

"她早就给我说过了。"

小雷把鬼脸取下来，拿在手里看着大雷，想着他们的爸爸妈妈会不会离婚。他想大雷根本就不知道，严婷婷告诉别人的事情，在给他们说之前，早就已经给他说过了。她一定不是自己藏起来了。她要是想藏起来，事先一定会给他说的。从她告诉了同学们，她爸爸妈妈要离婚后，她就不和女同学一起玩了。"我妈妈说在这个世界上，女人最大的敌人就是女人。"严婷婷走丢那天，她看着几个嘻嘻哈哈在门口玩闹的女生，悄悄地对小雷说。

"我们到学校那里去吧？"小雷攀着桥的护栏，一跳一跳地说。

"今天又不上学，我们去学校那里干什么？"

"去那里看看小狗呗，那里有好多卖狗的，还有卖小猫的，卖金鱼的。"

大雷摇着头说："我现在不想去看狗。你说我们爸爸妈妈会不会离婚？"

"我们去看小鸟吧。"小雷不想回答大雷的问题，他探着脑袋，望着桥下面蜘蛛网似的铁轨说，"我知道一个卖鸟的市场，里面有全世界的鸟。"

大雷弹拉着面具上的橡皮筋，它刚才被他扯断了，接起来后就有点紧了。他来回弹拉着那根淡黄色的橡皮筋说："我们不会也走丢了吧？"

"我们肯定不会走丢。"小雷说，"我们是男的。"

从天桥上走下来，两个孩子像平时上学一样，肩并肩地朝前走着。他们首先经过的是一排玻璃店，玻璃店已经开门了，每家玻璃店的门口，都像他们上学路上经过时一样，竖着一面造型奇特的镜子，有些镜子里照着停在马路边拉玻璃的小货车和三轮车，有些照着绿化带里那些叶子上落了一层灰尘的冬青，还有的会照着天空和路边那些大树的树冠。在其中的一面镜子里，小雷看见了走到镜子跟前的他和大雷，大雷的脸上还是戴着那个羽毛的面具，只是，在镜子里，那个面具上的羽毛好像变长了，大雷的脸也跟着变长了。

除了镜子，每家玻璃店的门前，一定还会摆一张切割玻璃的大桌子，桌上铺着红色绿色的线毯。有时候放了学，他们就会围在某张正在切割玻璃的桌子前，看着玻璃店里的人弯着身子，在那里切割玻璃。他们看见，一支笔样的玻璃刀贴着根木尺子，在一大块玻璃上划过去，然后，那个人把玻璃刀往旁边一放，两条胳膊张开，按住玻璃用力一压，刚才划过的玻璃就被整齐地分开了。有时候，玻璃店里的人还会戴着一个防毒面具，把透明的玻璃喷成各种颜色，有红色的，有绿色的，有黑色的，有黄色的，还有金色和白色的。看见有人往玻璃上喷这些颜色的时候，他们远远地看见那些在半空中飘着往玻璃上落去的细雾，就会捂住鼻子，拼命地跑过去。但是，如果他们是在往玻璃上绘制漂亮的花朵，即便是气味难闻，他们也还是会躲在附近，选择一辆装着玻璃槽铁架子的小货车，或者是一辆过来买玻璃的小汽车旁边，眼睛一眨不眨地看着那些鲜艳的大花朵，随着飘起来的彩色雨雾，花瓣们一瓣一瓣地在玻璃上面慢慢地盛开着。

小雷叉着手指，在经过的一个鱼缸里摸了一下。鱼缸里没有水也没有鱼，也没有严婷婷喜欢画的小蝌蚪，只有阳光和空气盛在里面。"大雷，我们让妈妈买个鱼缸吧。"小雷侧着脑袋，在玻璃外面盯着他在鱼缸里游动的手指说，"我想养孔雀鱼了。"

现在，玻璃店刚刚开门，还没有人在桌子上面切割透明的玻璃，也没有人戴着难看的防毒面具，往那些透明的玻璃上喷好看的花。没有可以让他们逗留下来观看的东西，大雷就走得风快，速度差不多跟平时去上学时一样了。

"大雷，我们让妈妈买个鱼缸吧。"小雷跟在大雷后面，又说。

"我不想养鱼，我想养几只鸟，鸟有好看的羽毛。"大雷手里举着羽毛面具说。

"小鸟会在笼子里拉屎。"小雷说。

"鱼也会在鱼缸里拉屎。"

"那我也喜欢养鱼。"小雷说，"我要让妈妈买个鱼缸。"

在玻璃店的前面，过一家超市，再数到第三根电线杆，就是婚纱摄影器材城了。从婚纱摄影器材城里穿过去，再过一条马路，一片居民楼，就是他们的绿地小学。他们中午吃饭的小饭桌，就在那片居民楼当中的一栋楼里，那栋楼紧挨着学校，是他们英语老师的姐姐开的。到小饭桌里吃饭的时候，他们站在窗子跟前，就能看清楚学校里的大门和教学楼前面的操场。操场上铺着红色绿色的橡胶地面，上面画着一圈一圈白色的跑道。在操场最南边的一个角上，没铺橡胶地面的地方，有个大沙坑，女生们都喜欢在那里跳远。严婷婷就特别喜欢跳。他们在小饭桌的窗子前面往操场里看时，总是会看见吃完饭的严婷婷在那个沙坑里跳来跳去。严婷婷不在外面的小饭桌里吃饭，她是在学校里面的小饭桌里吃午饭。她悄悄地告诉小雷，她妈妈说学校外面小饭桌里做出来的饭，都是用鸡油鸭油和地沟油做的。严婷婷走丢前的一天，小雷问英语老师，他们在小饭桌里吃的饭，是不是用鸡油鸭油和地沟油做的。英语老师问他这是听谁说的？"严婷婷说，是她妈妈说的。"小雷说。英语老师看着趴在桌子上画蝌蚪的严婷婷，微笑着摸了摸她的小辫，问严婷婷，她妈妈最近是不是生病了。"我妈妈没有生病。"严婷婷摇摇头，很认真地回答英语老师。那天，小雷想了半节课，也没有想明白，英语老师为什么会问严婷婷，她妈妈是不是生病了。英语老师是英语老师，她又不是医生，可以卖治病的那些药片。

穿过婚纱摄影器材城时，大雷在一个里面摆着各种相框的店门前停下来，往里探着脑袋，指着门口相框里一幅大鸟的照片说："小雷你看，这只鸟的羽毛漂亮不漂亮？"

"我还是要养鱼。我要让妈妈买个鱼缸。"小雷靠拢过去，盯着照片上那只长着蓝色羽毛的鸟看了一眼。那是意大利的一种园丁鸟，他在电视里看到过。它们喜欢搭建漂亮的鸟窝，还喜欢把一些彩色的大理石石子和五颜六色的小东西，叼进它们的窝里。

"那好吧。"大雷说，"你让妈妈买一个鱼缸，我让妈妈买一只这样的鸟。"

"严婷婷家里养的全是孔雀鱼。"小雷说，"她那天用我的彩笔画画时，说要送给我两条孔雀鱼，现在还没送呢。"

四

阳光有种说不上来的明亮，亮得里面都带上了黑斑点。下楼后，周盐在带着黑斑点的阳光里仰头望了眼天空，又朝花坛里瞅了一眼。沙尘暴昨天晚上留在那些树木花草上的厚厚痕迹，经过了一夜后，仍然完好无损地保留在各种物体上，和阳光一起，亲热地覆盖着它们。周盐脑子里滑过了严婷婷吐着舌头的顽皮身影，这么大的沙尘暴刮起来的时候，真不知道小姑娘会在哪里。坐进车里时，周盐又想，严婷婷的妈妈在昨天晚上沙尘暴刮起来之前，一定会从医院里跑出来，戴着纱巾和口罩，一条街一条街地去寻找她的孩子。昨天到学校里去开家长会时，周盐听一些家长们在悄悄地议论，好像严婷婷的妈妈有点精神失常了，已经被送进了医院。

在严婷婷走丢后的第二天里，绿地小学就召开了全体家长会。学校里开完后，孩子所在的班级又在五天时间里开了两次，主要是班主任向家长们通报寻找严婷婷的最新进展情况，请家长们在家里认真安抚好孩子们，千万不能让他们的心里产生阴影和负担。"严婷婷的走丢只是一个偶然事件，是孩子自己在外面迷了路。绝对不是外面谣传的那样，孩子是被某些犯罪集团偷去割器官去了。这一点，请各位家长一定放心！"最后两句话，剪着短发的班主任宋老师反复强调了不下三遍。她的眼睛红红的，嗓子也有点沙哑，看不出是因为她感冒了，还是因为严婷婷走丢后，她一直没有好好休息。

周盐一直不相信，走丢的严婷婷会是被人骗去割器官卖去了。但是，兰姐相信。"宁可信其有，不可信其无。"兰姐说，"这个世界上从来没有空穴来风。前些天你在电视上也看到了，有个南方的小伙子被骗了出来，在一家黑诊所里，还不是被人把一个肾割走了。"

看着兰姐脸上的表情，周盐还是摇了摇头。"不信我们就慢慢地等着。"兰姐盯着手上新换的钻戒说，"看看近期还有没有孩子走丢，真相就大白了。"

阳光在明媚地照耀着大地，照耀着树木和花朵，也照耀着落在枝叶上的灰尘。周盐坐在车里，看了一会洒在树木上的阳光，拿出手机，想着要不要给玛丽老师打个电话过去，请玛丽在孩子到了之后给她发条信息过来。犹豫了一会，她还是把手机收了起来。草木皆兵！她笑着想。不能因为一个孩子意外走丢了，一座城市里所有的孩子，便都处在了高度戒备状态，被集体收缴了应该属于他们的自由和阳光。尤其是她的两个孩子，他们从上学第二周开始到现在，一直都是独立行动的，一年四季，风雨无阻。她应该对他们充满了信心。他们和走丢的严婷婷不同。严婷婷从上学的第一天开始，一直都是由家长接送的。严婷婷的妈妈在电视里说，她女儿走丢的那天，是严婷婷要求独自去上学的第一天。"第一天啊。我为什么要答应她，不去接送她。"那个女人在电视里泣不成声地自责，用力地抓着自己的头发。

这就是把孩子养在笼子里的后果。在电视上看到这里时，周盐一边同情着那个悲痛欲绝的女人，一边扭头看了眼自己的两个孩子。小雷看见她在看他们，从另一只沙发上跳了过来，趴在她的肩膀上说："妈妈，要是我和大雷走丢了，您是不是也会像严婷婷的妈妈这样，到电视里哭着找我们啊。"

"我才不会哭也不去找呢。"周盐说，"因为我知道，我的孩子不会走丢。"

"要是我们走丢了呢？"小雷说。

"你们不会走丢。"周盐摸着儿子的脑袋说，"你们从上学开始，每天都是自己去学校。严婷婷走丢了，是因为她从来没有自己走过路，她没有记清楚回家的路怎么走。"

"我是说，要是我们走丢了呢？"

"你们怎么会走丢呢。"周盐按摩着小雷的脑门说，"你们不会走丢的。"

小雷按住了妈妈的手，不再让她按摩。他瞪着圆圆的眼睛，扭头看了眼大雷，继续问道："为什么我们不会走丢？"

周盐假装思索了一会，拉起小雷的两只胳膊晃动着说："因为，你们是勇敢的男子汉。"

"可是，老师给我们说，我们近期去上学，最好还是要家长接送。"

大雷骑在健身球上，在旁边蹦跳着说。

"老师说的是那些一直由家长接送的孩子。"

"不是。老师说的是所有的同学。"小雷注视着周盐的眼睛固执地说，"妈妈，要是我们走丢了呢？"

周盐被小雷脸上固执的表情逗笑了，她伸手抱住了他的脑袋，在他额头上响亮地亲了一口，说："儿子，相信妈妈，我的儿子一定不会走丢的！"

五

凤凰山花鸟市场里面，根本没有大雷在摄影器材城的相框里看见的那种鸟。两个人在离开花鸟市场时，在市场门口买了两瓶阿萨姆奶茶，开始磨蹭着朝学校的方向走。

学校大门像平时那样，被一道不锈钢的推拉门严严实实地关闭着。不同的是，现在，一辆卖西瓜的大车，挡在了学校推拉门的外面。小雷绕过卖西瓜的汽车尾巴，走到推拉门前，趴在一道缝上往里看着。教学楼前没有一个人，操场上也没有一个人，只有一只躲藏着的知了，在离推拉门最近的一棵梧桐树上拼命地唱着歌。小雷仰着头在树上找了找，手掌一样的树叶子密密麻麻地遮挡着，他根本就找不到那只知了的半点影子。

离学校门口二百米远的地方，是公共汽车的一个站点。小雷和大雷一前一后上了365路公共汽车后，小雷先是站在车门口，用手指一个一个地指点着，数了一遍车上的人数。不算他和大雷，也不算司机，车上总共只有五个人，一点也不像严婷婷坐车的时候，车里挤满了大人的胳膊、腿和脑袋。数完了人，小雷才跌跌撞撞地走到大雷身边，在他后面的座位上坐下来，顺着大雷手指的方向，看着司机背后的电视。电视里一个民工，正在公共汽车里大声嚷嚷着打着电话，声音吵得一车人都在皱着眉头看他。打电话的民工旁边，坐着个小女孩，她也瞪大眼睛在看着那个人打电话。看了一会，小女孩就站了起来。她拉拉那个民工的袖子，仰头看着那个民工说："叔叔，公共场所里不能大声喧哗，这样会影响别人的。"民工投降似的举着手机，看了女孩子一眼，然后用一种让人发笑的语调说："在你们城里，不让随便抽烟就算了，怎么连大声说话也不行啊。"

在过道的另一边，坐着两个和电视里的人一模一样的民工，他们的衣服上都沾满了白色涂料。小雷偷偷地瞄了他们一眼，看见他们脚边的篮子里，放满了锯子、刷子、铲子之类的工具，中间还有一个玻璃店里的人往玻璃上喷各种颜色的油漆时戴在脸上的那种防毒面具。挨着过道的那个人，扭脸看着和他并排坐着的伙伴，说这不是在嘲笑我们嘛。我们把老婆孩子庄稼地都扔下不管了，跑来给城里人干活，他们还这么嘲弄我们。

严婷婷也是跟着爸爸妈妈从乡下到城里来的，小雷想，他可是从来没有捉弄过她。

车辆到达通讯城的站点时，小雷趴到了车窗子上，指着路边广告牌上的巧克力对大雷说："大雷、大雷，电视里播放严婷婷的时候，她就是在这里开始吐舌头玩的。你看，她原来不是被辣椒辣到了，她是想吃这些巧克力了。"

"严婷婷她妈妈就是在超市里卖巧克力的。"大雷说，"严婷婷说她最讨厌巧克力了。"

"她才不讨厌巧克力呢。"小雷说，"她妈妈是卖巧克力的，又不是造巧克力的。她说她过生日的时候，她妈妈才会给她买一块巧克力，还不是外国的。"

"等她回来了，我们送给她一盒外国的巧克力行不行？"大雷说。

59

"就送给她一盒荷兰的吧。"小雷说,"我们家里还有爸爸从国外邮回来的,妈妈说要等兰姨家的贝贝过生日时去送给贝贝。回家后我们要先把它藏起来。大雷,你看见没有,电视里那个小女孩的辫子,和严婷婷的辫子一模一样。"

"严婷婷的辫子上没有系蝴蝶结。"

"严婷婷还喜欢戴一个发卡。"

"严婷婷喜欢红颜色的发卡。那天在电视上,她还戴着那个红色发卡呢。她的发卡要是有魔力就好了,我们就能知道她在哪里了。"

"哈利·波特里面那些魔力都是假的。"

大雷说:"世界上要是有魔力就好了。"

"妈妈说世界上根本没有魔力。"

"你说魔术算不算魔力?"

"魔术不是魔力,魔术是魔术,我们两个人还会用扑克牌变魔术呢。"小雷转动着手里的饮料瓶子说,"严婷婷要是被魔术师给变走的就好了。魔术师在电视里表演大变活人的时候,他们把一个人装进箱子里,蒙上一块红布,等着再打开那个箱子,箱子里面就换成了另一个人。到最后,被变走的那个人,一定会从别的地方跑回来。"

"严婷婷会不会是在路上走着走着,就被魔术师给变走了?"

"不知道。"小雷说,"等严婷婷回来后,我们问问她就知道了。"

"她会不会死了呢?"大雷说。

"不会!她就是走丢了,找不到回家的路了。人和动物走丢了,都不能等于死,要不我们楼下怎么会有那么多流浪猫呢。"

"可是严婷婷已经走丢一个星期了。兰姨和妈妈说,一个星期了还找不到严婷婷,她就有可能死了。严婷婷要是死了,你说她会去哪里?"

"去天堂呗。电视里死了人,都是这么说的。"小雷想着严婷婷跳沙坑的样子，真像《海底总动员》里那些为了逃走在鱼缸里跳高的鱼。她一定不会死的，她那么喜欢跳沙坑。但是，这些天她在外面饿了，会吃什么呢？会不会去垃圾桶里捡东西吃？他又想了一会，还是没有想出来。"她回来后要是给了我孔雀鱼，我就不让她还我彩笔了。"

"她可真够笨的，比一只蚂蚁都笨！找不到路了，她为什么不给她妈妈打电话。"

"我保证她没有带钱。她说过她最讨厌钱了，他爸爸就是因为赚了很多钱，才不要她和她妈妈的。她没有钱，就没有人让她打电话。"

"那她为什么不去找警察。老师说过，遇到坏人就打 110 找警察。"

"她肯定没有遇上坏人呗。没有遇上坏人，她就一直自己在找回家的路了。"

"可她找不到路的时候，就该去问问别人，路怎么走。"

小雷说："你不懂，她不问别人，肯定是害怕遇上坏人。她一个人在路上走，坏人看见了，也以为她认识路，马上就会到家了。"

六

玛丽老师打来电话时，周盐正站在泰山脚下的一家酒店里，在打开的窗子前，迎着阳光，等待着"行云流水"。这是她在网上胡乱转悠时认识的第十个男人，刚约会了两次。男人的职位不高，是一个开发区的副区长，可平日里还是忙得脚后跟敲后脑勺，夸张地说他的时间就像电影《满城尽带黄金甲》里女主角的乳沟，拼着命挤才能挤出几分钟来。所以，这两次约会，都是周盐开车赶过来。听见手机响，周盐转身往床边走着去拿手机，想着会不会是那位副区长临时有事不能来了。不来就不来，滚他妈的蛋吧，反正这个世界上有的是可以上床的男人。

摸起手机，看见上面显示的是"玛丽"两个字，周盐猜测着玛丽又为什么事情给她打电话。这个时间，孩子们应该在上最后一节课，她想，也许又是为了他们那个周年庆的事情。昨天她已经收到了他们发来的短信，邀请她到时陪着孩子们前去参加。全民商业时代嘛，任何行当都会像她卖那点玉一样，只要想留住客户，想把自己手里的东西推销出去，把别人腰里的银子转换进自己的兜里，就难免要花上点心思，去讨得一些老爷太太们的欢心。

"是这样的，周女士。"玛丽老师说，"您的两个孩子，大雷和小雷，今天上午没有来上课，我想问您一下……"

"不会吧？"周盐打断玛丽的话，大脑里忽然像秋天夜晚的虫鸣般响了起来。她在那些虫鸣声里尽量语调平缓地说，"两个孩子还是在平时出门的钟点，去上课的……"

"他们的确没有来。"玛丽老师说，"您知道的，这个时间，我们已经在上最后一节课了。我刚从教室里出来。"

"怎么会呢？"周盐努力驱赶着那些虫鸣，"不会的！请您再进去看一下好吗？"

"好的，您先别着急。"玛丽老师说，"是这样，我现在就在孩子们的教室外面，看得非常清楚。我想，也许是孩子们在路上走着，被什么好玩的东西吸引过去，就把今天来上课的事情给忘了。我们再耐心地等一会吧。"

"好的。"周盐说，"我在外地呢，如果他们十分钟后还没有到，麻烦您再给我来个电话好吗？"

挂掉玛丽老师的电话，周盐发现自己的手心里已经全是汗水，手机都差点顺着湿滑的手掌掉到地上。她使劲攥着手机，提醒自己不要慌乱，要相信两个孩子不会出现严婷婷那样的意外。他们是两个孩子。

她对自己说，两个孩子在一起，一定不会出现那样的意外。要相信他们，他们是两个从来没有让她担心过什么的孩子。对，一定是像玛丽老师说的，他们在路上被什么好玩的东西吸引住了，比如一只他们在动物园里才能看见的猴子，现在牵在一个人的手里在大街上走着，正好和他们碰在了一起；或者是一辆进城来捡砖头的马车，他们因为喜欢看那匹马，喜欢看马的大眼睛、漂亮的马鬃和它来回甩动的长尾巴，一直跟在它的后面走着，最后就把学习的事情给忘在脑后了……

周盐下意识里拨出了"非洲男人"的手机。但是，没等信号飞出去，她就速度迅疾地按掉了。这些年，"非洲男人"一直在非洲转来转去地推销毛巾，这会儿应该是在阿尔及利亚。她想自己要是告诉他孩子们不见了，这杯远水不仅解不了近渴，还只会让他找着借口，开口来责骂她。

"一个时代有一个时代的教子方式。"那个"非洲男人"在非洲，除了想着怎么去赚非洲人的钱，就是反复地在网络和电话里对周盐强调着他的教子观点。他已经完全忘了她还是个需要男人呵护和疼爱的女人。因为不赞同周盐教育孩子的方式，认为她是在为自己不负责任的偷懒找借口，这些年，他已经几次以离婚要挟过她了。周盐强迫自己安静了三秒钟。三秒钟之后，她想了想，还是按下了兰姐的电话号码。现在只有拜托兰姐，请她叫上后援团里的几个姐妹们，先去帮忙找孩子了。至于家里的老人们，她想过了，还是先不要惊动他们。如果他们知道两个孩子不见了，还没等他们出门去找孩子，保不齐他们中的哪一个就会率先急出心脏病来，进了医院急诊室，被医生们手忙脚乱地推进手术室里抢救去了。

两个孩子不见了？和周盐预想的一样，兰姐果然就拍响了桌子。从她做房地产商的丈夫在外面养了女人后，她做的第一件事情，就是威逼利诱着几个要好的姐妹，成立了一个家庭生活后援团。后援团里的姐妹们不管遇到什么事情，她这个团长知道了，都会激动地拍打桌子，常常拍得她们这些团员都在替她指头疼，担心她哪根手指会不会突然骨折。

兰姐夸张地拍打着桌子，大声嚷着："你现在哪里盐水，是不是在床上？报警了没有？"

"我在看泰山玉呢。"周盐说，"先不用报警吧？他们肯定不会走丢！我是担心他们偷偷地去了黄河边。小雷一直要去黄河里玩，我觉得那里危险，没同意他们去。"

"去黄河里玩有什么危险！"兰姐说，"你这个人真是没心没肺没肝没肠！怎么就一点也不担心，他们会像走丢的那个小女孩，叫什么来着的……"

"严婷婷。"周盐说。

"对，像那个严婷婷，被坏人给弄走了？"

"不会吧？现在不是还没有人确定严婷婷是被坏人弄走了吗？"

周盐本能地拒绝着那些冰冷的刀尖带给人体的恐惧感，心里却跳出了严婷婷在公交车里来回吐舌头玩的那个镜头。随着好几家电视台在不断地播放这段录像，小雷说他还是最喜欢看严婷婷吐舌头的样子。她真像是被辣椒辣到了。小雷每次看到这里，都要这样说上一遍。后来，电视里再次滚动着播放这个画面时，有两次，小雷一下子就跳到了电视跟前去，趴在屏幕前，大声对着屏幕上的严婷婷说：你不要老是在里面吐舌头了好不好，我知道你没有被辣椒辣到，你还是快点从电视里跑出来吧！

"现在这个宝贝时代，什么没心没肺的新鲜事不会发生！真是和你这种人说不明白！"兰姐说，"你先别着急了，我现在就招呼上她们，分头找孩子去。"

周盐极力想避开那些恐怖的念头。她语调固执地说："黄河的沙旋里今年已经卷走好几个人了，我现在最担心的，就是他们会走进河里去。"

"好了，黄河黄河，你是不是患上强迫症了。"兰姐说，"真不是我吓唬你盐水，你整天鼓吹孩子要放养，要养出他们独自挑战世界的胆量来，现在好了，准备好筐子收获你的胜利果实吧。一个严婷婷，已经让全城的家长都吓破胆了，怎么偏偏就吓不着你！"

他们不会像严婷婷那样走丢的。在兰姐有意无意的恐吓里，周盐再次安慰着自己。

安慰归安慰，周盐心里还是一阵一阵地，慌乱成了一片杂草丛；那些尖细的、失去了露水珠的干硬草叶，正以一种刀片的韧劲和力量，在刺穿着她的心脏，颤抖得她快要不能呼吸了。他们一定不会像严婷婷那样走丢的。她抓起包往外走着，严婷婷走丢前在公交车上吐着舌头玩的画面，又固执地钻进了她的大脑里。这次，那条小舌头在她的大脑里面不停地吐着，吐着，仿佛一条受到了惊吓或者攻击的蛇，恐惧地昂着头，咝咝地吐出的芯子。

七

在365路公共汽车的终点站下来，往前走五十米，就是一个公共汽车的停车场，每一辆在这里到达了终点站的公共汽车，都会开进停车场里休息一会，然后，再排着队从里面开出来。进入停车场之前，两个孩子经过了一家大型物流中心的入口。那个入口用一根涂着红白杠杠的长杆子挡着。他们看见，有车要进去时，那根长长的杆子就像一个人的胳膊，做操似的高高地抬起来，然后，等车屁股也跑过去之后，那条胳膊再平落下来，重新挡在路上，挡着一些风，也挡住了杆子那么长一节阳光。

走到横杆跟前时，小雷把手里的饮料瓶子递给大雷，他先是过去将两条胳膊吊在了横杆上面，然后又像攀高低杠那样，把两只脚也攀到了上面。

"那个不能玩。"大雷说，"杆子一翘起来，就会把你摔下来。"

"它太好玩了。"小雷说，"你也上来玩一下吧，它太好玩了。"

"你下来！你要不下来，我就喝你的饮料了。"大雷晃着手里的瓶子。

"你不能喝！"小雷从横杆上跳下来，飞速地把瓶子夺到手里，大声说，"这是我的。"

"你把我的都喝光了。"大雷说。

小雷把瓶子举在了头顶上。他从横杆旁边绕过去，走到一块上面印着南京、上海、深圳、广州的大铁牌子下面，回头对大雷招着手："大雷你快来看，严婷婷说他爸爸卖的手机，都是从广州运来的。"

"严婷婷会是去了广州吗？"

大雷小跑着到了牌子下面。他跟小雷一样，也在仰头看着"广州"两个字。

"我也不知道。"小雷踮着脚，右手的食指在"广州"两个字上画着圈圈。

在"广州"两个字上画完圈，两个人相随着走出物流中心的入口，一路跑着步，跑进了 365 路公共汽车的停车场。停车场里停满了公共汽车，它们在炽热的太阳下安静地停着，全都一动不动。小雷按着车牌号，先是找到了他们刚才乘坐的那辆车。现在，那辆车的车门关着，但有几个车窗是开着的，一只金黄色翅膀的蜜蜂，正在一个半敞开的窗子跟前，来来回回地飞着，它一会在下面的玻璃上落一下，蠕动几下毛茸茸的小爪子，一会又在上面的玻璃槽上轻轻地碰一碰脑袋，好像它的脑袋有点痒痒了。

"蜜蜂，你是不是闻到花的香味了？"小雷对蜜蜂挥着手说，"花在车的那一边呢，你看见没有，那里有个大花坛。这里都是车，是铁和玻璃，一朵花也没有。"

停车场里停了五十二辆公共汽车。小雷数完了一遍，又数了一遍，然后又数了一遍。数到第五遍的时候，他从一块车窗玻璃上，认出了严婷婷乘坐过的一辆车——在一块车窗玻璃上，有着严婷婷画下的三只白色小蝌蚪。严婷婷最喜欢用修改液画小蝌蚪了，她的书本上、课桌上、作业本上，到处都被她画满了这样的蝌蚪。就连她的衣服角上、铅笔盒上、书包上、发卡上，也同样被她画上了一只只白色蝌蚪。严婷婷的家距离这里只有一个路口。小雷想，严婷婷从第一辆公共汽车上跳下来，换上 365 路车之后，她肯定是刚一坐下，就从书包里拿出了一瓶修改液，在挨着她脑袋的车窗玻璃上，画下了这几只白色蝌蚪。严婷婷画的蝌蚪模样很怪，都长着两只圆圆的小眼睛。

大雷跟在小雷屁股后面，在停车场里转到第三圈，就有点不耐烦了："你不是说我们去动物园吗？我们到动物园里去看海豚和长颈鹿吧？"大雷顺着停车场旁边的栅栏朝前走，停车场的隔壁就是动物园。

"动物园里已经没有海豚和长颈鹿了。"小雷朝严婷婷画的那些小蝌蚪吐着舌头。

在太阳离坠落大约还有三个小时的时候。趁着人雷又在摆弄他的羽毛面具，小雷把拿了一天的阿萨姆奶茶迅速藏到了花坛里一丛月季花后面。在学校里玩游戏时，他藏了任何东西，严婷婷只要鼻子嗅一嗅，就一定能准确无误地去把它们找出来。离开花坛前，小雷又用欢快的眼神偷偷地朝花丛里扫了一眼。明天，他想，走丢了一个星期的严婷婷肯定会回来，跑到这里，把他藏在花坛里的奶茶，从月季花丛的后面找出来。

67

蝴 蝶 飞 舞

一

连着三天四十二度高温。四十二度高温的天气，不仅六月份罕见，正常的年份里，三伏天有这种高温天气的日子恐怕也不多。电视报纸都在发布红色高温预警，据说上海市发布的都是黑色高温预警了。有关部门在不停地提醒人们，一定要尽量减少户外活动。并规定户外作业的单位，特别是民工集中的建筑工地等，上午十一点到下午四点，要一律停止户外劳动。

夏茫就是在三天四十二度高温的最后一天，离开家的。

夏茫离开家之前，夏茫发现奶奶已经一天没在家了。夏茫自己睡了一觉，睁开眼，还没见奶奶。奶奶一天没在家，夏茫就一天没吃饭。夏茫一天没吃饭，夏茫感到很饿。夏茫不喜欢奶奶叫他傻孩子，夏茫认为自己一点也不傻，妈妈才傻呢。妈妈整天搂着狗，狗弄得她一身狗毛她也不管。夏茫身上不往下掉狗毛，但是妈妈从来不抱他。夏茫认定他的妈妈喜欢狗毛。

夏茫离开家时，夏茫爸爸正在火车上看一份报纸。夏茫爸爸三天没有回家了。在家里，夏茫爸爸喜欢早上一起床就看报纸。每次买报，夏茫爸爸都会笑一笑，卖报的中年妇女也会报以一笑。但是夏茫爸爸的笑，不是对着中年妇女笑的。中年妇女老是误会。夏茫爸爸的笑是在笑报纸。他习惯看晚报。因为市场竞争，忘了从哪天开始，晚报开创了新潮流，在早上四点就从印刷厂里印出来，分散到大街小巷的报摊上去了。大清早的，你手里持着一份晚报，老觉着滑稽，上面尽是过夜的新闻，是昨天的事，所有的事件都先睡了一夜。这份报纸这样做，当时在全国是首创，就和其他两件事一起，被外地来本市的人评为了本市三大怪，晚报早上卖，出租车加一块，经路纬路反着来。夏茫的爸爸每次买报，都是笑这件事。

夏茫打开门走了出去。夏茫开门时，夏茫的妈妈正坐在她卧室里的木地板上，搂着牧羊犬贝贝想心事。

夏茫的妈妈每天都儿子儿子地叫她的狗宝贝。夏茫的妈妈只有心情特别好时，才会叫夏茫一声儿子，声音干巴巴的，半点也没有叫狗时那种亲切和温润。这让夏茫一直想不明白，他和狗到底谁是妈妈的儿子。还有夏茫妈妈的眼睛，从来不看夏茫。夏茫看见妈妈看着她的狗，眼睛里会闪着很亮很亮的光。夏茫妈妈偶尔扫夏茫一眼，也像夏茫奶奶给夏茫买的冰糕一样，上面冒着一丝一丝的冷气，一扭扭地飘着。

比较起来，夏茫更喜欢爸爸。夏茫爸爸在家里，气氛明显地不一样。夏茫爸爸还喜欢抚摸夏茫的头，夏茫爸爸抚摸夏茫的头时，房间里的氛围非常融洽。这时候，夏茫的妈妈当然还搂着她那条庞大的英国古代血统牧羊犬。牧羊犬前身雪白，后身杂着银灰的毛。夏茫的妈妈一脸和颜悦色，手指轻抚牧羊犬洁白的狗头，那条牧羊犬，看起来和一只温驯的绵羊一样。长长的狗毛半遮着眼睛，眼睛半睁半闭，身边没有要牧放的羊群，它不用谨守职责，也不用观察周围事物的动静。牧羊犬在安享夏茫妈妈的爱抚，像在遥远的苏格兰草地上享受阳光。也许它现在幸福得一塌糊涂的神态，远远地超越了它年代久远的祖先。

夏茫爸爸抚摸夏茫的头时，夏茫就学牧羊犬的样子，眼睛半闭着。夏茫没有牧羊犬那样长长的毛遮蔽眼睛，夏茫就用手指当狗毛，遮在眼睛上。夏茫想和牧羊犬一样，讨妈妈欢心。夏茫希望妈妈像抚摸牧羊犬一样抚摸他，一小会就够了，伸手抚摸一下也可以。但是妈妈理解不了夏茫的动作包含的意思，所以夏茫妈妈只抚摸狗，不抚摸夏茫。

夏茫爸爸的手抚摸着夏茫的头发，一下一下地，有时会停顿一会，和夏茫的奶奶以及夏茫的妈妈说话。夏茫的妈妈偶尔也和夏茫的奶奶搭上两句话，不咸不淡的，夏茫听着就极为开心。夏茫喜欢听妈妈说话，夏茫的妈妈高兴起来时，声音非常甜美，像夏茫爸爸带回来的大白兔奶糖。日子久了，夏茫逐渐地总结出一条经验，夏茫爸爸在家里抚摸夏茫的头时，夏茫的妈妈就和夏茫的奶奶说话。夏茫的妈妈还儿子儿子地叫夏茫。虽然远没有叫她那条牧羊犬贝贝时那么甜润，但夏茫同样地高兴。可惜，夏茫爸爸在家里的时间简直太少了。即使在家里，也不是每时每刻都在抚摸夏茫的头。

夏茫每天都要跟在奶奶身边。夏茫奶奶看见夏茫的眼光盯着她，夏茫奶奶就会扔下手里所有的活计，跑到夏茫身边，和夏茫爸爸抚摸夏茫的头一样，抚摸夏茫，嘴里念叨着，傻孩子，来，跟奶奶说句话。夏茫想说话时，才肯跟着奶奶说一遍，傻孩子，来，跟奶奶说句话。一般情况下，夏茫只和他手里的玩具说话。夏茫抚摸着玩具，夏茫也会儿子儿子地叫玩具。夏茫叫玩具儿子时，夏茫和玩具都极其安静。夏茫常常在这种时候，忘记奶奶的存在。

夏茫的妈妈谷欣几乎不进夏茫和奶奶的房间。夏茫妈妈的眼睛千方百计着拒绝看见夏茫，拒绝看见夏茫的奶奶。夏茫和夏茫奶奶好像是两座冰山，谷欣的目光躲不过时落上去，就被冻得直挺挺地，不能打弯。谷欣对夏茫的爸爸夏和平说，这个家里，患孤独症的不是夏茫，是夏茫的妈妈，我，谷欣。

夏茫的爸爸夏和平是乘务员，每天跟着火车跑来跑去，跑得很没有精神。没有精神也要跑。夏和平清楚，跟着火车轮子一站一站地往前跑，眼睛不停地看着车窗外飞奔的天空、大地和车厢里摇来晃去的人群，他夏和平心里才会踏实，不空落，不灰暗，不悲哀，看上去像个人样地活着。夏和平想不透，他妈的自己造了几辈子的孽，到这辈子里，祖孙三代的债一起压给了他，压得他折了脊梁骨，还不能像道轨一样地趴下去，喘口气。每次谷欣冷冷地说，家里患孤独症的不是他们的儿子夏茫，而是她谷欣时，夏和平心里都要发疯。有几次夏和平抽了自己的嘴巴子，抽完了，抱着谷欣大哭。夏和平说，我宁愿这个世界上所有的孤独症都给我，我情愿下辈子转世变成道轨，让火车在我身上辗一百年，去换回你的正常身体，换回夏茫平常人的一切。

夏和平失去了一切指望，可是夏和平这杆旗子不能倒。

夏和平的母亲，夏茫的奶奶，也失去了一切指望。夏茫的奶奶说夏和平，我苦了一辈子，省吃俭用地供你上学，指望你出息了，也算我没白为你夏家守苗苗。到头来，到头来我连个香火都给守断了。夏茫奶奶用手指指谷欣的卧室，眼睛盯着夏和平，问，你不能，离了？

谷欣不在家，谷欣在灯具市场忙活着卖她的灯具。夏和平听了，有些不耐烦，看着夏茫的奶奶说，妈，您能不能换点别的话，一个夏茫搅得家里够乱了，您就不能省点事！是咱亏了人家谷欣，当初不是您说头胎孩子聪明，死活拦着，能有今天！

夏茫的奶奶最怕听见这句话。夏茫奶奶听见这话就像蛇被打了七寸。谷欣怀着夏茫四个月时，去医院做保健检查。一查，查出子宫长了瘤子。医生建议谷欣先把孩子做掉，等摘除了子宫瘤，身体康复后，再要孩子。但夏茫的奶奶坚决不同意。夏茫奶奶说头胎孩子聪明，肥水肥田的，哪能说不要就不要。子宫瘤怕什么，现在不能取，生孩子时一块取下来不就行了，又不是恶性的。夏和平拗不过母亲，反复地

71

去咨询医生，医生说孩子也可以生，但是风险很大。结果风险真比预料的大，医生给谷欣剖宫产抱夏茫时，谷欣的子宫瘤已经不能摘除了，为了保命，谷欣的子宫和瘤子就被一块切掉了。

切了子宫，谷欣变得一言不发，天天流泪。没有了子宫，还能说谷欣是一个女人吗？一个完整的女人，怎么可以没有子宫呢？可夏茫的奶奶不这么认为，她安慰谷欣，老天让女人长了子宫，不就是为了生儿育女嘛，现在政策只允许生一个孩子，你有了孩子了，还用在乎它有没有？没了，倒省下不少麻烦，你想想，一个女人月月要流那些血水，得有多少血流？夏茫奶奶的这些话，呛得谷欣眼泪都流不出来了。谷欣愣着眼瞅夏和平，瞅了半天，突然恶狠狠地说，夏和平，感情我赚了这么大一个便宜哪？我赚了便宜，谁来赔我的完整身体，谁来赔我的月月流血，谁来赔我一个正常女人的生活？你说！你说呀！

夏和平哑口无言。

夏茫两岁时，夏和平发现孩子好像有了问题，不对劲。但哪儿不对劲呢？夏和平找来找去的，终于找到了，孩子不主动说话，不搭理人，只是自己安静地待在一边玩。夏和平就抱怨谷欣，你没了子宫，又不是孩子的错，你干吗不亲近孩子，一切全撂给老太太。这下好了，孩子孤僻了，你不管不问呀，当初老太太是太固执，错了，但这几年她也对得起你了，不说在家里当牛做马了，当保姆总是没的挑吧。你给我个脸好不好？再错她也是我妈。

两年里谷欣一直冷着脸。谷欣没让夏茫吃她的一口奶。夏茫的奶奶逢了人就说，这个女人，比狼还狠。狼还奶孩子呢。失去了子宫有什么了不起，失去了子宫就不奶孩子了？天底下没听说过！我没有了夏和平的爸，照样带大了夏和平。

谷欣冷着脸，夏和平不能冷着脸。夏和平能给谁冷脸看？上边是含辛茹苦养大他的母亲，至今还一手给他带孩子当老保姆。中间是抛弃了故乡亲人、为他生孩子连子宫都被切掉的女人。下边是嗷嗷待哺、什么事都不懂的儿子。他们个个都是夏和平的债主。尽管现今世面上流行什么欠债的都是黄世仁，但这句话在夏和平这里是不奏效的。夏和平明白，自己这辈子也别想咸鱼翻身了。

　　事情到这儿，也就好了，但夏和平仍然把事情想简单了。夏和平起初以为，夏茫不说话，不搭理人，是因为缺乏谷欣的母爱，性格有了点孤僻。夏茫奶奶也不以为然，说聪明的孩子都内向，富贵的孩子开口迟嘛，大出息的人，说话都晚，说话晚不当事。但是，接下去一年，全家人就当事了。夏和平和谷欣反复地带着夏茫去找医生，所有医生都下了同一个可怕的结论，夏茫患有孤独症。这下子，夏和平才真冷了脸。不仅冷了脸，还傻了眼。夏和平说，我当八辈子咸鱼，八辈子不翻身，也别让我儿子摊上这档子事呀，这是什么事呀，孤独症？一个黄口小儿，哪里来的孤独？倒霉事哪能就认准了我夏和平！

二

　　夏茫下了楼，在楼下的草地上蹲了一会。

　　夏茫每天都跟着奶奶下楼，在居住的小区里转来转去。奶奶总是和夏茫说，草是绿色的，有细叶的，也有宽叶的，还有圆叶的。奶奶拉住夏茫的手，叫夏茫去摸软滑的月季花瓣，对夏茫说，这是月季花。夏茫说，这是月季花。奶奶听了，拍拍夏茫的手，表扬夏茫一下，继续对夏茫说，月季花真漂亮。夏茫也觉得月季花很漂亮，只是夏茫不愿意告诉奶奶，夏茫就不再搭理奶奶。夏茫伸手把月季花抓在手里，夏茫想听月季花在他手里和他说话。月季花的香味从夏茫手指上散发开来，挠得夏茫鼻子痒痒的，阿嚏阿嚏地打喷嚏。夏茫打完喷嚏，月季花瓣就给夏茫讲蚂蚁的故事了。

一只蚂蚁从夏茫手里的月季花瓣里钻出来，在夏茫的手指上爬着，走走停停，东张西望。月季花在夏茫手上给蚂蚁铺设了一条高空通道，蚂蚁战战兢兢不知所措。夏茫也不知所措。在蚂蚁看来，这条有暖气有香味的路，使它晕头转向，不知道往哪个方向走，才能回到蚁穴。蚂蚁最终有些气急败坏了，它照着夏茫的手狠狠地咬了几口。在夏茫看来，有蚂蚁在手上跑动是生动有趣的事情。夏茫张开口，呼呼地给蚂蚁吹风，蚂蚁在大风里东倒西歪，愤怒无比，对着夏茫张牙舞爪。夏茫不怕蚂蚁张牙舞爪的模样，夏茫伸出舌头，像夏茫妈妈的牧羊犬舔肉汁一样，把蚂蚁卷进了嘴里，夏茫还卷进嘴里一些漂亮的红色的月季花瓣。

　　夏茫在草地上蹲着。奶奶没在草地上，草地上也没有月季花和蚂蚁了。夏茫很茫然地站起来，四处寻找奶奶的身影。那些大树不是夏茫的奶奶，那些走动的人也不是夏茫的奶奶。夏茫在奶奶带着夏茫经常坐的石凳上找了半天，还是没找到奶奶。奶奶老是喜欢和夏茫捉迷藏。奶奶站在阳台上，拉上玻璃门，然后问，夏茫，你能找到奶奶吗夏茫？奶奶站在厨房里，也这样问夏茫。有时候奶奶还躲在一棵大树后边，装扮成大树，让夏茫找她。夏茫不去搭理奶奶，夏茫知道奶奶藏在哪里。但是夏茫不愿搭理她，夏茫有自己的事情。

　　现在，夏茫奶奶不知道又藏在什么地方，故意躲着让夏茫找她了。一个认识夏茫的人走过来问夏茫，夏茫，你奶奶呢，你怎么一个人？夏茫不回答她，夏茫忙着找奶奶，哪有工夫回答她的问话。夏茫看都没看那个问话的人一眼，继续忙着找奶奶。夏茫翻开一些细长的绿色草叶，又翻开一些圆形的绿色草叶，夏茫还捡起了一片五个角的树叶，奶奶常把眼睛挡在它的后面。奶奶真是奇怪，她常和夏茫玩的这些地方，她都不藏在那里。真不知道奶奶这次藏到哪里去了。

　　夏茫不喜欢奶奶藏来藏去的，夏茫喜欢奶奶拉着夏茫的手，在大树下边走来走去的。他们还可以围绕着一些楼房转一个圈，再转一个圈。

夏茫奶奶不喜欢在家里待着。夏茫奶奶在楼下遇到认识的人或不认识的人，坐到石凳上就会告诉人家，家里到处是狗毛，到处是狗臊。弄得家里和狗窝一样，人没法待下去。

说到狗，夏茫奶奶就诅咒夏茫的妈妈谷欣，骂谷欣绝了夏家的后。夏家三代单传。开始，夏茫奶奶见谷欣生了个夏茫，丢了子宫，也值！夏茫奶奶喜笑颜开。谷欣不给夏茫吃奶水，夏茫奶奶背地里骂谷欣比狼还狠毒，表面上却说，喝奶粉，夏茫照样可以长得又胖又壮。夏芒奶奶理直气壮地带着夏茫。谷欣不是不给孩子吃奶水吗，夏茫奶奶给夏和平说，只当孩子没有了妈。说得夏和平直皱眉头。夏和平一时都有些发蒙，自己宽厚善良的老母亲，怎么在谷欣身上就完全变了一个人呢。自打夏和平领着谷欣第一次进夏家的门，夏和平就看出来母亲对谷欣是左挑鼻子右挑眼的。像是谷欣抢走了她的儿子夏和平，而不是谷欣和她一样爱着夏和平。两个女人，仿佛一见面就成了战争的两个对立面，争夺着夏和平这块领地。

刚查出夏茫有孤独症时，夏茫奶奶说夏和平，当初真是不该让你去上那个长沙铁路学校。夏和平完全明白母亲的意思。夏和平不去上长沙铁路学校，自然就不会认识谷欣了。夏和平始终弄不明白，母亲到底对谷欣什么地方不中意。谷欣除了个子小巧之外，应该没有什么其他的缺点。谷欣有着南方女子所特有的妩媚，谷欣有着湘潭女子干净利落、明快的性格，谷欣善良又会体贴人。更重要的，是谷欣放弃了自己原本优越的家庭环境，甚至和父母闹翻了脸，跟着夏和平来过北方这种她不习惯的生活。谷欣生孩子切掉了子宫这样大的事情，她都没有告诉父母。谷欣想生一个孤独症的孩子吗？夏和平心里抱怨母亲，谷欣的难处和苦处，你怎么一点也不体谅呢。谷欣不单单是没了子宫，谷欣还得了产后忧郁症，谷欣还有很多东西，都跟着子宫丢了，她一辈子都丧失了对快乐的体验，因为没有了子宫，谷欣拒绝和夏和平做爱，谷欣用一种嘲弄的语气问夏和平，和一个没有子宫的女人做爱，你不觉得恶心吗？

当然，现在的问题不是谷欣还有没有子宫的问题，而是夏茫孤独症的问题。夏茫奶奶问夏和平，怎么办？夏和平无奈地回答，治疗呗，还能怎么办。

夏茫的妈妈谷欣辞了职，和夏和平一起，带着夏茫去了青岛，去了北京，给夏茫找专家。在北京圆明园附近的一家医院，谷欣和夏茫在那里住了三个月，谷欣按着专家的指点，一招一式地学做孤独症患儿夏茫的母亲，学着和夏茫交流，可夏茫除了偶尔地重复谷欣的几句话，多数时间里，夏茫都躲在自己的世界里，不多看谷欣一眼。但专家告诉谷欣，医治孤独症患儿，最行之有效的方法，就是要不停地和患儿交流，用爱心打开孩子内心的锁，把孩子从他沉迷的那个世界里唤回来。当然，这一切，最需要的就是耐心，只有耐心，才有可能救回孩子。但这将是一个很漫长很漫长的过程，家长必须有足够的心理准备，不能放弃。

谷欣带着夏茫从北京回来，全家人空前地团结一致，共同对付夏茫的孤独症。但是两年下来，夏茫完全无动于衷，夏茫像一个影子一样，在他自己的世界里进进出出，旁若无人。谷欣彻底地疲惫了，垮了，谷欣看见夏茫的眼神就全身发僵。从此，不到万不得已，谷欣开始不和夏茫的奶奶说话了。

夏茫的奶奶一坐在楼下的凳子上，手就会不停地抚摸胸口，一脸的悲伤和绝望。夏茫奶奶对着那些跑来跑去的孩子说，你家里人几世修来的福气呀，修得你们跑来跑去，欢声笑语。那些跑来跑去的孩子听了，都用奇怪的眼神看夏茫的奶奶，像看一个老怪物。夏茫的奶奶也觉着自己是一个老怪物，天天拽着夏茫这个小怪物，在院子里乱蹿，蹿得实在没有劲头，没有颜面。谷欣整天弄着一条狗，冷着脸一句话不说。夏和平整天躲在火车上跑来跑去不回家。夏茫整天呆呆地不说话。家里除了偶尔有一声狗叫，再没有任何一丝别的动静，空气死沉沉地，风都刮不起来，这样活人，还有个啥活头。

夜里悲伤起来，夏茫奶奶习惯坐在灯底下，老泪纵横地看着夏茫说，夏茫呀夏茫，你长得这么俊朗一个模样，怎么就没把心带到这个世上来呢。你不开口，不讲话，你把话语都放到一个什么地方去了？你若是聋哑了，傻掉了，奶奶也死了心，可是，你既不聋，也不哑，看着也不傻，你怎么就不能开言吐语地说话呢。这个世上，上一辈子伤了你多大的心，让你这一辈子里对万事万物都不闻不问。夏茫奶奶一旦这样念叨起来，就会彻夜不眠。

夏茫奶奶每月初一和十五都到千佛山上去烧香拜佛，求菩萨保佑夏茫早日开言吐语，活蹦乱跳着活成个孩子样。每次上香，夏茫的奶奶都举着香火八方朝拜，老泪哗哗地流。夏茫奶奶在香烟缭绕的大殿前，香火高高地举过头顶，让围观的人都怀疑夏茫奶奶是把自己当成了一炷香，供奉在了众佛面前。偶尔地，夏茫奶奶也带了夏茫到山上来，拉住夏茫的手，让夏茫把善款放进善款箱里。夏茫往善款箱里放钱时，眼睛从不看善款箱，夏茫的两只眼睛定定地仰视着彩绘的佛像的眼睛。有一次，夏茫奶奶意外地从夏茫看佛像的眼睛里看见了光彩，那是夏茫的眼神里从没有过的神采。夏茫奶奶慌慌张张地拉过夏茫在佛前的垫子上跪下来，欣喜若狂地叩头，感谢神灵。

一回到家，夏茫奶奶就兴冲冲地给夏和平打电话，夏和平听了也很激动，语无伦次地说是真的吗？是真的吗？太好了！太好了！我回去也到山上进香去！

夏和平一回到家，就拉着谷欣上千佛山。谷欣疑惑地瞅着夏和平，说你妈想一出是一出的，纯粹病急乱投医，你也跟着瞎起哄？夏和平

77

说信则灵嘛。还有句话说心诚则灵。咱妈说了，夏茫的眼神里真的有了不一样的光彩，宁信其有，不信其无，是吧？你看山上香火那么旺，旺总是有旺的原因，说明真有灵验的事，有求必应。要不，佛教哪能传承千年不衰。谷欣冷笑了一声说，要去你去，别在这里给我谈经论神，我不信佛不信神，什么也不信。我倒听人说过，世上只有两类人会去信奉佛，一类是对世事无欲无求的人，他们皈依佛门，是为了教人向善；另一类呢，是对世事贪欲太多，坏事做得太多太绝，心里有了鬼的人，他们诚惶诚恐地去信佛，妄想借着佛门去寻找一种心理庇护，驱除贪欲带给他们的惶恐不安，惊梦连连。但他们知道佛门净土，精髓是无欲无求、广结善缘吗？我谷欣已经无欲无求了，但我没法做到与人为善，在我眼里，满世界都是恶鬼。

夏和平不想再和谷欣争论。谷欣生理失衡，一点小事就会烦躁不安。谷欣一激动，家里就不能不天昏地暗。本来家里就够灰暗的了，个个脸上挂着霜，夏和平可不想再添麻烦。夏和平赔着笑脸，要替谷欣梳理牧羊犬贝贝的毛，谷欣一把打开夏和平的手，不让夏和平碰，谷欣冷漠地说，我只有这一点温暖可以触摸了。

三

夏茫的妈妈谷欣，并不知道夏茫的奶奶已经离家出走一天了。

谷欣在三孔桥灯具市场里租了个摊位卖灯具，每天都很晚回家。谷欣雇了两个女孩子卖灯，按说不用天天亲自上阵去忙碌了，但是谷欣一刻也不想在家里多待。谷欣认为自己患了一种特殊的病，特别地怕冷。有一天，谷欣似是自言自语，又似是对帮她卖灯的小姑娘说，家里天天像个冰窖子，这灯具市场里多好，瞅着一盏盏的灯，人心里就亮堂、暖和。谷欣这样说时，济南还是半掩半遮的春天，卖灯的姑娘小霞没明白谷欣的意思，说，乍停了暖气就这样，让人受不了。李清照的词里就是这样说的，乍暖还寒时候，最难将息。李清照是咱济南的人，真是了解透了济南的春天，你说济南没有春天吧，它还有，你说它有吧，这春天还真的和没有一样短暂，昨天还冷死人，明天就热得穿短裙，中间这一天，人还没回过神来呢。谷欣跟几个过来买灯的人听完都笑了。谷欣说，你小妮还真赛（济南方言），还懂得李清照的词。小霞说，谷姐，你也赛来，你是南方人，现在也懂得济南的赛了。

谷欣听了"南方人"几个字便不再说笑，眼睛看着一盏一盏的灯出神。谷欣喜欢这些造型各异的灯，眼睛看过去，亮亮晶晶，温温暖暖，凡是不开心的事，看着这些灯，就会化解了一半。谷欣是偶尔陪着一个朋友来选灯，看上这个灯具市场的，站在一市场灯火打造出来的辉煌景象里，谷欣感到像站在一条温暖的天街上。这之前，谷欣只有搂着她的那条狗，把手指放在狗毛里时，才会感到一丝温暖。谷欣总是试图用狗毛去抵制整个身心对寒冷的恐惧和无奈，好像一不小心，她就会被冻成天山上的一个冰坨。

谷欣每天都很晚进家门。谷欣进了家门就搂着她的牧羊犬亲来亲去，谷欣的眼睛从来都不会抬起来去看夏茫奶奶一眼。谷欣的这些行为，刺激得夏茫奶奶天天心疼，夏茫奶奶恨得咬牙切齿，但是夏茫奶奶不能发作。夏茫奶奶心虚、胆怯。是夏茫奶奶坚持让人家谷欣生下夏茫的，是夏茫奶奶的这个坚持导致谷欣切掉了子宫，连谷欣再生育一个健康孩子的权利和梦想都给一刀切掉了。谷欣不说，夏茫奶奶也知道谷欣恨自己，夏茫奶奶只有无条件地接受来自谷欣的漠视。

夏茫奶奶忍耐到了极点，也只能拍着憋闷的胸口，对几个熟识的人说，上有老，下才有小，她这样待我，夏茫哪里还有救治。我们夏家到了这一辈子，算是毁了，算是毁了！白白地毁在这个女人手上了！夏茫奶奶边说边摇头落泪。众人都很同情夏茫奶奶的遭遇，但是谁也帮不了夏茫奶奶任何忙。夏茫奶奶还在哭诉，七年了，我当牛做马七年了，一手带着夏茫，一手干家务活。夏茫爸爸不在家，她从来不给我说一句话，从来不掠我一眼。我也不是贱得非让她掠我那一眼，我是受不了这个闷呀。夏茫的奶奶又在拍打胸口。

夏茫奶奶是在说这些话的第二天离家出走的,是四十二度高温的第二天。这一天,天闷得一丝气不透。夏茫奶奶的心里更闷得一丝气不透。夏茫奶奶一点也不想这样继续心闷,这样继续给谷欣当牛做马,这样继续受谷欣的气了。夏茫奶奶临出门时给夏茫说,夏茫呀,奶奶实在是受够了罪了。全当奶奶对不起你了。那时候夏茫正在和他的玩具说话。

夏茫打开门往外走时,谷欣听见了夏茫开门的声音。夏茫每天早上都会和夏茫奶奶一起到楼下去转上一阵子。夏茫开门时,夏茫妈妈谷欣正坐在地板上,手里搂着她的狗想心事。

前几天,另一个给谷欣卖灯的女孩小刘,一不小心摔碎了一盏顶灯,谷欣嫌她不仔细,就说了她几句。若是平日里说了也就说了,恰巧这些天小刘和男朋友吵了架,正怄着气,她男朋友不仅不来找她赔情,还发了短信来扬言要和小刘拉倒。小刘一肚子火气没地方出,偏偏摔了灯,谷欣又来招惹她,小刘一赌气,就决定不给谷欣干了。不干就走人呗。谷欣在气头上,也不挽留小刘。但是昨天小霞多嘴,问谷欣她的儿子真的患有孤独症吗,孤独症什么样？谷欣一愣,问小霞听谁说的,小霞却又吞吞吐吐起来。本来夏茫有孤独症,谷欣也不怕人,但她不愿让手下干活的人知道太多家里的事。小霞一吞吐,谷欣就猜出准是小刘说的。只有小刘替谷欣去家里取过一次东西。

谷欣问小霞,小刘还说什么了？小霞回答,也没什么,小刘说我啥事都不懂,春天的时候还在那里瞎白话什么李清照的词呢。她说,您把女人生孩子的那个东西都切掉了，现在，除了有钱，什么也没有了，家里可不天天像个冰窖子。谷欣结了一肚子疙瘩。谷欣想等着夏和平回来，她必须和他理论清楚，她母亲是不是也疯了，见了人就说夏茫的孤独症，就说她谷欣的子宫切掉了。有完没完！

四十二度高温的大街上，热浪一个一个地从人脚底下往上翻。除了那些实在找不出任何理由必须在路上奔波的人，但凡能找个针尖大的理由不出门的人，大概都在躲避着这个高温天气。连垃圾桶上的苍蝇都懒得动了，趴在阴影里回忆着飞动时带起来的那些凉爽的风。路边上，大树小树的叶子，在高温下的万里晴空里，没处躲闪，一律在严肃地低着头，作沉思状。风也热得不愿出门和这些树上的叶子玩游戏或者煽情了。整座城市都因为水分挥发的速度比想象还快，远远超过了物体本身可承受的能力范围而失了控，无精打采地任由天气摆布。随便天气你让哪块地面发高烧，让哪条小巷子说胡话吧。抗拒不了怎么办？抗拒不了的就接受呀。你看夏茫，夏茫就在接受。夏茫在无精打采地往前走着，接受着地面上不止四十二度高温的热浪。夏茫对任何事物都可以采取一种无动于衷的态度，所以，看上去，夏茫从来都是这样一副无精打采的状态。夏茫对高温天气同样无动于衷，这不在他关心的范围之内。现在，夏茫只负责找到夏茫奶奶这件事。

夏茫在一只蝴蝶飞舞的翅膀上仍然没有找到奶奶。蝴蝶五彩斑斓的翅膀一张一合地，从一朵细小的花朵上，飞到夏茫奶奶锻炼身体的太空漫步机上，又飞过一条路边长着杂草的小径。夏茫跟在蝴蝶的后边，从一朵白色的小花上，跟到蓝色的脚踏板已经掉了漆的太空漫步机上，然后和蝴蝶一起飞过路边长着杂草的小径，飞到了大街上。蝴蝶一直在夏茫的前边飞舞着，飞飞停停，叫夏茫跟着它。

夏茫和奶奶一起，追过很多次蝴蝶。奶奶紧拉着夏茫的手，跟在蝴蝶的后边，就这样停停走走。夏茫和奶奶追的蝴蝶都是这样从一朵花上飞起来，故意绕来绕去，让夏茫奶奶和夏茫一直跟在后边。有时候，夏茫和奶奶追着蝴蝶一直会追到天黑下来。蝴蝶和夏茫奶奶一样，也喜欢和夏茫捉迷藏，蝴蝶藏到黑夜里去了，奶奶才带着夏茫回家。现在这只蝴蝶，夏茫认识它，有很多次，夏茫和奶奶都和这只蝴蝶一起追来追去的。夏茫认识这只蝴蝶，这只蝴蝶当然就会认识夏茫，也认识夏茫的奶奶。这只蝴蝶认识夏茫的奶奶，夏茫跟着这只蝴蝶肯定能找到奶奶，他们三个经常是在一起的，现在，怎么能少了夏茫奶奶呢。

蝴蝶带着夏茫来到大街上，蝴蝶三飞两飞的，就飞过了马路。夏茫也过了马路，但是夏茫过了马路后，找来找去，却是怎么也找不到那只翅膀绚烂的蝴蝶了。

蝴蝶真是跟奶奶一样，总是喜欢藏来藏去的，极没意思，夏茫下决心不再理会这只蝴蝶。夏茫不搭理蝴蝶了，但夏茫还是像蝴蝶在前边一样，走走停停。再说，夏茫和奶奶走在大街上，奶奶也是这样走走停停的。夏茫喜欢这样走走停停，停停走走。这样走路，夏茫奶奶从来不叫夏茫傻孩子，夏茫奶奶还和夏茫一样什么也不去关心的样子，走路只管抬着脚走路，停下来也只是用眼睛看着夏茫，一言不发地想她自己的什么事。

和奶奶比起来，夏茫更愿意和夏茫爸爸一块出门，夏茫爸爸走在街上也喜欢抚摸着夏茫的头。夏茫爸爸还会和夏茫站在街边上，指着一辆一辆跑来跑去的车，教夏茫认识车标。那些车当然没有飞来飞去的蝴蝶好看和好玩，但是夏茫爸爸在抚摸着夏茫的头，夏茫很快乐。夏茫跟着爸爸说，这是别克，美国的。这是奥迪，德国的。夏茫会和爸爸说很多。夏茫还喜欢和爸爸到广场上看彩色的音乐喷泉，所有的水在喷泉池里都长了翅膀，它们和蝴蝶一样飞舞起来，彩色的翅膀一扇就飞到了天空。不好的是，这些长着翅膀的水，它们也喜欢躲藏起来。夏茫想不明白，为什么所有的东西都喜欢藏来藏去呢？夏茫奶奶喜欢藏来藏去，一些花朵喜欢藏来藏去，蝴蝶喜欢藏来藏去，长着翅膀飞起来的水也是这样，叫人不可思议。

现在让夏茫头疼的是，奶奶这次藏的时间太长了。夏茫走过了一条街，又走过了许多条街。奶奶还是没有从一个地方跑出来，故意装扮成老虎吓唬夏茫。

四

自从确诊夏茫患了孤独症，夏茫的爸爸夏和平心里从来没有舒展过一天，一时，一刻，一分，一秒。夏和平心里天天和挤满了乘客的车厢似的，乱糟糟地乱腾。

夏和平每趟跟车都有一种身在曹营心在汉的感觉。这两年谷欣基本上不过问夏茫的事了，家里家外，全指着夏茫奶奶一个人。夏和平这次出车前，夏茫奶奶又抹着眼泪说，有一天她不在了，夏茫可怎么办呀？她实在是力不从心了，她的心脏也越来越不行了，她的胸口里好像塞满了烂棉花絮子，一点也不透气了。夏茫奶奶的样子悲情又无助。夏和平只好说，等出了这趟车回来，我带着您到医院里仔细地查查去。要不我和谷欣商量一下，家里请上个钟点工，您别怕费那几个钱了。说着，夏和平看了看夏茫奶奶。这次夏茫奶奶很意外地没有拒绝请钟点工这件事。夏和平心酸地看着他的母亲，他的母亲头发全白了，面相看上去与她的年龄都不相符。这哪里是一个六十岁的老人？看上去比七十岁的人都老。这个家，把她的心血全榨干了。

夏和平出这趟车，心里就更沉闷、压抑，另外还隐隐地透着一丝不安。来来回回地，夏和平几乎没怎么休息。夏和平不停地在车厢里来回地晃，惹得几个同事说，老夏，这趟车上有走私钻石的呀，多走趟能捡上两颗？夏和平苦笑了一下，没作声。

　　车上有没有走私钻石的，夏和平没发现，但夏和平发现了另外一件刺激他的事。

　　夏和平发现两个女人带着一个非常小的孩子，孩子脸上的黄疸还没有褪净。根据夏和平养夏茫的经验，这个孩子准还没出满月。抱个没足月的孩子，在这么大热的天里乘火车出远门，准是有非常要紧的事。不然，谁舍得折腾一个这么小的孩子，受这等舟车劳顿之苦，还坐着个硬座，孩子连个舒舒服服躺的地方都没有。

　　因为拿夏茫做了比较，夏和平每趟走过两个女人身边，就不由得多看几眼那个孩子。几趟下来，夏和平忽然觉得哪里有些不对劲。这两个女人，怎么哪一个看上去也不像孩子的母亲？连谷欣那样不给夏茫吃奶的女人，被夏茫奶奶背地里骂作和狼一样的女人，在夏茫小的时候，也没有和这两个女人这样，眼睛里找不到一丝孩子的影子。还有，夏和平一次也没看见她们给小孩子喂奶、换尿布。这么小的孩子，正是小尿虫一个，这么热的天，不可能给孩子捂了尿不湿吧？就是给孩子捂了尿不湿，也应该打开看看孩子尿了拉了没有，哪能对孩子不管不顾，只顾着大人闲扯。莫非……夏和平的脑子一想到后面的事，心忽地就提了起来。夏和平强按住心跳，不动声色地去找了列车长和车上的乘警。

　　事情果然和夏和平想象得一模一样。列车长带着几个人假装验票，验到两个女人时，两个女人故作镇静的模样反而更让人生疑。验完票，女列车长热情地赞美起孩子，夸孩子长得好看。孩子出了一脸痱子，头发被汗湿得一绺一绺地贴在头皮上。列车长说，看把这孩子折腾的，这车厢里没有空调，太热了。这样吧，我们的餐厅里有空调，你们抱上孩子去那里凉快凉快。这么热的天，孩子哪里受得了。两个女人推来推去地拒绝，说热一点没啥关系。小孩子，冷热都受得。列车长笑着说，现在的孩子多金贵，哪有母亲不心疼孩子的，去吧。其中一个女人听了，迟疑着，飞快地向不远处的座位上看了一眼后，抱起孩子跟着一个列车员去了餐车。

夏和平这个意外的发现，解救了三名被贩卖的婴儿。列车乘警顺利成功地控制了抱着孩子走进餐车的女人，随后控制了她同座的女人，还有斜对面靠窗子坐的一个男人。两个女人座位下的旅行包里和男人座位下的旅行包里，还各有一名婴儿。三个人贩子给婴儿喂了大量的安眠药，三个孩子一直在昏睡中。男人座位下包里的那个女婴发着高烧，已经处于昏迷状态了。夏和平看着三个被解救出来的弱小婴儿，眼泪止不住哗哗地流了下来。

夏茫这样小的时候，夏和平最喜欢看夏茫熟睡的小模样。夏茫一会儿咂巴咂巴嘴巴，一会儿咧开与脸极不相衬的大嘴笑一笑，一会又皱皱鼻子。夏和平常常看着看着，就跑去对谷欣感叹一阵子生命的奇妙，怀疑这么个小东西，怎么就会是他们的孩子。在夏茫不停地皱鼻子咧嘴巴的小动作里，夏和平觉得自己的身体里有了一种二月开河的响声，以前不清晰、不明了、空洞虚缈、漂浮的许多东西，都在一刹那高清晰，色彩真实地展现在了他的眼前。夏和平像看见河道里流动的水一样，看见了一个男人在这个世界上所要担负的一切，包括泥沙，包括漂浮的冰块。

后来，夏和平虽然被夏茫的孤独症这块坚冰撞得遍体鳞伤，被谷欣逐渐变得歇斯底里的性情折磨得不想回家，但夏和平还是半点也没有逃避。夏和平双脚迈到家里，就想尽一切办法把灰暗关到家门外。夏和平可以在任何地方觉得自己活得不像个人样，也可以在任何地方不像个人样地活着，但在家里，夏和平绝对得比世界上任何一个人都活得更像个人样。

夏和平做梦都没有想到，他的母亲、夏茫的奶奶离家出走的念头已经冒出许多次了。每一次冒出来，夏茫的奶奶都思前想后半天，又压回去，夏茫奶奶不是因为夏茫放弃这个念头的，当然也不是为了谷欣那个女人放弃的，夏茫奶奶是舍不得儿子。

儿子苦呀，娶了这么个扫帚星老婆，生了个孤独症孩子，儿子心里的累，全在做妈的眼里。夏和平对谷欣千般迁就，万般忍让，但谷欣从来都是一副不依不饶的模样。夏茫奶奶明白，谷欣那副嘴脸都是冲着她来的，夏和平是在替她挡罪。可是话说一千遍，谁会想到夏茫能是个这样的孩子，谷欣的子宫会保不住。夏茫奶奶夜里睡不着，躺在床上后悔，肠子都后悔断了，但是悔断了肠子又有什么用，要是用她这条老命能去更改，她真是愿意替谷欣没有子宫，替夏茫得孤独症。关键问题是，她什么也替不了，什么也改不了。

夏茫奶奶没有任何选择的余地，夏茫奶奶只能一天一天忍气吞声，挨着谷欣的冷脸子。夏茫奶奶一天比一天盼着儿子夏和平能在家里多待一会。夏和平往家里一坐，不说话，家里也透着点温和气，聚着点人气，让外人看着像户人家。夏和平一出了这个家门，这个地方立马就成个死水潭了。想想，什么样的人在这种家里待着，不憋成个疯子？每个房间都冰冷着，沉默着，厨房里炉子不点火，家里找不出半点热地方，锅不冒气，没个另外喘大气的东西，马桶不冲，狗不叫，没有其他的响动。夏茫奶奶两脚插在这潭死水的烂泥里，烂泥越陷越深，慢慢淹到了夏茫奶奶的脖子根，夏茫奶奶实在喘不动气了。

夏茫奶奶有个老姐妹，见夏茫奶奶委屈得受不了，给夏茫奶奶出主意，说，你出走几天散散心去，别给他们说，急一急你儿媳妇，让她收收性子。夏茫奶奶叹着气说，吓唬谁也吓唬不了那个女人，她肚皮里出的孩子都不闻不问了，这样铁石心肠的女人，什么事还能惊动了她。她哪里还有一副人心人肠子，那个女人，一丝人味也没有了。只是我那个不争气的儿子，还成天千护万护地袒着她，那女人是个妖精，早把我儿子的魂吞吃了，弄得他服服帖帖的，没了是非，没了我这个老娘。

夏茫奶奶嘴里这么说着，老姐妹的一番话，还是让她心里动了离家出走的念头。动念头归念头，责备儿子归责备儿子，夏茫奶奶还是怕儿子在外面担了恶名声。她出走了，知道的，说谷欣那个女人的不是，不知道的呢，还不连儿子夏和平一起捎带了，让他往后在外面怎么做人。夏茫奶奶左思右想千头万绪，捋不出个头绪来，夏茫奶奶越想越胸闷，手不停地在拍打胸口。

五

夏茫是在暴雨开始往下落时，遇见边向阳的。下雨前，狂风扯着一块黑布子，一把就把天空的脸抹黑了，然后趁着黑折断了一些树枝，扬在手里当鞭子，往前赶着狂奔的大雨。

边向阳在大风里东张西望，想找一个避雨的地方，边向阳就是在大风里东张西望时看见夏茫的。夏茫站在一棵树底下，大风拧断的一根树杈子，正在夏茫的头顶上空飞来荡去，随时准备瞄准了夏茫往下落的样子。夏茫站在大风里，眼睛盯着一些飞跑的树叶子，那些树叶子像被大风吹落的蝴蝶，在大风里无奈地抖着折断的翅膀。夏茫正在想要不要救那些蝴蝶，夏茫没有看见边向阳。边向阳又不是夏茫奶奶，夏茫即使看见了边向阳，夏茫也不认识他是谁。

雨开始往下落了，边向阳看着夏茫，犹豫了一下，还是抬脚跑向了夏茫。边向阳在犹豫的一刹那，断定树下这个瘦小的孩子是一个人，又肯定他是被突然而降的黑天和大风吓蒙了，站在树下，忘记了该往哪里走。边向阳冲向夏茫，伸手拉住了夏茫的手，向不远处的一个亭子跑去，边向阳刚才就是在那个亭子里纳了一会凉。

夏茫被边向阳拉着手跑进了凉亭子，边向阳和夏茫身上还是被雨水淋湿了。边向阳没顾上看夏茫，赶紧抹了一把脸上的水，慌里慌张地打开手里的塑料袋，检查里面的东西淋湿了没有。边向阳刚才只顾跑着躲雨，忘记把塑料袋子口系紧了，里面可是边向阳给儿子买的魔力写字板。

　　边向阳的儿子三岁了，这是边向阳给儿子买的最昂贵的东西，是边向阳从他逛过的最大的超市里买的。这么一块小板板，竟要三十八块钱。边向阳是横了横心，咬了半天牙才决定买的。边向阳现在干一天活挣四十块钱，边向阳现在用一天的力气，可以给儿子换一块城里孩子在享用的魔力写字板，边向阳认为值。儿子聪明、可爱，哪一点也不比城市里的孩子差，儿子应该享受到城里的孩子在享受的东西。值是值，付完钱后，边向阳还是心疼了半天。要是边向阳的父亲知道他买这块小塑料板花了三十八块钱，边向阳的父亲不和边向阳拼命才怪呢。边向阳的家里，为给边向阳盖房子、娶媳妇，现在还背着两万多块钱的债，他父亲靠卖两只羊，一年也收入不了一千块钱，他却花了三十八块钱给儿子买一个什么魔力写字板。他父亲知道了，还能有不跟他急的道理。边向阳想，急就急一回吧。

　　边向阳在黄河北修高速公路。边向阳是钢筋工，每天要把一圈一圈的钢筋圈和长钢筋条扎起来，扎成一个一个又圆又粗的钢筋筒子，筑桥墩用。

　　边向阳一边扎钢筋筒子，一边在不停地算来算去，算着算着吓了他一大跳。好家伙，这高速公路还不就是用一摞一摞的钱铺起来的呀。铺一米路的钱，恐怕也要好几万。边向阳算完了账，干活就干得非常仔细、认真，速度快，从来不磨洋工。工头很欣赏边向阳的干劲，总是拿着边向阳说事，教训别的工人，倒弄得边向阳心里很不得劲。工人们都是一个地方来的，都是左邻右村的老少爷们，边向阳哪有穷显摆的份。被工头表扬完了，边向阳每次都讪讪地说，在家里这样干活干惯了，一抬手，就把所有的活当成自己家里的活干了。好处是大家都互相摸底，所以工头拿着边向阳说事，工人们也不恼，只说向阳这小子傻头傻脑的，一根筋，跟他爹一个熊样，见了活就没了命。

连着两天高温，天气预报上说气温是四十二度，实际上边向阳干活的工地上四十五度也不止。工头让伙房里熬了绿豆汤，但是绿豆汤也消灭不了那么高的温度，好几个工人热得头晕恶心，眼看着支撑不住，要倒下去了，工头只好按着上头传达下来的禁令，上午十一点下班，下午四点以后再开工干活，晚上加班。边向阳就是趁着中间这五个小时不用工作赶到城里来的。边向阳想到城里最好的超市给儿子买一份生日礼物。

本来儿子的生日边向阳忘了，没记着。边向阳每天干活累得胳膊都抬不动，晚上倒头就睡，边向阳没有闲心记儿子的生日和任何人的生日。边向阳至今都不知道他父亲和母亲的生日，用边向阳父亲的话说，老百姓记什么生日，忙活地里的活都忙活不过来。边向阳受他父亲的影响，就没记住儿子的生日。这两天热得没了谱，边向阳想问问家里的情况。边向阳割完麦子就出来打工，一个多月了，只往家里打过一回电话。边向阳家里没有电话，边向阳的村子里也只有书记家里、村主任家里、村会计家里和一家开小卖店的装着电话。边向阳打电话要打到小卖店里，小卖店的人再去边向阳的家里叫人去听电话，很麻烦。

边向阳这次打电话，边向阳的老婆恰巧带着儿子在小卖店里买盐。边向阳的儿子在电话里叫爸爸，叫得边向阳兴奋起来。边向阳不知道动了哪根筋，忽然没头没脑地问老婆，这几天是不是儿子的生日要到了？边向阳的老婆停了停，想了想，回答说快了，还差五天。边向阳说你等着，我抽空去给儿子买一个礼物，让咱表舅家二歪给捎回去。二歪现在给人跟车，天天从县城到济南，跟着客车跑。边向阳老婆电话里说，费那个钱干什么，家里还等着你那钱还账。边向阳说，你甭管了，等着吧。

边向阳先是坐了一段工程车，到了公路上，然后转乘小客车。因为不熟悉路，在城里又换乘了好几路公共汽车，才给儿子买到生日礼物。边向阳在超市里转悠时，想着等哪天自己还完了债，手里有了结余的钱，一定要把老婆和儿子带出来，让他们也见识见识，开开眼界，看看大城市里的孩子都在使用些什么东西。

边向阳包好写字板，想起他领来一块躲雨的小孩，就走过去，拍拍夏茫的肩膀。夏茫正伸着手接亭子外面的雨水。边向阳问夏茫，哎，你叫什么名字？夏茫没理边向阳，只管接雨。边向阳以为雨太大，夏茫没听见。边向阳又大声问，哎，你叫什么名字？这回夏茫理他了，夏茫说，你叫什么名字？边向阳说，我叫边向阳。夏茫跟着说，我叫边向阳。边向阳一听就笑了，说，你这个小孩真有意思，怎么跟我学话说？你们城里的小孩就是鬼心眼子多。

夏茫已经停止了接雨水的动作。夏茫想起了奶奶。奶奶也用鬼字说夏茫。当然，奶奶不是说夏茫鬼心眼子多，而是说夏茫鬼迷了心窍。前两天奶奶因为感冒发烧，没人陪她打针，奶奶难受得呼天抢地，胸闷得要死要活，奶奶就用手指点着夏茫的额头，说夏茫，夏茫啊夏茫，你怎么从阎王爷那里偷张人皮就来投胎了呢。你真是鬼迷了心窍，以为顶上张人皮就可以做人了？你哪里知道，因为你偷了这张人皮，多少大鬼小鬼都要跟着你受连累。你哪里是个人，连你亲妈都说你还不如她养的那条狗，狗还知道舔舔人的手心讨个宠呢。你能做个什么事，讨个宠。夏茫在玩玩具，夏茫跟他手里的玩具说，夏茫奶奶真是老糊涂了，和夏茫妈妈一样糊涂，她们一点也看不出夏茫给她们表现出来的好。

边向阳第一次和城里的小孩打交道。边向阳和夏茫说了两句话，就觉得夏茫非常有趣。

城市里长大的孩子和乡村里那些孩子就是不一样，乡村里的孩子怕羞，陌生人和他说句话，他们只会你推我我推你地傻笑，从来不敢张嘴回话。城里的孩子，他明白先把一些话推回去，和你斗一些小心眼。边向阳还想和夏茫说些话，边向阳问，你自己出来的吗？你几岁了？夏茫只顾着看护城河里越涨越高的水，没有听边向阳的问话，当然就没理边向阳。边向阳想，城里的小孩真是有意思，从小就知道提防别人。

夏茫不理边向阳，边向阳只好自己去看越来越大的雨，不知道几时能停下来，会不会耽误他回去干活。边向阳可是半天活也不能耽误，半天活二十块钱呢。加上买写字板花掉的三十八块，还有来回十多块钱的车费，这些钱加起来，足够边向阳家里人三个月的日常开销。

六

暴雨来临之前，夏茫的妈妈谷欣正在宠物医院里给她的牧羊犬贝贝输液。牧羊犬贝贝感冒好几天了，神情恹恹地，让谷欣看着一阵一阵地心疼，谷欣反复地抚摸着贝贝，安慰它。

在谷欣眼里，狗比人善良一百倍，一千倍，一万倍。至少谷欣这条狗给谷欣带来的温暖和安全感，在现在是没有人可以给予谷欣的，这些人里，自然包括夏和平。谷欣连最爱她的父母都扔下了，跟着夏和平来到这陌生的北方，为了这件事，谷欣的父母至今不肯原谅谷欣，拒绝谷欣回去探视他们。但是夏和平，却连谷欣的身体都没有保护好，夏和平用他对母亲虚伪的孝心，一刀就切掉了谷欣的子宫，切掉了谷欣作为一个女人该享受到的一切快乐和幸福，切断了谷欣的人生。这

91

一刀像是谁开着玩笑，给谷欣拉断了生命的电闸，谷欣在漫漫无边的寒冷的黑夜里，两只手抓来抓去，再也摸不到黎明的边缘，再也找不到温暖和安全的感觉了。谷欣看着自己被慢慢地冻僵了身体、梦想，然后，谷欣就剩下等待死掉的份了。

谷欣的牧羊犬贝贝是突然间跑进谷欣生活里的。谷欣一直认为贝贝是上天给她的一个安慰。谷欣穿过一个宠物市场去看一位生病的同事，谷欣走过贝贝时，贝贝从半米高的笼子顶上跳下来，扑到谷欣跟前，左摇右摆地不让谷欣往前走。卖狗的女人说，狗通人性，看来，你真是与这条小狗有缘，买了它吧。就这样，谷欣花四千块钱买下了两个月大的贝贝。是卖狗的女人说的狗通人性这句话，打动了谷欣。夏和平听说谷欣花四千块钱买了条狗，说谷欣，你脑子是不是出毛病了谷欣？花四千块钱。谷欣说，病得还不轻呢，我愿意！谷欣说她愿意的事，夏和平就不再争论了，夏和平只有息战投降，夏和平明白，自己这一辈子都欠了谷欣。

一条狗都是通人性的，一个人却像一块木头，一块石头一样，沉默、安静，你相信吗？谷欣逼迫自己不去相信这样的事实，谷欣情愿相信狗和夏茫之间，是被某种东西施了魔法和诅咒。谷欣每天一回到家，谷欣的牧羊犬贝贝一听见谷欣的动静，就会奔到谷欣跟前，仰着狗脸看着谷欣，两只眼睛里闪动着等待一天后的想念、亲热和欢快。谷欣必须先蹲下去搂搂它，磨蹭它的额头、鼻子，它才安静下来，继续围着谷欣绕来绕去，完全是一种儿女绕膝的感觉。夏茫呢，夏茫躲在他的世界里，他的躯壳里，无声无息，夏茫像一件会呼吸、会眨眼睛、可以走动的活玩具，摆在那里。想念、亲热、欢快，这些狗都会表达的情感，夏茫没有。你表达给夏茫，夏茫也不会回应，夏茫自言自语或不动声色的嘴里，你永远不知道他在讲述什么，更无法从他冷漠的眼睛里，看见一星点生命的光辉和色彩。夏茫仿佛生活在另一个距离人类遥远的世界里，夏茫以一种鄙视人类的姿态，独自地活着，夏茫对人类的一切，统统表现出无动于衷和视而不见。夏茫的妈妈谷欣，开始固执地产生了混淆，她的牧羊犬贝贝和她那个夏茫，谷欣常常弄不明白，哪个才是她的儿子？

谷欣给夏和平打电话时，夏和平跟乘的列车刚刚到站，正在和公安局、福利院赶去的工作人员，交接人贩子和解救出来的三名婴儿。从解救出三名婴儿开始，夏和平的心里就没有平静过，夏和平从电视里看过一名记者就被贩卖儿童的事对一家福利院院长的采访，那个被采访的院长说，这些被贩卖的孩子中，大约有百分之二十的孩子，由于种种原因，再也不能回到亲生父母的身边了。看那期节目时，夏和平也很气愤，但没怎么受到震动。当三个被贩卖的婴儿在夏和平他们的列车上被解救出来，活生生地摆在夏和平面前，其中一名女婴，因为高烧，还极有可能丧失脆弱的生命时，夏和平感觉一把刀子在猛地刺向了自己的心脏。在心脏受到猛烈一刺的刹那间，夏和平做出了一个决定，夏和平决定辞职，全心全意地在家里解救夏茫。

夏和平第一次意识到，整个家里，最不幸的人不是谷欣，不是夏茫的奶奶，也不是他夏和平，而是夏茫。夏茫在他漆黑的世界里，找不到走出来的任何路径，没有人听得见他的求助、呼喊、恐惧，没有人知道他对冷暖的需求。夏茫被隔在一个透明的器皿里，与这个世界隔绝，他在等待亲人对他的拯救、援助。他太弱小了，他的力量不足以与这个陌生的庞大的世界相抗衡。他两只软弱的手，没有办法去打破那个触摸不到、但却真实存在的透明器皿。夏和平觉得自己应该用他全部的爱、全部的力量，把夏茫从那个透明的器皿里拉出来，拉到这个真实的、有声有色的世界里来。

谷欣给夏和平打电话，是谷欣看见了报纸上夏茫奶奶的照片。夏茫奶奶躺在医院的病床上，仍在哭诉她的遭遇，夏茫奶奶说她看了七年的孙子，儿子不在家里时，儿媳妇从来不和她说一句话。在家里，她连一条狗都比不上，狗病了，儿媳妇会带着狗去打针，她病了，只有一个患孤独症的孙子陪着她。

夏茫的奶奶在离家出走的下午，因为高温天气诱发了心脏病，倒在了大街上。有人报了警，夏茫奶奶被警察送进了医院。夏和平火急火燎地听着谷欣的电话，知道母亲暂时没有了什么危险。夏和平刚要放下心，又想起了夏茫，心立马提了到嗓子眼上。夏和平急切地问谷欣，夏茫呢？夏茫现在在哪里？谷欣被夏和平问住了。是啊，夏茫呢？谷欣也不知道夏茫在哪里呀。

谷欣在宠物医院里，惊讶地看着夏茫奶奶登在报纸上的照片时，夏茫已经离开了避雨的地方。夏茫趴在护城河边的栏杆上，探着身子看河里的水。河里的水在飞速地上涨，已经和河岸持平了。夏茫非常开心，夏茫爸爸带夏茫到游泳池里学游泳时，就是这样先和夏茫在池边上玩一会水，再下到水里去的。可惜今天夏茫的爸爸没和夏茫在一起。夏茫看着水里那些漂漂荡荡的树叶子，突然又看见了那只过了马路后就藏起来的蝴蝶。夏茫想那只蝴蝶原来是藏在了水里。现在，他要跟住这只蝴蝶，去找到奶奶。

边向阳这会儿不再想耽误不耽误干活的事了。

看样子，雨一时半会地不会停下来。看着雨时，边向阳一直在想，什么时候，自己的儿子才能到这座城市里来，让他像这个城里的孩子一样生活、上学，长大了做一个城里人。然后找一份体体面面的工作，别再像他边向阳，没上几天学，看上去粗笨粗笨的一个人，只能干些出大力流大汗的力气活。

云里雾里，天上地上空想完了，边向阳转过头去找夏茫，才发现夏茫已经不在亭子里了。边向阳望向亭子外，雨瓢泼一样白茫茫的一片。边向阳瞪大了眼睛，看见夏茫趴在河边的栏杆上，正探着身子，在伸着手玩水。边向阳再也无法气定神闲了，万一夏茫掉到河里去怎么办？边向阳考虑得赶紧过去把夏茫拉回亭子里。

边向阳放下给儿子买的写字板，也顾不上大雨了，他跑出亭子，往夏茫那里奔过去。

还有两步就跑到夏茫身边了。边向阳吃惊地看见，夏茫已经慢慢地翻过了栏杆，像一只轻盈的蝴蝶，慢慢地落向水面。边向阳完全忘记了自己根本就不会游泳。他想也没想，抬腿就跳进了汹涌的河水里，远远地把手伸向了夏茫。

四　季　歌

一

我十二岁那年，天下大旱。头一年秋天里，天气将冷未冷时，还没看出天旱的迹象，因为在秋尾上，就落了一场大雪，雪深得几乎没及了膝盖。大雪把长安城里城外，都裹在了一片茫茫白色之中。

下雪那天，我偷偷地跑到院子里，在院子里跑来跑去的，和雪花玩着。

我的绣花鞋很快就湿了。鞋尖上那朵牡丹花在雪花的滋润下，像盛开在春天的枝头上一样鲜艳。我想，假如这会儿飞来一只蝴蝶的话，它一定会直直地扑过来，落在牡丹花这些生动的花瓣上。

父亲和母亲大概站在门口看我许久了，我听见母亲欣喜地在和父亲说：“你看这个孩子，竟在雪地里玩疯了。”

父亲的表情看上去似乎有些犹豫。他答非所问地说：“还未入冬就是这么大的雪，不知道是不是一种异兆。”

母亲笑了：“你天天闷在书房里读书，大概是读书读得太累了。一场大雪，会是什么异兆，就是今年的雪比往年落得早一些，大一些罢了。”

父亲摇着头说：“不合时宜的东西，都当看作是异兆。你看，时令才刚近秋尾，树上的叶子还在枝条上挂着，一些花，还在枝头上恋恋地开着，这么大的雪就压下来了，这还不算是异兆吗？我活了一大把年纪，也读了几本子书，自恃还知晓些天文地理。”

那场大雪之后，一个冬天，竟是一朵雪花也未再落下。

开春，地里的草一露芽尖，树上的叶子一放苞，母亲就按照父亲的意思，带领着家里的两个婆子，像那些苦寒人家一样，开始去地里挖一些野菜，去路边的树上捋一些树叶子，回来掺和在粮食里做饭吃。

家里上上下下都在吃掺了野菜和树叶子的饭食。

下人们不明白这是为什么，对父亲和母亲放着满仓满囤的粮食不去吃，却要吃野菜树叶子对半的饭，极其不理解，背地里议论说："这样大的门户，竟去地里与苦寒人家争些草食，是不是有些失了大户人家的体面？"

话传到父亲耳朵里，父亲在书房里来回踱了半天步子，自言自语地说："今日不丢体面，他日怕是就会丢了一家子人的性命。体面和性命，孰轻孰重？"

体面和性命，当然谁都分得出哪头轻，哪头重。没有体面了，人还能活；没有性命了，体面还附着在哪里？所以性命总比体面更重要一些。我想这就是父亲说过的，留得青山在，不怕没柴烧的道理吧。

父亲是个读书人，饱读诗书，我崇拜父亲的学识，认为父亲这么做，必是有他的道理。

眼瞅着夏日就要过去了，天上仍然是滴雨不落。一年里没有雨水的滋润，世界上哪里还有生气。放眼看去，地里一片荒芜，到处是灰秃秃的景象。好像天底下已经没有了会动的东西，天空中，连一只飞动的鸟都看不见了。

父亲放下了手里的书，到村外的地里转了一圈又一圈，叹息着走

97

回来，对母亲说："大灾已经来了。"

地面上最先死去的，除了地里那些庄稼和草，再就是那些树木了。春天里，那些树木淡绿的嫩叶子一崭露头角，就被人捋了去，变着各样的法子，填进了人的肚皮。它们的叶子被捋光后，就再也没有水分，让枝条上长出新的绿叶子了。

树木的绿叶子，一小片一小片地积蓄着，给很多人拉长了生命。叶子光了，接下来能拉长人生命的，就是树皮和树根。树皮树根虽然比树叶子坚硬许多，也没有一粒粮食可以和它们掺在一起往下吞咽，但是人的牙齿，还是把它们咀嚼得很细致，吃了下去。

百草树木都死去后，相跟着再死去的，就是人了。

从春天开始，父亲和母亲就把家里的粮食陆陆续续拿出来，周济给了周围的人。到天热之时，就已经分光了。起初，母亲执意要多留下一些，藏起来，以便救一家人的性命。但是父亲极其坚决地摇了摇头，表示不同意，父亲说："那样不仅救不了一家人的性命，或许恰恰会因此，提早断送了一家人的性命。"

我想父亲的话，肯定有父亲的道理。一整片大地上，都死气沉沉地没有炊烟了，那么任何忽然飘起来的一缕挟带着饭香的炊烟，都可能引来杀身之祸。

父亲读了那么多书，父亲的书不是白读的。父亲自然明白后其身而身先，外其身而身存的道理。也明白祸兮福之所倚，福兮祸之所伏。

我搂着已经瘦得只剩下一身长毛的白花狗，坐在门口的台阶上，和它一起看着晴碧万里的天空。盼望着天上能有一丝过路的云彩，云彩上坐着司雨的龙王，发下善心来，给我们长安的地界下一场救命的雨水。那样，我们就不用背井离乡地去逃难了。

我喜欢叫白花狗白花，白花此刻的眼里，是和我一样的神情。如果这会儿落下雨点来，我相信它一定会叼着我，比箭更快地射出去，到雨地里去奔跑着撒欢。从母亲可怜地看着我的眼神里，我知道我也已经很瘦了，大概是和白花一样，长毛散披。白花狗如果想叼我的话，一定能叼动我了。

母亲跪在屋子里，燃着一炉香，在袅袅飘起的香烟里，口里念念有词地求着不知道哪一路神仙。这是母亲每天都不间断的一堂功课，和父亲读书一样。

昨日黑夜里，父亲坐在一屋子的黑暗里说："我们也随着乡邻们一起，到洛阳逃难去吧。"

父亲的口气里，透着一丝不能掩饰的悲凉。说完这句话，父亲看也没有再看一眼我和母亲，就站起来，到他的书房里，抚摸他那些书去了。

在黑暗里，我似乎听见父亲的一滴眼泪，落在他手里的一本什么书上了。书上溅起的那些灰尘，又飞起来迷进了他的眼里。他为了冲刷迷进眼里的灰尘，就任凭泪水汹涌而下，落到胸前的衣襟上。

父亲有些日子不去翻动书了。我认为书里的那些灰尘，是故意飞起来，迷进父亲眼里的。它们想让父亲带走它们，但它们又知道，父亲是断断不会带着它们去逃难的。那些书里的字，当然有麦子，也会有黍子，但这些字，更可能造成的后果，是让读到它们的眼睛，愈发地加剧了难忍的饥饿。这些书，它们太了解父亲了，甚至比父亲自己了解得更加细致和透彻。

屋顶上没有月亮，只有几粒星星，在打量着书房里那些雕花的窗棂。它们的光辉，落在窗子雕刻的花瓣上，也落在已经没有花朵的花园里。花园里的花，它们的魂魄和香气，是不是都飞来落在了窗子的雕花上？

花园里，所有的花花草草都死去了。

父亲的书房里，所有的书，都要落满灰尘了。

二

母亲燃起一炷接一炷的香，老是让我有一种错觉，就是母亲像是要把一辈子的香，都在这些日子里烧完了。而书房里，父亲读书时，似乎也已心不在焉，看着那些书的眼神，像是在和它们做着某种诀别。

我问过父亲一些有关外出避难的事，父亲说："我们只是暂且出去避避难，用不了多少时日，就能回来了。"

我想，既然用不了多少时日便可回来，那么，父亲和母亲为什么还会这个样子呢？

白花靠在我身上，也是一副恹恹的神色。我看着白花，觉得白花好像老了很多，这些日子，它趴在一个地方，有时候连眼皮都懒得抬动一下。而有一天我也曾听见母亲在对父亲说："玉儿好像变小了两岁。"

父亲似乎是点了点头，但是并没有说话。

玉儿是我的名字。据母亲说是父亲和母亲在不约而同中，为我想出的名字。

我特别喜欢玉儿这个名字，就像我特别喜欢雪花一样。是因为它们的质地都同样藏不得半点瑕疵，还是因为别的，让我如此喜欢，这些我至今还没有弄明白。

父亲和母亲的意思，当然都希望我长成一个白玉无瑕的女孩儿，有着玉一样的容颜，玉一样的品质，能和玉一样地高贵。这里面，当然还包含着宁为玉碎、不为瓦全的含意。这样的含意，我想无非有两层意思，一是母亲站在女人的角度，总结出的，一个好女人所该遵守的传统美德；二是父亲站在品质的高度，所总结出的为人处世所该持有的道德操守。我觉得其实是一回事，横竖都是要我在世上做一个清清白白的人。

父亲是个饱读诗书的人，凡事都如读书一样认真。所以在给我取名字这件事上，也是沐浴焚香，一样地郑重其事。

父亲没有因为我是一个女孩儿，而有半点怠慢我。

我是母亲的掌上明珠，更是父亲的掌上明珠。

父亲教我背："道生一，一生二，二生三，三生万物。"

父亲教我背："天下之至柔，驰骋于天下之至坚。无有入于无间。"

我开始喜欢父亲的书房。喜欢看父亲读书写字。喜欢父亲翻动那些书时，书里飘荡起的一缕一缕书香，还有父亲写字时，那些字里也化不开的墨香。

母亲看我整天赖在父亲的书房里，就对我娇嗔道："女孩子应该工于女红。邻居家你香儿姐姐十四岁出嫁时,所有花样都是自己绣的。"

我撒着娇说："我可不愿像香儿姐姐那样，那么小年纪就嫁出门去，我要一直在家里陪伴着父亲和母亲。"

母亲假装生气地说："女孩子家，怎么能说出这样不成体统的话来。还不随我学刺绣去。"

母亲把我带到绣架前，把绣花的丝线穿在针孔里，让我捏在手指间，学着飞针走线。

母亲刺的绣品，成了我的另一个花园。我在两个花园里移着步，观摩着含羞的花蕾、娇艳绽开的花瓣和花丛里起起落落的蝴蝶。母亲绣出的那些花朵，花瓣上的香气，日夜扑着我的鼻息。而花丛里戏花的蝴蝶，却常常会飞进我的梦里，在我手掌上停落下来，给我说一些我听不懂的话语。它们的声音细若游丝，我听不明白，它们就拼命地扑闪硕大的花翅膀，像在大风里起舞。但是它们起舞，我也仍然不明白它们在说些什么。它们大概是着急了，就从我的梦里飞了出去。

我知道那些蝴蝶从我的梦里一飞出去，就飞到花园里找那些盛开的花朵去了。是不是只有那些花儿，才能听明白蝴蝶的语言？我看见蝴蝶给花儿说话的时候，那些花儿都在不停地点头或是摇头。花儿定是明白了蝴蝶在说些什么。

母亲绣花的丝线，都是母亲亲自去采了碧绿的桑叶回来，喂了蚕，再用蚕结出的白花花的茧花抽出了丝，亲手漂染的。

母亲喂蚕花的时候，总是把嫩绿的桑叶，剪得细如丝线，她像绣花一样，侍弄着那些蚕花。桑叶剪成的细细绿色丝线从母亲指缝间散落下去，轻轻柔柔的，像是母亲在给蚕花编织一张绿色的网。那些蚕花，就在绿色的网里穿行，悄无声息地长着身躯。待蚕花将桑叶吃出一片沙沙声，犹如细雨落在沙滩上时，那些蚕花就长大了。这样，母亲就不用再去费力地剪那些细细的绿色丝线了。母亲开始把整片的桑叶，仔细地盖在浑身冰凉的蚕身上，仿佛给它们盖上了一层绿波荡漾的被子。

日夜不停地饱食碧绿桑叶的蚕，慢慢地就把身子吃出了透明的光华。母亲看着这些胖胖的、很有了些雍容华贵模样的蚕，知道它们就要在即将来临的夜晚里，放弃绿色的桑叶，爬上那些用麦秆编织而成的、高高竖立的草苫子，开始做它们绵长的梦了。

结茧花的清晨，母亲会小心翼翼地从苫子上摘着茧子。这时候的母亲，喜欢把那些白色的茧子叫作茧花。母亲说那些茧花，是蚕在一夜之间吐尽了腹中的长丝结成的。

蚕吐尽了丝，就是为了自己把自己缠在丝里，作茧自缚？我想不明白。

我想，蚕睡在它们白雪一样的帷帐里面，是不是在做着天下最美的梦呢？它们像雪花一样洁净，它们的梦，也一定是雪花一样的精美。

我想，母亲一定是看见它们的梦了，所以母亲就把它们吐出的丝，漂染成五颜六色，然后再一针一线地，把它们的梦绣成了一朵又一朵鲜艳无比的花朵。

现在，母亲收起了绣花的架子，上面那些没有绣完的花朵，就无法放射生命的光彩了。它们只能学着花园里那些枯死的花儿，把一生的魂魄和香气，凝上雕花的木格窗子。在有月光的夜里，顾影自怜。

母亲给我们换上了一身的旧衣裳。母亲说："这样的年景，出门不能穿光鲜的衣裳了。"

父亲很是赞同地点了点头。

走出家门，父亲就让母亲拿一块绿纱蒙住了我的眼睛。父亲的意思，一定是不愿让我看见乡野里那满目荒凉。所以，就让母亲事先为我准备了一块绿纱。

父亲挑着担，走在前面。

在遣散家里的下人时，父亲给他们分毕家用，又把家里仅有的一辆牛车，送给了家里年纪最大的一个婆子。父亲说那个婆子的家里，有一个年迈得已经不能走路、眼睛什么也看不见的更老的婆子，她是那个婆子的婆婆。父亲说："百孝顺为先，那个婆子，对婆婆总是百依百顺。"

母亲左边挎着包裹，右手牵着我，我的身后，是白花。

白花走得悄无声息，我老是担心它走丢了。每次扭回头，都看见它紧跟在我们身后。

窄窄的路，如母亲从茧子上抽出的丝，被络绎不绝的逃难人踩得摇摇晃晃。我的眼睛蒙着绿纱，看见的那些人和物，以及远处荒芜的土地，就都被一层淡淡的绿罩着，似乎旷野里正是一派绿意盎然。这也许正是父亲所要达到的目的。

所过的村庄，几乎都已绝了人烟。大概所有村庄里的人都和我们一样，拥到逃难的路上了。路上不断有人走着走着就停下来，倒在了地上。也有我们走过时，早就倒在路边的。我晃晃母亲的手，问母亲："他们倒在地上，是不是饿死了？"

母亲侧脸看了眼父亲，父亲没有回应。父亲肩上的担子，已经让父亲不堪重负。父亲是个读书人，父亲手里只握过书。肩上，挑过担吗？

母亲轻轻叹息了一声，握紧我的手说："他们是走累了，躺下来歇息一时。"我明显地感觉到，母亲拉着我的手在竭力控制着抖动。母亲抖动的手，告诉我母亲这次是说了谎话。母亲是个不会说谎话的人。

走了一阵子，见前后都没有倒着的人，父亲就放下肩上的担子，在路边坐下来。我和母亲也随着坐下来。白花趴在我的跟前。

我们一坐下来，就有很多人，相继跟随着我们坐了下来。

看见一个人坐下来歇脚，就会有众多的人，再也迈不动步子。有几次，我们也是这样跟随着别人坐下来的。

赶了一上午路，父亲肩上的担子已经卸下来好几次了。父亲卸下担子，就会摇着头叹息。当然，父亲的叹息全在他眼神里，他从来没让叹息从嘴角边滑出一丝声音来。

路边的树全成了枯木。这些树被人食了叶子食了皮之后，只剩下白色的树骨头直直地竖在那里，让人分辨不出它们曾经长着什么形状的叶子。干枯的树骨头，不知道为多少逃难的人靠过身子了，它们的身体，看上去已经很是脏污。

我的眼睛蒙着绿纱，但绿纱也变不出树上的叶子来，让一树浓密的绿叶子，在夏日的热风里猎猎作响。那些干裂的树骨头，让我心里生出一阵一阵的疼痛。

父亲在揉着肩，我想，父亲的肩一定是肿了，或者，干脆就已经磨破了皮。我很想过去帮父亲揉一揉肩，像在父亲的书房里，父亲读书或者写字累了时那样。但我刚想站起来，就被父亲用手势制止住了。父亲怜惜地说："玉儿，你自己歇息着吧。前边的路还远着呢，不知道还要走多少时日。"

我又问："洛阳到底在哪儿呀？它离这里有多远？我们究竟还要

走多少时日？"

母亲说："玉儿，跟着你父亲走就行了。小孩子家，不要问那么多话，让你父亲好好歇息歇息。你父亲挑了一天的担，走累了。"

我抬起手，想把蒙在眼睛上的绿纱取下来，仔细看看眼前的景物。一路上，我都在想着走出家门前，父亲和母亲窃窃说的那句话："这一去，不知道还有没有回来的时日。听说外边的官道旁，到处是一些倒地而亡的逃难人。"

母亲扯住了我的手，说："玉儿，听你父亲的话，好好地用纱蒙着。你还小，心里盛不得眼前这些荒凉。回来的时候，你再放开了看也不迟。"

我们还能有回来的时日吗？这句话，我不敢问父亲，自然也不敢问母亲。一路上，父亲和母亲都极少说话。我知道他们此刻的心里，肯定也和我一样，在回环反复地想着这句话。

我们长安城外的家，春天里会被一树一树粉红桃花掩映着的家，以后是不是只能在梦里回望它了？我不知道。我想父亲和母亲，一定也不会知道。天不降雨，我们恐怕就没有回来的日子。

这时候如果来一场透地的大雨，像在我梦里一样，雨水让地里的百草冒出了细芽，让枯死的百木长出了新绿，我是不是就可以解下蒙着眼睛的绿纱，放开眼睛，去看一望无际的旷野，我们就不用背井离乡去什么洛阳逃难了？

我忽然对洛阳充满了莫名的恐惧感。

我不由得想，洛阳有什么好呢，洛阳只是一个让我们期望着能避难的去处罢了。洛阳没有父亲的书房，没有母亲绣花的花架，也没有我春赏百花冬赏雪的花园。

白花轻轻地舔了舔我的手。我在白花的背上拍了拍，白花身上的毛，已经越来越长了，长毛底下的骨头，尖尖地凸出来，硌着我干瘦的手。

三

夜晚伸出手指抹掉了西天上最后一缕霞光时，母亲终于摘下了蒙在我眼上的绿纱。我揉了揉眼睛，清清楚楚地看见了满天的繁星。

夜幕低垂下来，像一只飞行了一天的大鸟安息时垂下的翅膀。天上的星星却是你拥我挤着，像母亲在二月二的龙日里炒的满锅爆豆。

想到爆豆，我嘴里溢出了一丝一丝的口水。鼻子里也飘满了豆子香喷喷的气息。我闭上眼睛，让飘起来的豆子香味一层一层地缠裹着我。闻着豆子的香味，我又想到了母亲养的那些蚕，它们是不是就是做着这样的梦，把自己缠在茧子中的？

母亲推推我，把我从豆子绵绵的香气里摇醒过来。黑暗里，我看不见母亲的脸色，也看不见父亲的脸色，只知道父亲坐在母亲的另一边，似乎也在仰头看着天上的星星。从走出家门到现在，一天了，父亲很少说话，大多时候都是点点头或摇摇头，来回答母亲。

母亲从父亲那边转过身子，轻轻地展开我的手掌，往我手里放了一些东西。母亲刚才想把这些东西给父亲的，但是父亲拒绝了。我用手指捻了捻，知道母亲放进我手里的是一些芝麻，就把一根手指放在舌尖上湿了湿，想用手指蘸着，把它们吃到嘴里。走了一天的路，我们只在日头快偏西时，吃了几口干硬的稷子面饼。

伸出手指了，我又把手指缩回来，在衣角上来回蹭了两下，把手指上那点口水蹭干净了。母亲放进我手里的芝麻，估计只有二三十粒，它们的粒子又是那么细小，用手指蘸着吃，一次会蘸走好几粒的。我想只有一粒一粒节俭着去吃它们，才能熬过这个茫茫的、无边无际的夜晚。

我拈起一粒芝麻，放在上下牙齿间轻轻点破了它，然后用舌尖缓慢地搅着。一边搅着，就想起了路过的村落里，那些被家人压在墙壁下压死的孩子。每次看见，父亲都是急匆匆地撂下肩上的担子，奔到跟前去。我知道父亲是想去救出那些被推倒的墙壁压住的孩子。但每次到了跟前，父亲的手脚似乎又一下子僵硬起来。看到父亲的表情，我能猜到，墙壁下的孩子已经被压死了。我想一定是这些孩子的父母，不忍在逃难的路上亲耳听到孩子饥肠难忍时的哀叫，所以就推倒墙壁，将孩子压在了下面。墙壁不能动，他们便不能跟随了。他们一定是想，与其让孩子饿死在路上，倒不如让他们死在家里。

远处的天际间，一颗拖着长尾巴的扫帚星赫然挂在天空中，仿佛要把满天的星星都扫落进黑夜的幕帐里。我记得父亲曾经说过，天出扫帚星，是灾祸和不祥的预兆。但是，枯旱已经逼迫我们走在逃避灾祸的路上了，接下去，还会有什么不祥在等待着我们呢？

遥望着天上那条辽阔的天河，我想天河里的水，怎么就不会流下来一些，来普救天下为旱灾所困的苍生呢？天河里的水，留在天上又做什么用呢？天上的神仙，也在播种五谷吗？

我靠在母亲身上，白花靠在我脚边。我把几粒芝麻放进衣袋里，又将留在衣袋里的一口稷子面饼拿出来，悄悄地塞进了白花嘴里。

刚给白花喂完那点稷子面饼，白花就箭一样蹿了出去，似乎比流星从大上滑落的速度还要快些。白花的腿脚有些日子没这样敏捷了，它的动作，几乎吓了我一跳。我马上猜到，一定是那点稷子面饼，勾出了白花肚子里饥饿的虫子。白花是去找吃的了。

果然，白花转了一圈，才慢慢地走回来，蜷缩在了我脚边。

母亲也看见了天上的扫帚星，声音轻轻地问父亲："天已大旱，放眼所见遍野皆是枯黄，如今天边又挂出这扫帚星，不知道还会有什么样灾祸降落？"

父亲说："天虽大旱，但大旱恐是先兆，接下去，瘟疫和兵乱，

107

怕是才会后发制人。书上说，列星奔乱，皆绝纪纲。现在四处有人起事，天下欲乱，天必先谴之。"

走了一天路，父亲的嗓子微微地有了些嘶哑。好像黑夜忽然跳出来，在父亲唇边劫走了他声音里所有的水分。或者，就是脚下的路伸着舌头，一丝一丝地，在一天时间里，吸走了父亲身体里全部的精华。

母亲说："这么说来，我们即便到了洛阳，又如何呢？倒不如返回去，厮守在家中听天由命，一家人生生死死，也聚在一处。"

父亲叹息一声，缓缓地说："此言差矣。祸不妄至，福不徒来。再者，玉儿尚未成人。待他日玉儿完成了大礼，你我方能了无牵挂。想那草木结子，也需善始善终。更何况人与草木相比，终是比草木多了些血肉之情。"

父亲那一声似有似无的叹息，像被大风吹起的一粒火星，在风里起起落落着飘过来，落在了我心上。我的心就火炙一般疼痛起来。

父亲挑着担，携带着母亲和我，跟随着浩浩荡荡逃难的人群，一路走来，眼睛里是一路的黄土肆扬，一路的哀鸿遍野，我知道父亲的叹息里，不仅仅是为着我的终身大事。从上年开始，上门给我提亲的人，就已经络绎不绝了，但父亲和母亲很有些敝帚自珍，他们认为我年纪尚小，还不到婚配的年龄，所以都一一回绝了。邻村的赵媒婆就说父亲和母亲："不是玉儿姑娘年纪小，是你们舍不得将女儿嫁出门去是了。在父母眼里，女儿哪里有长大的？"

父亲是个读书人。父亲说过，男人读圣贤之书，重在习学做人之道。谦谦君子，心怀天下，亦心忧天下。所以父亲现在的叹息里，我想成分更多的，应当是在为这些逃难的人叹息。

父亲挑着担走在逃难的路上，父亲就是个逃难的人了。父亲的书房，留在了长安城外的家里。但我知道父亲书房里那些书，都被父亲一一装在了心里。

熬过了一个月的行程后，夜里歇息下来，父亲欣慰地对母亲和我说："再有这么一些日子，我们紧赶一赶，就能赶到洛阳了。到了洛阳，一切就安妥了。"

我不仅有了些欣喜，虽然我对洛阳莫名的恐惧有增无减。我只是想，到了洛阳，至少父亲肩上的担子就可以卸掉了。一路走下来，父亲肩上已经脱了一层又一层的皮。而母亲和我的脚底下，磨出来的一个连一个的血泡，早就染透了袜子底上每一个针脚。

记着刚出家门时，我问父亲洛阳在哪里，离我们的家究竟有多远，但母亲始终阻止，不让我问。可是走着走着，母亲就有意无意地给我描画开了洛阳。我知道母亲这样做，一准是为了让我忘掉离家之痛，以及饥饿和跋涉之苦。一个月下来，我的身子已经虚弱得一片树叶子就能砸倒了。幸好我们走过的路上，没有一棵树上会有叶子落下来，砸在我身上。

父亲说："天数枯旱，国多妖祥。只有洛阳城外的白马寺，或许能帮我们避过灾祸。"

母亲见我不明白，就解释说，凡大旱大涝之后，是必会有瘟病蔓延而来的。而白马寺里佛光流照，正是芸芸众生避难之地。

我点点头，告诉母亲我听明白了。

我是听明白了，一路上络绎不绝前往洛阳来的人，原来都是想到白马寺里来，求得佛祖保佑众人避过灾祸的。

我想象着白马寺和白马寺里的佛祖究竟是什么样子。白马寺？当灾祸来临时，它当真能帮助我们避过灾祸吗？我们现在不就是在灾祸之中吗？

我反复地想着洛阳，想着白马寺，竟在夜里做了个奇怪的梦。

梦里，我们到了一户人家。母亲说，这是我们在洛阳城里的一门亲戚，乃是父亲的一个远房姐姐家。我们一家人此次前来投奔，正是依着父亲这个姐姐的意思。父亲的这个姐姐，去年春末就给父亲修来一封书信，打算为我在洛阳城里寻一门亲事。

果然，父亲的姐姐对父亲说："你不愿为官，我们不强迫你，官场的险恶，也实在是你所不能应付的。但玉儿的婚事，就不能由你说了算了，婚配人家的事，需由我来做主。"

父亲不断地点头："我们从来不违拗姐姐，玉儿的婚事，自然就来交由姐姐安排。"

母亲亦附和着说："玉儿的婚事，全凭姐姐你做主。"

听了父亲和母亲这番话，我似乎终于明白了，为什么这一路上，我心底里一直对洛阳怀了隐隐的恐惧。这些恐惧，就像母亲蒙在我眼睛上的绿纱，和满眼里落不完的尘埃一样，跟随了我一路，我却不能挥手去摘掉它们，赶走它们。原来父亲和母亲执意来洛阳，就是为了把我许配人家，嫁了出去。

我看着母亲，心想大旱之事，原是天意驱我来到洛阳。当下，看来洛阳的婚配已是在所难逃，唯有乞求上天能垂怜于我，给我安排一个父亲一样的读书人。和父亲一样饱读诗书，一样仁慈宽厚，心怀天下。

父亲的姐姐仿佛看透了我的心事，笑着说："玉儿尽管放心，你的婚事，我早就安排停当了。姑母给你寻的，正是一个你父亲一样的读书之人。

我不敢看父亲和母亲，只管低下头去。母亲见我羞红着脸，就一把将我搂在了怀里。

父亲的姐姐看着一屋子人，指了指母亲，笑着说："咱们玉儿真是长大成人了，你们看，她的脸都羞出桃花了。如果不是我修了书信去，看样子你们一时还不会来到洛阳。那样，就不知道要把玉儿耽搁在闺中多久了。"

说着，父亲的姐姐叫过一个丫头，让她带着我，去花园中走走，说花园里新开了一些花，奇艳无比。我抬头看看母亲，母亲点了点头，示意我去。我只好从母亲怀里站起来，随了那丫头，往花园里走去。

那丫头走在前面，沿着回廊拐了几个弯子，过了一个圆月的门，又穿过一节头顶上搭了花架的长廊，绕过了一个水质清澈、游鱼嬉戏的水池，再进了一个圆月的门，才到了花园。

一眼望去，这个花园，不知道要比我们家中的花园大出几个去。园子中的花花草草也很是奇异，很少是我所能认识的，而且花儿的妖艳，也不是我们家里花园中的花所能比的。满园里飘荡着的花香，更是让人心旷神怡。我正疑惑着，这样好的花儿，这样大的花园，为何独独不见一只两只蝴蝶游戏于花间？就听那丫头站在一株高大的红色花树下，微微笑着说："这园子不同别处，蝴蝶蜂类都是飞不进来的。"

我胡乱点着头，想起方才在屋子里面想的心事，也是正想着，就被父亲的姐姐点了出来。我想，这洛阳城里的人，难道都成了神仙不成？这样想着，再去看那丫头，见她仍站在那棵花树下看着我笑。我不由得猜测，莫非我现在心里想的她又知道了？这样想来，就不敢再思想别的了，只一心一意赏起花园里的奇花异草。

我已经很长日子没有看见鲜艳的花了，哪怕是一片绿色的叶子。我眼睛上蒙的那块绿纱，只能让我看见一片虚假的绿意。

在园子里转了一圈，想要往回走时，又发现了一株异香的花，香压群芳。我在花前站着，探了鼻子去嗅，心里想着好香的花啊。就听见母亲在花园的门口叫我"玉儿"。

我答应着，一回头，就从梦里醒了过来，嗅嗅鼻子，花香似乎还在鼻子里飘着。但看看眼前，发现刚才分明是做了一个异样的梦。

母亲仍在摇着我，叫着我的名字问："玉儿，刚才做了什么样的梦，嘴里一直在说好香的花啊。是不是想家了，梦见家里花园的花开了？"

我揉着眼睛说："是梦见花园了，但不是我们家里的花园，是洛阳城里的一个花园。"

母亲看着我，叹息着说："这些日子走在路上，怕是给你说有关洛阳的事情太多了，你心里一直惦记着洛阳，所以，就在夜里做起了梦。"

白花在我身边，不停地摇摆着尾巴。我想母亲说得也许对，是我太想长安城外的家了。而家里，花园中所有的花儿，都已经枯死了。

想着那个奇怪的梦，我的泪就下来了。

我想，我们离洛阳越来越近了，离长安城外的家，越来越远了。

四

这一日，我们来到了一个名字叫百花的村落。这里，已经有了些人烟，有了些生气。路边的田野里，也有了些半黄半绿的谷禾，在风里起起伏伏。

在百花村，母亲为我取下了蒙在眼睛上的绿纱。母亲说："这里荒凉轻了，我们终于走到有人烟的地方了。"

父亲说："如果这里有客栈，我们就在此歇息吧。歇歇腿脚，也让玉儿喝口热汤，吃上口热乎的饭菜。这一路走下来，玉儿更是弱不禁风了。"

百花村。仅凭着这个名字，我竟就有些喜欢上了这个地方，心底里甚至升腾起了一种亲切和温馨。这样一个名字，在春天里，一定和我长安城外的家一样，是个鸟语花香的好地方。我好像看见了盛开的花朵，听见了鸟儿的啼鸣。

我猜测，这里大概离洛阳很近了吧？我看见官道边上一家百花客栈，大得有些夸张的幌子，在正午的日光里迎风招展着，很有几分妩媚和招摇。

街上的颜色也丰富起来，不再是一味地枯黄和灰暗。一眼水井边的石板路上，到处是担水人洒下的水迹。就连人们说话的声音里，似乎也闪烁着亮晶晶的水珠，那些水珠漂浮着，在日光的照耀里，染着七色的光彩。水，这个能够滋养天下万物，这个让我们背井离乡、逃难到此的湿湿的字，在异乡人的路上和声音里回荡着，针一样刺痛着我的心。

父亲走在前头，母亲挽着我的手跟在后边，白花前前后后地张望着。我们走到百花客栈门前的街上，父亲只往里看了一眼，肩上的担子就被恭候在那里的一个伙计接了过去。百花客栈里的伙计，眼睛真是毒辣，只一眼，他们就看出了父亲要带着我们投宿在百花村。

百花客栈里的伙计，径直把我们带进了客房里。我打量着客房，还未落稳脚跟，又有一个伙计，已经端来了一盆冒着热气的洗脸水。

梳洗完毕了，父亲看着母亲说："此地既然离洛阳城不远了，我们不妨就在此地多住上几日，你们娘儿两个，也借此好好地调养调养。这一路长途跋涉，风餐露宿，我最挂心的，就是你和玉儿的身子骨。"

听了父亲的话，我有些欣喜起来，我喜欢百花这个名字。我想还是父亲了解女儿的心思，我们在百花村住下来，我就可以仔细地看看百花村了。百花村既然叫百花这么个耐人寻味的名字，就肯定是和百样的花相关。想到百花，我马上又想到了长安城外的家，想到了花园里那些枯旱而死的百花，想到了父亲的书房，想到了母亲绣花的架子，还有架子上面那些似乎飘散着袅袅香气的绣花。

歇息了两天后，我央求母亲带着我到街上走走。我想看看水井里的水，想看看路边上张扬着绿色的青草，哪怕是井台边的石板缝里，挤出来的一小抹绿意。

走出百花客栈，我挽着母亲的手，走在百花村的街上。百花村里，有着和我们长安城外的村子一样的天，一样的地，一样的街巷。不同的，是这里还有绿色，还有生息的人群；而我的家乡，所有的绿色都枯死了，所有的生命都枯萎了，所有能逃的人群，都四散而去了。

走到水井边，我到井边的石板缝里摸了摸柔软的草叶子，担水人洒在草叶子身上的水珠，弄湿了我的手指。我把手指放到唇边，悄悄地用舌头舔舐着指尖从草叶子上沾下的水迹。

我正从草叶子上挂的那些冰凉冰凉的水里，想着远在千里之外的家，想着家里花园边的那眼水井，一个到井边讨水喝的女人，就倒在了水井边，她手里揽着的孩子，也因为女人突然松开了手而滚落进了井里。

看样子，这是一个和我们一样来洛阳逃难的人。

她倒下之前，我听见了她说话的声音。她对一个正从井里往上提水的人央求说："大哥，您行行善，把您的水罐子借给我打一罐子水喝吧。您看我的孩子病了，他的身上正像火一样热着。他已经昏迷三天了。我想给他喂些凉水，他是不是就能醒过来？"

提水的人没说话，但是把提上来的一罐子井水，放在了讨水喝的女人面前。女人道着谢，慌慌地跪下一条腿，俯下身子，急急地用一只手把住了罐子的口。但她的嘴还没触到罐子口的边缘，就一头栽倒在了井边。

我想井边上所有的人，可能都被这个突然倒下身子、把孩子摔进了井里的女人骇了一跳。我手里握着一把湿湿的草叶子，只是惊慌地看着母亲。母亲本能地几步冲过来，搂住了我，把我的眼睛藏在了她的衣襟里。一路上，凡是遇到这样的情形，母亲都是先藏起我的眼睛来，虽然我的眼睛上蒙着一层绿纱。母亲也知道，蒙在我眼睛上的那层绿纱，虽然能蒙着我的眼睛，在一片枯黄和荒凉中看出一层惨淡的绿色，但虚假的景象，终究掩盖不了事实的真相，那些倒在地上的人，绿纱无论怎样遮盖，也不能让我的眼睛看见他们是站立着的，是继续行走着的。

有人已经惊得摔碎了水罐子，破碎的瓦片在井台上跳来跳去，像被谁砸痛了它们的脚。

从井里提上水来，把水罐子放到女人面前的那个人，显然更为惊慌，他结结巴巴地问那个倒下的女人："你，你，你这是怎么了？我的水罐子里，可，可没有毒啊！再说，你的嘴还没触到水罐子吧？"

那人嘴里说着，就扭了头看着众人，嘴里乞求着说："各位乡亲，各位乡亲，你们，你们可是亲眼见的，在下求、求求你们，你们可要给我做证呀，这个人，她是自己倒下的。她自己说了，她的孩子病了，昏、昏迷三天了。她肯定是因为孩子病了，急火攻心才倒下的。官府里要是来人追究起来，你们大伙一定要给我做证。在下先谢过各位见证人了。"那人说完，就趴到地上叩起头来。刚才有人摔碎的水罐子，好像硌破了他的额头。

母亲搂了搂我，又立即放开了我，奔到那个弯曲着倒下的女人身边，用手指掐住了她的人中。在路上，母亲用这种法子，救活过来好几个人。

但是这一次，好像没起什么作用。母亲掐了半天，也没听见那个女人的声音。

井边上，围满了看热闹的人，开始有人在帮忙打捞掉进井里的孩子，手忙脚乱的，差一点自己也掉进了井里。围观的人里有人在哄笑捞孩子的那个人，说井里泡进个孩子去，我们打回水去，还能有人买，只当是水里泡进了上好的仙果。你若再落进井里，我们的水卖与谁喝去？你每日里宰猪，一身的猪臭，顺风臭上十里，逆风也要臭上五里。我说得没错吧？

那个打捞孩子的杀猪人趴在井沿上，头探进井里，瞪大眼睛在找着井里的孩子，说："我若掉进去了，井里的水浇了花，花都艳。人喝了，岂不长寿？"

女人的几个家人，有的趴在井口边，有的茫然地趴在女人身边，都在空洞地哭着。

自然，这时候，所有的人，昏倒在井边的女人和她家里人、趴在井边打捞孩子的人、围观着看热闹的人、路边行走的人、说笑斗嘴的卖水人，当然还有我和母亲，连同石板缝里的绿草、摇头摆尾的白花都觉察不到，瘟病，已经驾着风一样的马车，走到水井边来了，它利用柔软无形的风，在水井边，在每一个人的衣服上，做下了死亡的标记。

夜里，最先得了热病的，是母亲。

白花蹭来蹭去地把我弄醒的时候，母亲一只手正搭在我的胳膊上。我一醒来，就发现母亲的手像着了火一般烫。我翻身坐起来，听见母亲嘴里在不断地哼哼着，好像特别难受。我想，白花一定是在它的睡梦里听到母亲难受的哼哼声，警醒过来，才到床边蹭来蹭去，来弄醒我的。

一阵一阵的风，正从窗棂子里钻进来，扑打着帘子。入秋之后，夜里的风凉了，变得侵骨了。昨日黑夜里睡下前，母亲和我谈论着井台边倒下的那个女人和她的孩子，都忘记了放下帘子，夜里冷风吹进来，理所当然地就侵袭了母亲的身子。我想起来，一路走来，母亲把一粒一粒芝麻都留给了我，她和父亲，一粒也没舍得往嘴里放。其实父亲和母亲的身体，是远远比我还要虚弱很多的。

我不敢怠慢，慌慌乱乱地穿好衣服，关好窗子，然后去叫醒了父亲。

父亲来到床前，摸了摸母亲的额头，一言不发地看着桌子上的油灯。油灯芯子顶着的那一星微红的火焰，在黑暗里一跳一跳地闪着，像被一阵风攥在手里，东摇西晃地跑着。

我看着灯影里的父亲，不敢发出任何声息。

父亲在微弱的灯光里站着，对母亲的体热似乎同样束手无策。父亲可能在想，一路上那么艰辛，母亲都没有病倒，为什么现在会突然病倒在客栈里呢？

其实，是我这会儿看着父亲的身影，一直在这么想。我这么想，便认为父亲也会这么想。

实际上，父亲果真也是这么想的。父亲正在自言自语："身子怎么会突然这么热呢？难道是一路上受了寒邪侵袭，邪气赶到现在发了？但这热，看上去多少有些邪性。"

我忽然想起白日里在井边遇到的那个女人和她摔下井去的孩子，那个女人不是在说，她的孩子身子就是像火一样热着吗？还有，母亲俯下身子去掐那个女人的人中，起身后也说那个女人的身子，像火在烧着一样地热。

我不知道，该不该把在井边发生的事情告诉父亲。

也许，母亲只是受了恶寒呢？倘若母亲的体热与井边的事情没有干系，我再把井边发生的事情告诉了父亲，父亲岂不是又白白地担心了？

但是，倘若母亲的体热与井边的女人有关呢？我左右为难，不知道该怎么办。

母亲染病的第二天，父亲到百花村里去找医工。但父亲回来时，并没有带了医工来。进屋后，父亲单腿跪在母亲的病榻前，老泪纵横，嘴里不停地在说着什么天意难违的话。

我焦急问父亲："您去请的医工呢？什么事情天意难违？"

父亲颤抖着声音说："天要做的事，我们逃到洛阳，也逃不过，这就是天意。"

我看着父亲，仍然有些不明白。但只过了一小会儿，我就想起了父亲和母亲说过的，大旱之后，会有瘟病蔓延的话。

我哭着恳求父亲说："那我们就再回去吧，回到长安城外的家里去。那里有你的书房，有母亲绣花的架子，还有我们赏花的花园。"

父亲摇摇头，努力压着声音里的凄然，慢慢地说："玉儿，我们怕是要在这百花村里多住一些日子了。"

五

我醒来的时候，身边已经不见了父亲和母亲，只有白花卧在我的身边，用舌头一下一下舔着我的手掌心。

我挣扎着坐起来，发现自己是在荒郊野外的一片树林里。白花见我醒过来，嘴里开始呜呜地叫着。我听见它的呜呜声里，全是低低压着的呜咽。我不知道发生了什么事，父亲和母亲都去了哪里，我为什么会在这荒郊野外的树林里。我抖抖瑟瑟着，抱住了白花的头。抱了一会，我才抚摸着白花的脸，想起来问白花。我叫着白花的名字问："白花，我怎么会在这个树林里呢？我是怎么来的？父亲和母亲呢？"

但是白花却不能告诉我任何我想要知道的事情。白花只是用眼睛看着我，低低地呜呜着，呜呜两声，再舔舔我的一只手。

树林里寂静得可怕，日光从树上落下来，花花搭搭地照在地上，地面上就一片明亮一片灰暗，像有无数只手遮在灯影里晃动。

想到灯影，我想起来了，我和父亲，还有母亲，不是都躺在百花客栈的客房里吗？母亲病倒后的第三天，父亲和我也病倒了。病倒的，还有整个百花客栈里的人，整个百花村里的人，以及在百花村的路上路过的人。

白花围着我转来转去地绕着圈子，嘴里仍然在呜呜地呜咽着。叫了一阵，又上前来咬住我的衣襟后撤，使劲往后挣着。看样子它是想把我扯起来，叫我离开这个地方。

我不敢放声哭，只能低低地啜泣着，边啜泣边说："白花，我们现在这是在什么地方呀？这里是百花村的树林吗？父亲和母亲他们在哪里？你是想带着我去找他们吗？"

白花只是扯着我的衣裳，嘴里不停地呜呜着。白花说出的话，我一句也听不明白，就像我听不明白母亲绣的那些花和蝴蝶在说什么一样。

我扶着一棵树费力地站起来，抬起眼睛打量着树林的周围。希望能看到一个人，让我知道这是一个什么地方。这里，离百花村有多远。

我的腿软软的，一时没支撑住身子，刚迈出去两步，就重重地摔在了地上。白花回转过身子，看了我一眼，就叼住了我后背的衣裳，高高仰着头把我叼起来，像叼着一只死鸡，晃晃悠悠地朝树林外走。

我无力地拍着白花的一条腿，叫着："白花，白花，你把我放下。"白花好像没有听见我的叫声，停顿也没有停顿。

白花一口叼住了我的后背，我就明白了，一定是白花，把我从客栈里叼出来的。

白花把我叼到一条水流清澈的河边，把我放在了离水很近的地方。我伸出手去，就可以把手插进水里，捧到河里的水喝了。

看见河水，我才感觉嗓子里是一条一条裂开的纹，那些裂纹，每一条都跟眼前的河一样地宽和深。好像嗓子被人剖开了，一直在日头里暴晒着，已经暴晒了上千年，即使把这一河里的水都灌进嗓子里，也不能解了它的干渴。

白花把舌头伸进了河水里，一卷一卷地舔着水，喝几口，就抬起眼睛看我一眼，再去喝。白花用眼神在示意我学着它的样子，去喝些水。

我学着白花的样子，把头伸向了河里。在稳稳的水面上，我看见了自己枯槁的面容，我有些不相信水里的那个影子，就是我映照出来的。水里的我，枯瘦得如一棵干草了。

我只顾着端详自己在水里的影子，嘴唇还没触到水面上，就听见了白花蹿进了水里的声音，一河里的水，都被白花搅得哗哗作响，水花四溅。我不知道白花在做什么，只见它在水里又咬又跳，一身的狗毛被水弄湿后，紧紧地贴在身上，使它看上去像是用纸剪出来的，或

119

者是用灯影在墙上照出来一样地单薄。

我叫着白花："白花，你快上来。你如果叫水冲走了，我怎么办呀？你还要带着我，去百花客栈找父亲和母亲呢。"

白花在水里扑腾了半天，嘴里竟然叼了一条活蹦乱跳的鱼上来。白花嘴里叼着鱼，游到水边的浅处，站住身子摇了摇顺着毛流淌的水，甩得水花飞溅，嘴里的鱼也在摇头摆尾。甩完了身上的水，它才慢慢地走到我身边。白花抬起一只前爪碰了碰我，又对着我摇了摇嘴里叼住的鱼。我明白了，白花是要我吃它在水里抓上来的鱼。

我看着白花，眼里的泪珠一颗一颗地，滴进了河里流淌的水面上。

我感觉一河里的水都变成了我的眼泪，它们静静地流淌着，洗刷着我内心里的恐惧和哀伤。我不知道，我的父亲和母亲，他们现在都在哪里。这里，为什么只剩下了我和白花。

和白花吃完了那条鱼，我就跟在白花后面，沿着河边，顺着水流往前行走。四周没有一个人，河边上也没有一个人，只有一阵阵的风，漫卷着河边的水草，贴着草尖低低地向前滑行着，它们声势不大，但仍然把水草惊得慌慌张张、东躲西闪着给它们让路，唯恐那些肆意的风，撞断了它们柔韧的腰身。

在河的拐弯处，白花停下了步子，不再往前走，同时扭转过身子，仰头看看我，又回过头去看着前边的一个什么地方，嘴里发出几声闷闷的呜呜声。我知道白花一定是发现什么了才这样的。果然，拐过河弯，我就看见了河边上坐着一位老爷爷。那位老爷爷的须发全白了，坐在那里，翻来覆去地摆弄着一堆小石头碎瓦片。他的神情专注得有些像个痴迷的孩子，我和白花都站在他身后了，他都浑然不觉。

我坐在了老爷爷一旁，白花趴在我脚边。我想等老爷爷忙活完了，问问他百花村在什么地方，去百花村的路怎么走。我要去百花客栈里找父亲和母亲。我不知道自己在树林里多久了，我想父亲和母亲不见了我和白花，也一定着急坏了。

我耐着心，看着老爷爷一会把一块石头和一片瓦片放在一起，一会又把两块石头放在一起，一会又把两片瓦片放在一起，一会又把一片瓦片和一块石头放在一起。每一次放完了，我都以为他忙活完了，但刚要开口，就看见他又不放心地把它们都拿了起来，重新把这些石头瓦片搁进一杆秤里，翻来覆去地称上半天。称完了，才从旁边拿起一片树叶子，把它们一一包起来，依次排列在一边。

日头偏西的时候，老爷爷终于忙完了手里的活。

看见他停下了手里的活，我轻轻地叫了一声："老爷爷。"

老爷爷转回身子，打量了我和白花半天，才开口："孩子，你是在叫我吗？"

我想这个老爷爷一定是老糊涂了。除了我和白花还有他，周围没有一个人，另外，就只有那条河和河里流动的水了，我不是叫他，还能是叫谁呢？

我点点头说："是。我是叫您。您刚才一直在摆弄这些石头瓦片，我没敢叫您，怕搅扰了您。虽然我不知道您为什么在摆弄它们。但是您又搭配，又称秤的，摆弄它们摆弄得那么细致和专心，好像不能让它们差了毫厘。所以我想，您这样对待这些石头和瓦片，这些石头和瓦片，对您肯定就是很重要的东西。"

老爷爷有些怪怪地笑着，说："看来你还是一个懂事理的孩子。我就告诉你吧，你看见的这些石头和瓦片，在你们眼里是石头和瓦片，在我手里，这可是人间的婚配呀。"

我想这个老爷爷真是有趣，用石头瓦片配夫妻。我们小时候玩的过家家游戏，也只是把石头和瓦片当作床和柜，当作孩子和点心。他却用石头和瓦片当作男人和女人，并说给它们配成了婚配。

老爷爷看我一脸疑惑，就说："来来来，让我看看，这堆石头瓦片里面，有没有给你配的。你告诉爷爷，你叫什么名字，家在哪里？"

我看着西沉的日头，觉得日头拴在了我心上。我想这个老爷爷，他哪里会知道我现在的心情。我现在怎么会有心思陪着他玩什么石头瓦片的游戏呢。我的父亲和母亲在百花客栈里，一定会着急得不得了了，我和白花，可是从来没在外面待过这么长的时间。

我看着老爷爷在风里飘着的白胡须，焦急地说："老爷爷，我叫玉儿，但是别的我都不想知道。我就想问一下您，去百花村的路怎么走。我是跟着父亲和母亲从长安来的，走到百花村之后，我们都在百花客栈里病倒了。我醒来的时候，发现自己和白花是在那边的树林里。"

我往刚才走来的方向指了指，又说："我不知道我是怎么来到这里的，是不是我家的这条白花狗把我叼来的。我也不知道我父亲和母亲是不是还在百花客栈里。如果在那里，我父亲和母亲在客栈里找不到我，一定会着急得不行。所以，我必须快一点回到百花客栈去找他们。"

老爷爷说："别忙别忙。你说你叫玉儿，是从长安来的？我找找看，找找看，看看你的那块石头，是不是配在这里。如果是在这里，这就叫作千里姻缘一线牵了。"

老爷爷说着，开始在那一堆配好的石头瓦片里翻找。找了半天，老爷爷突然像个小孩子似的拍着手笑起来，一边手舞足蹈地笑着，一边说："找到喽，找到喽，你的这块石头当真藏在这里呢，原来是我天天渡他过河读书的那个臭小子呀。"

六

我不关心什么过河读书的书生，也不关心老爷爷手里拿着的那块小石头，我只想快一点找到百花村，找到百花客栈，找到父亲和母亲。

我跪在了老爷爷的跟前，哭着说："老爷爷，我不要你配的这些石头瓦片的姻缘。我只想让你告诉我，去百花村的路怎么走，百花村离这里到底有多远。"

老爷爷侧头看着我的眼睛，看着我珠子一样往下滚落的眼泪，摇着头说："孩子，你为什么非要回到百花村呢？现在的百花村在哪里我也不知道了。我只知道原先的那个百花村，因为瘟病肆虐，已经被大火烧成废墟了。昔日的百花村已经不复存在喽。"

"百花村已经不在了？百花村已经被大火烧成废墟了？这怎么可能呢？"我愣愣地看着老爷爷一动一动的白胡须，那些白胡须，一直都在风里飘着，好像它们要从老爷爷的下巴上飘走，跟着那些河水去别的什么地方。我想百花村没了，我和白花为什么还在呢？我和白花，还有父亲和母亲，我们是一起走进百花村，住进百花客栈，又一起在客栈里病倒的。

老爷爷仍然怪怪地笑着，说："孩子，我说的都是真话，信不信在于你。你想想，你和你的母亲，是不是曾经在百花村的水井边，看见过一个讨水喝的女子把孩子掉进了井里？百花村的瘟病，就在那时候蔓延开了。你能逃过此劫，当属天意。这实在是天意难违！"

老爷爷为什么知道我和母亲去过井边的事呢？我不明白。

我不明白的，还有在百花客栈里，父亲说过天意难违的话，如今，这个老爷爷又在说天意难违。这个天意难违，到底是什么意思呢？

我像乱麻团一样哭着，河边水草尖上滑行着的风听见了，纷纷跑进了我的嘴里。我灌着满口的风，问老爷爷："百花村里，当真再没有别的人还活着吗？我的父亲和母亲呢？"

老爷爷说："孩子，除了你，凡是落脚在百花村里的人，没有一个能够幸免于难，躲过此劫。你的父亲和母亲，自然也没有例外。"

我忽然停止了哭泣，好像风一下子就把我哭泣的愿望刮跑了。

我想那个天意为什么会让我逃了出来呢？

父亲说过，祸不妄至，福不徒来。那么我侥幸地活了下来，是福还是祸呢？是祸，祸是什么？是福，父亲和母亲都不在了，福又在哪里？

老爷爷看着我说："活下来的，就有活下来的因由。你看你的姻缘，就在这里。你千里迢迢地奔了来，原就是来成就一次缘分的。"

我摇着头，看着河里流淌的河水和那些在风里飘摇的水草，坚定地说："老爷爷，我不要你的什么石头姻缘和瓦片姻缘。我只要和父亲母亲回到我们长安城外的家里去。你能给人配姻缘，为什么就不能拯救百花村？"

老爷爷忽然叹息着说："孩子，花结花的籽，草结草的籽，花不能代草结籽，草亦不能代花结籽，这就叫天命。"说完，又开始摆弄他的石头瓦片去了。

我不懂什么天意，也不懂什么天命，我只知道，我的父亲和母亲，现在应该是与我在一起的。我们待在长安城外的家里，其乐融融地生活着，父亲在他的书房里读书写字，母亲在她的花架上挑针绣花，我穿梭在父亲和母亲身边，在父亲的书房里，跟着父亲读圣贤们的书，在母亲的花架前，跟着母亲刺绣蜂绕蝶戏的花。春天里听着划破长空的布谷声去地里播谷点豆，秋天里踩着落满大地的金色叶子，去田里收谷，去场里晾米。

而现在，这简简单单的一切，都因为什么不能违抗的天意，就只能在我的梦里重现了？

我拍了拍白花，看了看河里流淌的水，河里的水，已经被西坠的日头染了一身胭脂色。我噙着泪花叫了一声白花："白花，我们走吧。"

我决定和白花一起去找百花村，去找百花客栈，去找父亲和母亲。就是死，我也应该和父亲母亲死在一起。父亲带着我们吃尽了天下的苦，千里迢迢来到这里，原本就是为了躲避灾祸的。为什么我们跋涉了千里，最终来到了天子脚下，来到了白马寺的佛光普照着的地方了，我们还要承受这等骨肉分离的灾祸？上天不能庇佑它的子民了，何以为天呢？

记得母亲每次拜完佛都要说，佛是从西天来的，是来普度天下众生的。为此，母亲天天烧香，日日朝拜，虔诚地祈求着佛对我们的佑护。但是，现在，父亲和母亲在百花村里遭难的时候，普度众生的佛又在哪里呢？

还有河边上这位须发皆白的老爷爷，他敲着石头瓦片，为人配着什么石头瓦片的姻缘，却不管不问，这些和姻缘息息相关的人的性命。可见在他的眼里，人就是石头和瓦片！

我又叫了一声白花。白花趴在那里一动没动，好像完全没有听到我的声音。它的一只耳朵贴在右腿上，一只耳朵懒散地伸着，只是眼睛在偶尔眨动一下。

我蹲下身子，伸出手抚摸着白花的脊背，我又说了一遍："白花，我们走吧。"我看见白花的眼角上，慢慢地淌下来了一行眼泪。

白花哭了。我想，如果百花村真像老爷爷说的那样，那么白花一定是目睹了百花村遭遇劫难的整个过程。现在，白花不想和我走，是不愿我去看见变成了废墟的百花村吗？它知道我们去了百花村，也找不到父亲和母亲了？

我坐在白花的一边，抱起了白花的头，用脸颊蹭着白花眼里流出的浑浊泪水。我知道，现在，白花是我唯一的亲人和依靠了。

我抱着白花，哀哀地说："白花，即使百花村变成一片废墟了，我也要去那里看一眼，让父亲和母亲知道我和你都还活着。我们应该去那里守着父亲和母亲，你说是吗？"

白花眨动了一下眼睛，幽幽地看着我，嘴里呜呜地低声叫着，我不知道白花想说什么。但我知道白花一定听懂了我的话，听明白了我的意思。白花能把我救出百花村，白花就一定能带我回到百花村，回到有父亲和母亲在的百花村。

我和白花站起来，白花伸展了一下身子，开始迈开步子走动。白花走在前面，我跟在白花的后面，我们离开了河边的老爷爷。走上河岸时，我回头看了一眼老爷爷和他身边的那条河，还有河边的水草。红色的夕阳里，老爷爷坐在河边的草地上，仍然神情专注地，在给他面前的一堆石头和瓦片配着姻缘。

在回过头来的那一瞬间，我又扫了眼老爷爷摆弄的那些石头瓦片。我想如果父亲和母亲在的话，他们会相信这个老爷爷配的什么石头瓦片的姻缘吗？父亲读过那么多的书，父亲通晓天下的事情。只是现在，父亲书房里的那些书，上面一定落满了灰尘。那些灰尘，一层一层落着，覆盖着父亲的书，可是，父亲在哪里呢？

走出家门后，在来洛阳的路上，母亲曾经不止一次地和父亲说，我们与其流落他乡，生死难卜，倒不如相守在家里，生生死死，一家人也聚在一处。

我想，母亲提出这个建议的时候，父亲或许真应该慎重考虑一下母亲的意见。在那一瞬间，母亲凭着一个女人的直觉，她的判断完全胜过了父亲理智的决定。

但是，母亲没有坚持她的直觉，父亲也没有仔细考虑母亲的判断。我们依然奔洛阳来了。

我们来到洛阳了，我们就要走到佛光普照的白马寺了，我们却在与白马寺咫尺之遥的地方，在百花村里，骨肉分离了。

我跟在白花后头，木然地迈着步子，西落的日头，把它的余晖洒落下来，洒在我和白花的身上。我不知道，白花会不会把我带到百花村里，带我去找到父亲和母亲。

我沿途碰到的每一个人，似乎都对百花村讳莫如深，他们听见我探问的是去百花村的路，就都急急地逃掉了，每个人眼里都装满了恐惧。

我和白花不停脚步地走了一夜，天亮的时候，我发现我们又走回了坐着老爷爷的那条河边。那个摆弄石头瓦片的老爷爷，正坐在清澈的日光里，为那些石头瓦片配着姻缘。他手里的那些石头和瓦片，在日光的缠裹下，竟是通体都在放射着耀眼的光芒。

我和白花立在老爷爷身后不远的地方，老爷爷看也没看我们，就朗声说道："回来了？"

七

那个书生模样的人走到河边来的时候，我正恹恹地坐在那里，看着河里的流水和河边的水草。河里的水流依然波澜不惊，河边的水草依然在风里摇曳，我也依然坐在昨日的河边。

我听见有人说："老爷爷，我来了。我们过河去吧？"

老爷爷说："臭小子，待我配好了这一对，就渡你过河。"

听见老爷爷叫那人臭小子，我就悄悄窥了一眼，猜测他会不会就是老爷爷在石头瓦片配的姻缘里，昨日给我翻找的那个臭小子。

这个被老爷爷叫作臭小子的书生，气定神闲地立在那里，好似一棵临风的玉树。看见这个书生，我忽然想起了来洛阳的路上做的那个奇怪的梦，还有昨日里老爷爷说的那番话。心下暗想，难道眼前这个读书人，真和我有着什么千里的姻缘？

臭小子书生说："老爷爷，您天天在这里配来配去地配这些姻缘。我问您我的那个姻缘在哪里，您却不停地搪塞我说，我的姻缘石上注定了是千里姻缘一线牵，那个千里之地，究竟是哪里呀？"

老爷爷摇着头笑了半天，方说："缘来了千里亦是眼前，缘未到眼前亦是千里。"

我不明白老爷爷的话，什么缘来了缘未到，什么眼前与千里。

那个臭小子书生好像也没怎么明白，他说老爷爷："您上年时说我的姻缘是什么灶台之内，冰雪不覆之火。现在又讲什么缘来了千里亦是眼前，缘未到眼前亦是千里。可见老爷爷您是无人渡河时寂寥难耐，才拿些石头瓦片，假意为人配什么姻缘，借以打发光阴。"

老爷爷把石头瓦片收进一个袋子里，眯着眼睛看了看日光，说："走，渡河喽。"

走到我身边时，老爷爷对我说："姑娘，带上你的花狗，我将你一同渡过河去吧。臭小子是一人乘渡，你不妨搭个船，到河对面去看看，回来的时候，我再渡你回来。你还记着我昨日里给你说的话没有？"

臭小子书生说："老爷爷，您忘了这条船可是我独自约下的。船这么小，怎么还能搭乘外人呢，何况还有一条畜生。"

老爷爷说："书生，你的书都读到哪里去了？看来这些年，你是白白地乘了我撑的船。"

书生辩解说："老爷爷，您是老糊涂了，连男女授受不亲的道理都给忘了。正因为我是书生，所以我们这条船上，更不能搭乘女眷。"

我没有理会那个书生，径直对老爷爷说："老爷爷，我不会到河对岸去的。我还要去找百花村，还要去找我的父亲和母亲。"

老爷爷捋了一把胡须，摇着头说："看来，真的是天意难违，天意难违呀。"

臭小子书生听了，问道："老爷爷，什么天意难违？您说明白些，给学生听听。"

老爷爷解开船缆，把篙插进水里，看着河水停顿了一会，说："书生，这些你日后自然就会明白。来，现在上船喽，渡河喽。"

老爷爷撑着船，载着书生，一篙一篙地撑着往河心里去了。我看着河心里那条越来越小的船,看着船上身影越来越小的老爷爷和书生,想着老爷爷刚才说的那句"天意难违"的话,我忽然觉得,自己心里竟恨透了这句话。

白花立在河边,对着远去的小船一直狂吠着。我不知道白花为什么这样狂吠。从我们离开家乡,一路奔着洛阳而来,白花从来没有这样吠过。白花的吠声,在流淌的河水上漾着、漾着,就把我的眼泪漾了出来。一河里的水,仿佛都汹涌地灌进了我的眼里。

我擦着眼泪,对狂吠的白花说:"白花,我们再去找百花村好吗?我们一定能找到百花村的。因为父亲和母亲,还等在那里。"

白花看着我,安静下来。少顷,就慢慢地掉转身子,向河岸上走去。

我们又像昨日一样,白花走在前面,我跟在白花的后面,去找通往百花村的路。

白花带着我,终于找回了百花村。

给百花村带来瘟病的女人讨水喝的那眼水井,和水井边上曾洒满水迹的石板,是我认出百花村的唯一标记。我看着那眼水井,觉得它好像是百花村的一只眼睛,孤零零地仰视着天空,在与苍天冷冷地对峙着。

围绕着水井,我找到了百花客栈的方位,又找到了我和父亲母亲住过的那间客房的位置。

百花村里到处是被大火烧焦的痕迹。百花客栈里所有的房子,也和百花村里其他的房子一样,都在大火烧过之后成了一片废墟。我想百花村里所有燃烧后的尸骨,一定都还埋在这些废墟之中。

那么,父亲和母亲就在我眼前的瓦砾中埋着吗?我跪在百花客栈的院子里,搂着白花,在大风里凄凄地哭着。狂风不停地来卷走我的哭声,把我的哭声像种子一样撒在了百花村的地面上。在大风的煽动下，我听见整个百花村都在回荡着哭声。

早上，大风停了，我拍着白花的脊背，拍醒了熟睡中的白花。白花抬了抬头，同时向我卷了一下尾巴，似乎在为它这一次的失职表示歉意。从走出家门到现在，白花从来没有醒在我的后边过。每次都是我睁开眼睛的时候，白花已经摇着尾巴站在我身旁了。

其实，这次是我一夜没睡。我在百花客栈的院子里跪了一夜，想了一夜，决定和白花去沿街乞讨，用讨来的钱买一只罐子，我要把父亲和母亲带回长安城外的家里。父亲书房里那些落满灰尘的书，还在等着父亲回去弹落灰尘，打开它们；母亲绣花架上那些没有绣完的花朵，同样还在期待着母亲去给它们绣一个完整的春天。

天将黑时，我带着白花，走到了一个极大的集市上。这个集市，看上去比百花村更多了些繁华和热闹。街边的店面和各种幌子，也是一个比一个气派。我想在这样繁华的集市上，一定很快就会讨够买罐子的钱。

我和白花在这个集市上停了下来，我带着白花，白天沿街乞讨，夜晚就宿在人家卖热汤锅砌的一个灶台内避风。

天冷下来的时候，白花的一条后腿被街市上卖肉的屠夫给打断了。白花是想去屠夫的案板下，捡屠夫丢掉的一根剔得干干净净的猪肋骨。屠夫看见白花钻进他的案板底下，叼出了一根肋骨，就弯腰捡起地上的一块石头，照着白花投了出去，嘴里骂着："哪里来的野狗，竟敢来偷爷爷的肉骨头。"

白花夹住了尾巴，哀哀地惨叫着，被屠夫扔出去的那块石头打中的后腿拖在地上，另外三条腿一跳一跳地朝前蹦着。我想白花的腿一定是被打断了。

白花并没有丢下嘴里的那根骨头。白花的肚子里，已经几天没吃进一点可以果腹的东西了，它只是偶尔在卖汤锅的桌子底下，舔几滴人家吃饭时滴下的汤汁。为了一滴汤汁，白花舔汤汁的舌头在地上反复地舔来舔去，结果是白花的舌头，把那滴汤汁周围的地都舔湿了。

我抱着白花的头，抚摸着白花的耳朵。我看见白花看着我的眼睛里，全是哀怜和凄楚。一行混浊的泪水，挂在白花的眼角上，在慢慢地往下流淌。

我抱紧了白花的头，看着白花流出的眼泪，和白花一起垂着泪，这时旁边卖烧饼的大婶躲过她男人的眼睛走过来，伸手把我扯到一边，又偷偷地把揣怀里的一半烧饼塞进了我手里，悄声说："小白，快到一边去，和花狗一块把它吃了。狗没有事，人常说打不断的狗腿，用不了几天，它自己就能长好。只是以后，别让你的狗再钻到那个桌子底下捡骨头了，小心哪天他把你的狗给宰了。这些天，市面上正风行吃狗呢。"

这些日子，集市上的人都开始叫我小白。我刚来到这里时，他们是叫我花子的，后来他们听我白花白花地叫白花狗，就哈哈笑着说，这个花子的狗都有名字，我们也别花子花子地叫她了，干脆也叫她小白吧，恰好和她的白花狗一家子。

集市上的人叫我小白，卖烧饼的大婶也就跟别人学着，叫我小白。隔三岔五的，她就会躲过她男人鹰一样凶残的眼睛，给我手里塞进一块烧饼或者一块别的什么面饼子。我知道，那块烧饼，是她从小儿子嘴里节省下来的。我在她的烧饼摊子边转悠过很多天，从没看见她自己把一点烧饼屑放进过嘴里。她却舍得拿半块烧饼，施舍给我和白花。

每次从卖烧饼的大婶手里接过烧饼，夜里我都会搂住白花，坐在人家卖完汤锅已经冷下来的灶台内取着暖，握着那块烧饼哭上半宿。我想父亲和母亲。父亲和母亲，他们是叫我玉儿的。现在，我和白花流落在这个繁华集市的街头上，我的名字，被人叫作了小白。

八

　　零零碎碎的雪花落了一夜，清晨，我又看见了那个被坐在河边配什么石头瓦片姻缘的白胡须老爷爷渡过河去读书的臭小子，他站在我避风的灶台外，正怒冲冲地看着我。我不明白，这个臭小子书生，他怎么会出现在这里，又为什么会一脸愠色地看着我。难道白胡须的老爷爷把他配的什么石头瓦片姻缘告诉给这个把白花叫作畜生的臭小子了？我想，如果真是这样的话，他就有理由这么一脸愠色地看着我了。

　　臭小子书生厌恶地看了我一会，口气里有些愤愤地说："原来你就是那个老头子说的什么'灶台之内，冰雪不覆之火'？你一个讨饭的花子，怎么配和我有什么千里相逢的姻缘！"

　　我低下头去，不再看灶台外的臭小子书生，只是看着细细碎碎落在我身上的雪花。细碎的雪花，一朵一朵的，开在我破烂的衣服上，像是给我的身上罩了一件缀满万千洁白花瓣的披风。我用指尖触摸着一粒冰凉的雪花，想着父亲和母亲，在心里对父亲和母亲说，面前这个恃才傲物不讲道理的读书人，他的圣贤书都读到哪里去了？他说我是一个讨饭的花子，不配和他结什么姻缘。但是，他那颗丝毫不会怜悯人的心，哪里又能够配和我结什么姻缘呢？父亲也是个读书人，我知道一个真正的读书人，该有着什么样的品质和胸怀。

　　白花一直冷冷地盯着臭小子书生，嘴里呜呜地发出压抑着的威胁声，我发现它已经像一支搭在弓弦上的箭，随时准备着射出去，把那个臭小子书生掀翻在地。白花大概从臭小子书生的眼神和声音里，看出了臭小子书生对我莫名的仇怨。

　　那个臭小子书生见我不说话，又冷笑着说："你别以为不开口，就有谁能拿你当大家闺秀一样，喜欢上你一个浑身脏臭的讨饭花子。

你听好了，我限你三天之内，离开这个地方，永远都不要再回来。如果你不快点离开这里的话，三天后，就休怪我对你不客气了。"

我看着飘飘扬扬的碎雪花说："你根本不用信白胡子老爷爷说的那些话，他是老糊涂了，想逗着你这个书生开心，才说那些石头和瓦片，配着我们的什么姻缘。"

臭小子书生有些讶然地说："你果然早就知道了那些石头瓦片的秘密？"

我不禁回敬道："我早知道了又如何呢，我已经给老爷爷说过了，我不会要那个什么石头瓦片配成的姻缘。你去读你的书，我在这里讨我的饭，我和你，是互不相干的。"

臭小子书生几乎是咆哮着说："那个古怪的老头说了，石头瓦片的姻缘配上了，就不能改变了。我为什么这么倒霉，偏偏配上你这么个倒霉的花子。这件事情若是叫我的同窗好友们知道了，他们岂不会笑话死我。所以，你现在必须离开这里。"

听着臭小子书生的口气，我有些生气了，我说："我说过了，我在这里讨我的饭，和你互不相干。我没想要那个什么石头瓦片的姻缘。我觉得，那就是老爷爷说的一个玩笑而已。"

臭小子书生环顾了一下四周，咬牙切齿地说："不管你想没想，我再说一遍，三天之内，你必须离开这里。三天之后，我若看见你还蜷缩在这里，你就别怨我下狠手了。"

臭小子书生说完，狠狠剜了我一眼，又伸过脚来踢了白花瘦瘦的肚子一脚，才转身走。

臭小子书生刚走出了一步，就被扑上去的白花撕住了衣衫。白花的突袭，吓得那个臭小子惊慌失措地挥舞起了手，并失声大叫着："花子，快喝住你的狗！快喊喝你的狗！花子。"

我看了看他，喝住了白花，把白花叫了回来。

133

臭小子书生见白花松开他的衣衫，走了回来，他便当即又有了本领，回过身子指着白花，继续咬牙切齿地说："你这个该死的畜生，你简直就是自己在找死，看我日后怎么收拾你！"

那个臭小子书生踩着一地薄雪，恼咻咻地走远了。我看着纷乱的雪花，流着泪，想着去年的那场雪。去年那场大雪落下来时，我在家中的院子里玩得多么欢心，站在一边看着我的，是疼爱着我的父亲和母亲。而一年之后的今天，我却流落在了异乡的街头，为了买一个装殓父亲和母亲的罐子，沿街乞讨。又无端的，因为一个老爷爷随口说的什么石头瓦片姻缘，受到这个陌生书生的欺侮和威胁。

白花摇了摇尾巴，可怜巴巴的眼睛看着我，似乎在为不能保护我而愧疚。

我安慰着白花说："白花，这和你没有关系。等我们讨要够了买罐子的钱，我们就和父亲母亲离开这里，回到长安城外的家里，不在这里受这些坏人的欺凌了。"

白花趴在了我的脚下，伸出舌头舔着我冻裂的手背。我摸了摸白花的鼻子，把手放在了白花的腋下，抱着它，用它的体温暖着我的身子。

看着漫天飞舞的雪花，我知道，在即将来临的严冬里，白花是我唯一温暖的火焰了。

三天后，我讨要的钱被一群不知从什么地方冒出来的小花子抢走了。白花看见他们抢了我的钱，扑上去想咬住他们，但他们手里挥舞着的棒子，流水一样落在了白花身上。我大声叫着白花，叫它不要再去舍命撕咬，他们的人和棒子太多了。但是白花全然没有听到我的呼叫，抑或是听到了，只是它不想停下来。我知道白花的心里，积了太多的委屈。

一场恶战下来，结果是白花的另一条后腿，又被那些飞扬起来的

134

棍棒打断了。

那些小花子，他们抢走了我的钱，打断了白花的腿，就轰的一声从集市上消失得无影无踪了，好像他们来到这里，就是为了抢走我的钱，打断白花的腿。

白花拖着两条被打断的后腿，吃力地往前爬着。身后，拖着一条惨不忍睹的血的河流。我坐在地上，已经不会哭泣，不会呼喊，也不会跑动。只是茫然地看着匍匐在地的白花，看着它身后留下的那条红色血水淌成的河。

白花爬到了我的跟前，白花嘴里没有呜呜咽咽的哀鸣，只有眼睛里滚动着泪水，在一颗一颗地，滴落在我眼前冰冷的地上。

周围站满了看白花的人，甚至还有人用脚踢了踢白花被打断的后腿。踢完了，那个人探着头说："小白，把这条狗给我吧。我回去收拾收拾煮熟了，也好给你送块狗肉来。你看它的脊梁，好像都被打断了。它动不了了，你留着它，什么用也没有了。"

我本来理也不想理眼前这个没有心也没有肺的家伙。但是我看着白花，看着白花身后的血，突然就把嘴张开了，居然还有些恶狠狠的。我说道："你回家把自己放进锅里，先把自己煮煮吃了去，先尝尝你自己还有没有人的味道。"

我抱着白花，看着眼前围观着我和白花的冷漠人群，想着父亲和母亲，想着长安城外的家，想着百花村，想着那些我为买罐子装殓父亲和母亲回家、千辛万苦讨来的钱，想着那些冒出来抢走了这些钱的小花子，想着那个欺凌我的臭小子书生，想着那个闲来无事配什么石头瓦片姻缘、为我无事生非的老爷爷。想着想着，我忽然想到，这些抢走了我那些钱的花子，他们会不会就是受了那个臭小子书生的指使，才来抢走我的钱，打断了白花的腿的？今天，可就是那个臭小子书生说过的，三天的期限了。

围观的人群慢慢散了。我和白花坐在街边结着薄冰的地上，打量着这个繁华热闹的集市。天上惨淡的日光落下来，照耀着这个有些繁华的集市五花八门的街巷，照耀着各种气派的店面和来来往往的人流，也照在我这个异乡人的身上。凛冽的朔风，吹动着白花脏乱的长毛，也吹动着我脏乱的头发和衣衫。我簌簌地抖着，白花也在簌簌地抖着，我不知道，葬身在百花村里的父亲和母亲，他们有没有觉得寒冷彻骨？

讨要来的等待买罐子装殓父亲和母亲的钱，已经被人抢走了。我不知道什么时候才能再讨来买罐子的钱，什么时候才能离开这洛阳的地界，离开百花村，和父亲母亲一起，带着白花，回到我们千里之外的家乡。

九

夜里我醒来的时候，天上又在下雪了。我摸着脸上冰凉的雪花，知道是雪花把我冰醒了。

我仰头朝着天空，感觉着纷纷落在脸上的雪，心想这一次的雪，要比三天前那场雪大多了。这样大的雪，我和白花又能到哪里去躲避它呢？我们藏身的灶台内，虽然能抵挡上一阵子风，但是，却不能遮蔽从天而降的雨雪。

我又紧紧地抱了抱白花，使劲蜷缩了一下身子，想用身体的一丝余温，和白花紧挨着身子取取暖。

一边听着落雪的声音，我一边想着还有什么地方能够去避雪。但仔仔细细想了一圈，觉得除了这灶台内，这个繁华的集市上，竟是再也没有一处可以让我和白花去避雪的地方了。唯有这灶台内，虽然不能避雪，但至少还可以挡挡寒风。

我对白花说："白花，在这样的夜里，我们就只能死死地守在这灶台内了。"

白花挣扎着仰起头，在我脸上舔了一下，又舔了一下。我知道白花是在安慰我。

我又说："白花，我们来求求老天，让他把雪下得小一点吧。留着大雪，下到咱们的长安去。这里如果下大了雪，我们就会被埋在雪里冻死的。我们在这里冻死了，就不能和父亲母亲再回到长安的家里了。"

想到父亲和母亲，我忽然想起了刚才做的梦。梦里，是父亲和母亲，还有白花，我们一起走在回家的路上。沿途所有的树木和田野里的秧苗都绿了，所有的花都开了。一只一只的蝴蝶，在花朵中飞舞着，盘绕着，起起落落。母亲看着我，一脸的喜悦，说我眼睛上再也不用蒙着绿纱走路了，因为扑进我们眼睛里的，全都是一片接一片的翠绿。

一进家门，父亲就微微笑着，急急地往他的书房里奔。一边走一边说："玉儿，玉儿，快来先帮我打扫书房。咱们离开家一年了，书房里的那些书，肯定都落满厚厚的尘土了。"

我好像是要去花园里看那些花的，因为我早就闻见了花园里飘来的一阵一阵花香。听见父亲叫我，我就收回了往花园里迈动的步子，答应着父亲往书房里走。我三步两步来到父亲的书房，谁知道刚靠近书房的门，就看见有一本书飞了过来，落在了我的头顶上。父亲看见了，想去挡住那本疾飞而来的书，但一下子没挡住。父亲就惊呼道："玉儿当心。"

我看着飞来的书，听着父亲的惊呼，心里一惊，就醒过来了。

我想，原来我是在梦里被父亲的惊呼声和那本疾飞而下的书惊醒过来的，而不是被天上落下来的冰凉雪花冰醒的？

我正在反复思索着自己是怎么醒过来的，就看见了那个臭小子书生。他站在灶台外面，有些傻傻地看着我。我有些想笑，心想这个臭小子书生，原来也有傻傻的时候。这么冷的下雪天，他跑到这儿来干什么？转念一想，才想起今天就是他说的三天的期限。那么，他现在来，肯定就是来驱赶我和白花离开这里的。

想起白天的事情，想起白花被那群花子打断的腿，和我那些被抢走的准备买罐子的钱，我不由地就站了起来，走到了那个臭小子书生的跟前，向他质问道："白天打白花和抢我钱的那群花子，是你找来的吗？我们无冤无仇，你为什么要伤害白花，抢走我的钱呢？我再讨一些日子，就能攒够买罐子的钱了。待我买了罐子，我就能和父亲母亲一起，带着白花，回到我们长安的家了。"

那个臭小子书生并不回答我的话，只是开始不停地在看着他的手，正面看完了，又看反面；看了反面，又翻过来看正面；两只手翻来覆去看个没完没了。

我想，难道这个臭小子，是在用手察看天上的雪下得有多大？他这样做有什么用意？想看看大雪能不能把我冻死？想到这里，我不禁又想，他是一个读书人，还不会这么心狠吧？

看着那个臭小子书生没完没了了翻动的手，我又说："你不用这样着急，下着雪还来赶我。解铃还须系铃人，等我讨够了钱，我自然会去河边找那个老爷爷的，我一定会让他把那个什么石头瓦片的姻缘给它们拆开。他能够把它们配在一起，就一定能把它们拆开。"

臭小子书生依然不说话，依然在翻看他的手。只是看着看着，忽然转身就跑掉了。那些纷纷扬扬的雪花跟在他身后，很快就把他跑动起来后两只脚踩出的那些脚印子覆盖上了。

看着他走在风雪中的背影，我竟然有了一点点的心动，他刚才站在灶台外面，傻傻地看着我的那副样子，真就有了一丝丝读书人才有的味道。

但是，我又有些奇怪，他冒着大雪跑了来，肯定是来赶我走的，为什么看见我了，又没了上一次那种凶巴巴的样子，反倒一句话也不说，只是翻来覆去看了半天自己的手，就转身走了呢？那步子，看上去竟还有些踉跄，或者有些落荒而逃的意味。我的那两句话，不会这么轻易就把他打动了吧？再说，好像在我和他说话前，他就在那里不停地翻着手看了。

这个奇怪的臭小子书生，真是让人有些想不明白。

既然想不明白，我想索性就不要去想他了，随他怎么折腾去吧。反正讨不够买罐子的钱，我是无论任何也不会和白花离开这里的。

我转过身子，往灶台内走，觉得风雪太大了，吹得我都快在地上站立不住脚了。

我走到灶台边，刚要往里跨步，却惊讶地看见，另外的一个我正坐在灶台里面，怀里紧紧地抱着白花。只是那个我的头上，正在不停地往外冒着血，雪花落在上面，很快就融化了。白花的舌头，正在一伸一缩的，替那个我舔着流到了脸上的血。那个我的肩膀旁边，是一块沾满了血迹的大石头。

我看看灶台内的我，再看看灶台外的我，不明白为什么会一下子有了两个我，并且，灶台内的那个我，头上还在不停地流着血。那些血顺着散乱的头发，不断地流到了脸上。

我大声叫着白花，向白花问道："白花，白花，这是怎么回事，怎么会有两个我呢？那个我的头上，为什么会流这么多血呢？"

白花也像刚才那个臭小子一样不看我，不理我，似乎根本就没听见我说出的话，只是不停地在舔着灶台内那个我脸上的血，像那个臭小子书生，不停在翻看他的两只手。

看着看着，我好像突然看明白了，我想一定是这样：并不是什么雪花落在我的脸上冻醒了我，也不是父亲书房里的什么书飞过来砸醒

139

了我，而是那个臭小子书生，他把一块巨大的石头砸在了我的头上，砸死了我。刚才醒过来，去站在灶台外和那个臭小子书生说话的这个我，实际上就是灶台内被臭小子书生打死的那个我的灵魂了。

那个臭小子说过，如果三天后看见我还在这里，就别怪他下狠手了。现在，他当真就来下了狠手，把一块巨大的石头砸在了我头上。他砸完我之后，由于心里害怕，才站在那里，反反复复在翻看着自己的手。

我立即趴在了灶台上，用手使劲拉着灶台内的那个我，想把灶台内那个我拉起来。但是任凭我怎么用力拉，灶台内的那个我还是坐在那里，手里搂着白花，一动也不动。

我不知所措，一边拉着灶台内那个我，一边悲伤地哭着。正哭着，就听见身后有人叫我的名字，声音细细地、轻轻地，像一朵雪花一样飘着。

那个叫我的人说：“玉儿姑娘，玉儿姑娘，我家主人叫我来接你。你快随我走吧。”

我回过头去，看见一个姑娘站在那里，模样有些眼熟，但记不起来在哪里见过她。

我停止了哭声，说：“你是谁？怎么知道我的名字？你家主人又是谁？为什么要叫我去？我并不认识你们。”

那个姑娘笑了笑，说：“玉儿姑娘当真忘了？我还陪姑娘游过花园呢，你仔细想想。”

我想了半天，想起了和父亲母亲来洛阳的路上时做的那个梦，就说：“你是我来洛阳的路上做梦梦见过的那个姑娘？你的主人，就是梦里我父亲的那个姐姐？”

那个姑娘说：“正是。玉儿姑娘，快随我走吧。免得我家主人等着急了。”

那个姑娘不由我分说，拉住我的手就走。

我着急地喊："灶台内那个我和白花怎么办呢？"

我两脚好像离开了地面，风似乎已经吹得我飘了起来。

那个姑娘拉着我的手，边走边说："走吧，那已经不是你了。生生死死，死死生生，生既是死，死既是生，这一切，皆属天意，皆有因果。以后，你自然就会明白这一切的。"

那个我已经不是我了？还有，这又是天意？这个姑娘也在给我说什么天意？

我想，这回我是彻底弄不明白了，天意，为什么总是和我一个弱小的女子过不去呢？

我父亲的那个姐姐，依然端坐在我梦里梦见的那个厅堂里。我跟着那个姑娘一进来，她就微微笑着说："玉儿，快坐到我的身边来，让我仔细地端详端详。"

我一到她跟前，就说："我父亲和母亲都在百花村的客栈里染病死去了。我本来想讨了钱买个罐子，把他们装殓回家的，但我自己，刚刚又被一个臭小子书生用石头砸死了。现在站在您面前的，已是我的魂魄了，您不害怕吗？"

父亲的姐姐笑了。笑完了说道："我佛慈悲。以因缘故诸法生。这一切，原本都是天意所定，是你的劫数。你随了父母亲前来洛阳，就是来完成此劫的。今日用石头砸死你肉体的书生，也是上天安排给他的劫数。日后，他必会在人间轮回，做七世的佛家弟子。他日待机缘一到，他将离开修法的寺庙，前往西天，去取得真经回来，为我佛宣扬普度众生的佛法。届时，在他去西天取经的路上，我佛将布下层层阻拦，所谓险象环生，使他必遭遇九九八十一难。那时，你就是他取经路上必经的一难。"

我听得愈加糊涂了。什么天意，什么劫数，什么他取经路上的一劫？既然佛是要普度众生的，又为什么，让我和父亲母亲现在就骨肉分离了呢？为了让我成为臭小子书生日后取经路上的一难，在今生里，就要他搬起石头，先给我现在这一难吗？

父亲的姐姐一定又看出了我的心思。记得在上次的梦里，我心里想些什么她都是知道的。但她并未再说什么。只是叫来了刚才那个姑娘，吩咐道："龙儿，从今以后，你要好好地带着玉儿，教她细细地参悟佛法。"

那个被叫作龙儿的姑娘应着声，带了我向旁边一个门里走去。我跟随在那个龙儿姑娘后面往门里走的时候，心里忽然无限地悲伤起来，我想，我和父亲母亲，是永远也回不了长安城外的家了。

十

我跟着那个龙儿姑娘参悟佛法，累了，就央求她带我去花园里走走。花园里的那些花，依然是我在梦里看见的样子，奇花异草，花香袭人。但我每次站在花园里，都会想到我们长安城外的家，想到家里那个百花枯萎的花园，想到父亲和母亲。在梦里，我是和父亲母亲一起来这里的。现在，却只有我自己，孤零零的，在这里参悟什么佛法。

花园里的花儿都开了几个反复了，我仍然没有悟透什么是佛法。这天，我们又在花园里散步，数着一朵一朵的花往前走。走着走着，那个龙儿姑娘突然停下来，向我问道："玉儿姑娘，你知道吗，现在，人间已经过去几百年了。那个去西天取经的人，就要上路了。

"人间已经过去几百年了？"我有些诧异地问，心里有些不相信。看这花园里的花儿，才开了几个反复，怎么就会过去了几百年呢？

龙儿姑娘看着我诧异的神情，肯定地点着头说："你这回总该明

142

白些道理了吧？人活在世，皆如草木一秋，恍然一梦。"

我也点了点头，心里似乎豁然就明白了什么是生生死死，死死生生。

龙儿姑娘看我点头，长长地出了一口气，说道："阿弥陀佛，菩萨的点化，我陪着你参悟了这几百年的佛，总算没有白费工夫。"

这天，我被菩萨指点着，来到长安洪福寺外，等待着从寺里走出来的那个臭小子书生。

来之前，菩萨就教导我说："你此次前去，且不可真伤了他的毫发，难为他一下而已。我佛布了这九九八十一难，旨在考验他的信心。你此去，待完成了事情，务必速速归来。日后，你和他天定的姻缘，还要完成。"

我无比地惊愕，看着菩萨，傻傻地问："我和他、那个臭小子书生，日后还有姻缘？"

菩萨笑笑地说："你在河边，不是看见月老用石头瓦片给你们配的姻缘了吗。配就的姻缘，是不能更改的。只是你们的缘分，那时还没修到，还需今日这一难来成全日后。"

按照菩萨的旨意，在我给这个臭小子书生的那一难到来之前，我是不可以出来现身露面的。但是，我可以先到通往西天的路上，等着他。菩萨说，此行，他要先去长安，待我佛赐了他衣钵之后，便从长安出发，一路往西，直到西天如来佛处取回真经。

听到"长安"两个字，我的眼泪都要下来了。这一路西去，我想我就可以回到日思夜想的长安城外的家里看看了。只是，日月转换，人间已然过去了几百年的时光，我的家、家里的花园、父亲的书房、书房里的书、母亲绣花的架子、绣花架子上还没刺绣完的花，都还在吗？

那个臭小子书生从寺里走出来时，我一眼就认出了他。经历了几世轮回，他还是原先的那个模样，只是和几百年前相比，身上似乎更多了一些书卷气。皇帝赐他什么"三藏"法师雅号，我才知道他原来的名字叫什么陈祎。

我看见他在和皇帝告别，和众僧们告别，双手合十，放在了胸前，嘴里不停地在念着阿弥陀佛。我看见他那双手，心里不由得就颤抖起来，就是现在这双合十的手，它们曾经举起一块巨大的石头，砸向了我的头顶，砸死了那个弱小无助的我。砸完我后，又是这双手，或许是因为恐慌，所以一直在那里翻来覆去地翻动个不停，翻得人心慌意乱。

菩萨看出了我的心思，在一边提醒我说："我佛慈悲。以因缘故诸法生。念念欲求无上道，心心只愿度众生。你此行的目的，是为考验他去西天取经的心力，且莫忘了身负的使命。"

我重又点点头，向菩萨保证道："请菩萨放心，我一切都会按您的意思去办。"

菩萨说："住寿法门，而得自在。你记住就好。他已经不是当年砸死你肉身的那个人了，而是我佛筛选出来的取经之人。"

我没想到，我们长安城外的家，几百年后，竟还是原先的样子，一草一木，似乎都没有动过。我在花园里站着，看着那些妖妖娆娆的花，飞来舞去的蝶，不觉泪如雨下。

离开菩萨之前，菩萨知道我必会借此西行，回到几百年前的家里一看，所以临行时，菩萨叫住了我，说，我们的家里，现在住的人，仍是我轮回之后的父亲和母亲，他们仍然生有一女，取名玉儿。菩萨又道："你此番看过之后，就应了断尘念，一心向佛了。"

看罢了花园，我才按住了心，往父亲的书房里去。在书房的门外，我看见了白花，白花趴在一棵榆树的树荫里，懒懒地睡着觉。我走到白花的身边，摸了摸它的头，白花竟然睁了睁眼睛，好像它感觉到了我对它的抚摸。我突然好想抱抱白花，但是又怕惊扰了它的睡梦。在它跟着我的那些日子里，白花从来也没有好好睡过觉。现在，我想就让它好好地睡吧。

我进了父亲的书房，父亲果然在书房里，捧着本书坐在那里。他的身边，一个乖巧的女孩子，正在为父亲研墨。我一看，那个女孩子，不正是几百年前的那个我吗？想必这就是现在的玉儿了。玉儿研好了墨，就过去取下了父亲手里的书本，扯着父亲的袖子，让父亲去写字。父亲还和以前看我的眼神一样，看了看玉儿，微微笑着接过玉儿递过来的笔，润足了墨，开始书写。那个玉儿探着身子，鼓动着鼻翼，像当年的我一样，在陶醉地嗅着从字里飘起来的一缕一缕墨香。

我抚摸着父亲刚才拿过的那本书，一走神，竟把书弄到了地上。

父亲停下了写字，玉儿也抬起了头，不再嗅那些飘浮着的墨香，他们都在找书落到地上的原因。正找着，门口就传来了叫玉儿的声音。我一听，就知道是母亲来了。果然是母亲，母亲也还是过去的模样。母亲走到父亲的书案旁，仍然一脸娇嗔，说："玉儿，女孩子应工于女红。"

母亲拉着玉儿的手走出了父亲书房，我看了看仍然看着掉在地上的那本书，在默默走神的父亲，决定还是先跟着母亲去看看。走到窗子底下的时候，我不由地伸出手去，摸了摸窗子上的那些雕花。记得我们离开家时，我觉得花园里那些枯死的花，还有母亲没有绣完的那些花，它们都把自己的香气和魂魄，纷纷落在窗子的这些雕花上了。现在，它们早已经从这窗子上飞回了花园，飞回了母亲绣花的架子上了吧？

母亲拉住了玉儿的手，一定是去教玉儿刺绣花的。当初，母亲这样拉住我的手，就一定会把我拉到绣花的架子前，然后一针一针地教我各种刺绣的针法。

我想起来当年母亲出门逃难前没有绣完、就不得不收起来的那些花，就跟在母亲和玉儿的后面，想去看个究竟。母亲把玉儿按在花架子前坐下，就开始穿针引线，教玉儿绣花。但是花架子上的花样，却已经不是母亲原先绣的那一幅了。我忽然明白，这里是我的家，又不是我的家了。父亲和母亲，他们是我的父亲和母亲，又不是我的父亲和母亲了。

看了一会儿母亲教玉儿绣花，我又去书房里看了看父亲，父亲还在看着那本掉到地上的书，在冥想什么。我想，父亲在想什么呢？

走出家门时，我再一次流出了悲伤的眼泪，回过头去看着这个我牵挂了几百年的家，知道我从此以后再也不会回来了。我想，这一切，或许又是菩萨的一个良苦用心？旨在让我明白，所谓世世轮回，我是我，我又非我了？

十一

我很快就在去西天的路上做好了准备，只等着那个去西天取经书的臭小子书生一路走来，走进我为他设的罗网里。我已经想好了，我要好好让他的心哆嗦上几天。

一路上，这个臭小子书生已经收了菩萨为他安排好的几个徒弟。一个据说是五百年前大闹天宫、性情急躁的猴子，一个是和月宫里的嫦娥纠缠不清、被玉帝罚下人间后仍然贪吃好色的天蓬元帅，还有一个，是什么天上的卷帘大将。

前些天，我已经偷看过几次菩萨对他们师徒的考验了。那个臭小子书生的胆子，现在好像还没有我在来洛阳逃难的路上吃的那些芝麻粒子大了，几个小妖玩弄的法术，就把他吓得差一点晕了过去。看见几个菩萨装扮的女人，竟面红耳赤的，差一点连眼睛都不敢睁开。看来，这几世的轮回，倒是把他当年举起石头砸到我头上的那种邪恶胆量和气势打磨得卵石一样精光了。如今，那种邪恶的力量，在他身上是一丝一毫也不存在了。只是，我仍然有些想不明白的是，菩萨为何会选了这么一个已经变得比弱女子还要弱的人，去西天取经呢？难道这就是父亲曾经教我背过的，什么天下之至柔，驰骋于天下之至坚？

佛法无边，我不明白菩萨的用意，当然也无从去猜度。

我在臭小子书生西去必经的一座山上，坐在一片树林里，等着他的到来。我不停地对着树木说："几百年了，现在，我终于有机会和这个曾经置我于死地的臭小子书生，面对面了。"

自打我们在花园里散心，菩萨身边那个带着我参悟佛法的龙儿姑娘告诉我，说这个臭小子书生就要开始去西天取经了，我心里就有了一丝莫名紧张。这种感觉，和我当年跟着父亲母亲来洛阳逃难的路上时，对洛阳怀有的那种莫名恐惧一样。

在等待着臭小子书生到来的这几天里，我每天坐在这座重峦叠嶂的山上，坐在这片树林里数树和树叶子，把那些树和树上的叶子们，都快数得颠三倒四了。

在这片树林里，我每天从日出坐到日落。在数着树林里一棵一棵的树和树上一片一片的叶子时，我的脑子里不停地在想起白花把我从百花客栈里救出来后带我去的那片树林子。我至今不知道，我到底在那片树林里躺了多少日了，白花又是如何从百花客栈里救出的我。我一直记着那片树林里斑斑驳驳的日光，记得白花看我的眼神和我内心的恐慌。我就是在那片树林里站起身准备往外走时，一时支撑不住摔倒了，又被白花叼到河边的。在那条河边，我遇到了白胡须的老爷爷。当然，现在我知道他就是管着人间姻缘的月下老人了。同样是在那条河边，我第一次遇到了心高气傲、没有一点悲悯之心的臭小子书生。

虽然参了几百年的佛，我发现我还是不能解除对这个臭小子书生的恨意。

尽管我心里很明白，现在的这个臭小子书生已经是几世轮回之后的他了，已经不是举起石头砸死我的那个他了。但是，他不是几百年前的那个他了，几百年前的那个他却是为了成就今天的他，才在那时砸死我的。他举起的石头，打碎了我在悲苦之中求得和父亲母亲回到家乡的唯一心愿。他让我和父亲母亲的尸骨，都葬身在了千里之外的异地他乡。

　　即便这一切都是什么天意，都是菩萨精心地安排；即便我的父亲母亲轮回后又回到了我们从前的家里，生活得其乐融融；即便我受了菩萨的点化，有了现在的不死之身；即便像菩萨说的，日后我还和这个臭小子书生有着什么天定的姻缘。但是，经过了几百年的时光，我却依然不能忘记，他砸完我后不停翻动的那双手。那个孤苦无依的我，那时候是那么想念我们千里之外的家乡，想念和父亲母亲在一起的日子，想念亲人间相互给予的那些温暖。就是这个臭小子书生，用他翻阅过无数圣贤书的读书人的手，举起了石头，无情地砸碎了我对人间温暖的最后一丝向往。

　　昨天，我派出去的一个小妖前来禀告说："神仙姐姐，您等的那个臭小子书生，还有他的那几个徒弟，已经过了前面的万字山，正一路朝我们这百花山走来了。接下去我们该采取什么行动，就等您的吩咐了。"

　　我看着进入百花山来的一线弯弯曲曲的细路，手里摘下一片绿色的树叶子，看着小妖笑了笑，说："待我先去把这山里所有的人家都用法力罩住了，一是不能伤害了这山里大大小小的人家，二是不要让臭小子师徒几人在附近找到可以去化缘的地方。接下去嘛，客人来了，我们该做的，当然就是摆开场子，好好地开锣唱戏了。"

　　刚到这座山时，我并不知道这座山叫什么名字。我招集了一批小妖后，就让小妖们四处去打探这座山的名字。他们禀告我说，不用打探，他们都知道这座山名字叫百花山。听了小妖的禀告，我心里猛然一颤。百花山？这几个字一进入我的耳朵，就不由地让我想起了百花村，想起了百花客栈。我没想到，我和百花这个名字的缘分，竟是这样惟妙惟肖。在我们一家人逃难的路上，我们在那个名字叫百花的村里遇了难，我才遭遇了臭小子书生。

现在，几百年过去了，臭小子书生几经轮回，在他去西天取经的路上，在这个名字叫作百花的山上，同样要有一难。而这个在百花山上向他发难的人，就是我。菩萨竟然把我们几百年后的见面，安排在了这里，这样一座叫作百花的山上。

我在山路上徜徉着，看着满山的青翠，这里的每一片绿色树叶子，都让我想到我十二岁时的那场大旱。那场大旱，让我对这些绿色的树叶子，有了不能割舍的爱怜。

日头挂到西天的时候，有小妖来禀告，说有四个和尚和一匹白马正朝这里走来，当中的一人穿着红色袈裟，这些人是不是神仙姐姐和我们要等待的人？

我躲在一棵千年古树的后面，看着那个臭小子书生被他的三个徒弟前簇后拥着，风尘仆仆地走了来，身上的袈裟，在一闪一跳的日光里，放着金红色的光芒。一路的劳顿，使这个臭小子书生看上去很有些疲惫。我看了眼变幻出的这座金碧辉煌的寺院和寺院外环环绕绕的绿树，点点头，吩咐下去，让众小妖各司其职，做好准备。

看看天色渐晚，整座寺院都被红色的天光罩住了。我看着天空中渐渐变化着的红光，想，这会子，这个臭小子书生，该走到这座寺院里来了吧。

正想着，就听见了那个猪头猪脸的家伙在寺院外头大声嚷嚷着，说可巧这里有座寺院，总算是找到可以借宿化斋的地方了。

我看见臭小子书生从马上下来，口里念着阿弥陀佛，迈动步子径直走了进来。

臭小子书生进得门来，看见了我和小妖们变化出来的惟妙惟肖的众佛像，不分真假，跪倒在地就参拜起来。我看着跪在地上参拜的臭小子书生，给小妖们使了个眼色，小妖们立即就显出了真身，上前团团围住了臭小子书生，七手八脚，像摘一片树叶子那么容易，就将臭小子书生给我擒拿到手了。

我放下捂着眼睛的绿丝帕，看着被绳索捆得结结实实的臭小子书生说："我们又见面了。"

臭小子书生当然不明白我的意思。他发觉我在看他，眼睛马上就垂了下去，脸也涨得像涂了一层鸡血。想到鸡血，我又想到了臭小子书生把石头砸到我头上后我流的那满脸血。白花的舌头，一下一下地在舔着我的脸。

想着那些血和白花的舌头，我不由地就抬手摸了一把脸，好像白花现在还在舔着我的脸。我的脸上，就犹如母亲养的那些蚕花，在我脸上蠕动着。

我平静了一会，有意说道："大师父好生面善，小女子倒好像在哪里见过大师父。不知道大师父会不会也觉得在哪里见过小女子？"

臭小子书生依然低眉垂目，双手合十，说："阿弥陀佛。善哉，善哉。贫僧乃是从大唐长安远途而来，长途跋涉，刚刚走到此处，怎么会见过女施主。"

长安啊长安。听到"长安"两个字，我觉得心一下子就碎了。我魂牵梦绕了几百年的长安，我再也回不去的长安，从臭小子书生的嘴里说出来，仿佛万箭穿过了我的心。

我挨过了一阵心痛，暗暗叹息了一声，又说："说不得我们在几百年前就认识呢。还说不得在那个时候，我们就是一对有仇有怨的冤家呢。只是世世轮回，你我都不记得罢了。"

臭小子书生听我如此说，似乎一下子慌了，嘴里一会儿说着阿弥陀佛、阿弥陀佛，一会儿说着善哉、善哉，一会儿又说罪过、罪过。

我一时猜不出他是在说我罪过呢，还是在说他自己罪过。

从我给臭小子书生讲几百年前的故事开始，臭小子书生就闭着眼睛不再看我了。我看着臭小子书生，心想你不看我，这个故事也照样会在你耳朵里生下根去，进入你的梦里。

讲完几百年前的故事，我就命小妖们架起了锅灶，大声对小妖们说着先烧好了水等着，等我什么时候想吃这个臭小子书生的肉时，就给我蒸了。

看着烈焰腾空的锅灶，想着几百年前我和白花藏身避风的灶台，我的心里像刀绞一般难受。我把所有的小妖都赶了出去，想和这个臭小子书生面对面再对峙上一会，就像几百年前的那个风雪之夜，我和他面对面地站着。

我静静地看了会锅灶里噼里啪啦燃烧的火焰，又低头看看自己，抬头看看闭目念经的臭小子书生，看着看着我忽然就流着泪笑了。我想这就是天意，天意就是一切都让你无从违抗。几百年了，我和臭小子书生这几百年的恩怨，在菩萨的安排里，就要冰释了。

想到此，我不由得又多看了几眼臭小子书生。

眼睛落到臭小子书生身上的一刹那，我又想起了菩萨说过的，我和这个臭小子书生日后还有什么天定的姻缘。我不知道，那个日后，又会是多少年之后。日后相遇时，我是谁，臭小子书生又会是谁？

我正胡思乱想着，就有小妖来报，说那个猪头猪脸的家伙正在用钉耙砸山洞，那个猴子的嘴里在不停地叫着什么白骨精。

小妖说完了，又看着我，一脸不解地问："神仙姐姐，谁是白骨精？"

我长长地叹息了一声，吩咐下去，让小妖们快去佯装迎战。

十二

　　站在一棵千年的古树下，目送着那个臭小子书生西去的背影，我的眼角里竟湿润润的。

　　我不知道自己这是怎么了。我轻轻地叹息了一声，想着，几百年前，我和这个臭小子书生是在百花村附近的一条河边相遇的；现在，我们是在这座百花山上相遇的；那么等菩萨说的那个天定的缘分到来时，我和这个臭小子书生，又会在哪里相遇呢？

　　这样想着，我就转过了身，把绿色的丝帕蒙在了眼睛上。

　　我想着父亲和母亲，我想我要像当年在逃难的路上，被父亲和母亲用绿纱蒙住眼睛一样，用丝帕蒙着眼睛，走出这满目青翠的百花山。

少 年 法 海

一

白家小姐有个和她容貌一样美轮美奂的名字，小素。

两年前，父亲和母亲张罗着，预备到白家给我提亲时，我只是从母亲口里得知，白家和我们家一样，也有着千亩茶园，小姐更是钱塘县里无与伦比的一位美貌女子。当时我以为，那只是母亲哄骗我应承这门亲事的开心之词，心里始终半信半疑着，忧虑她会不会白白地辜负了"白小素"这个比月亮还皎洁的名字。直到那日在灵隐寺里亲眼见到，我始知道，母亲的言语果然不差丝毫，纵然倾尽所有，把整个江南和全天下颂扬美女的词句都搬出来，怕也不足以用来形容和赞美白家这位貌若天仙的小姐。令我悔恨不已的是，当日，我竟以想多读两年书为由，谢绝了父母的一片美意。

茶树的叶子，在日头光下油得耀眼。我在北高峰上，眺望着山下茶园里恣意流淌的日光，觉得那些茶树，犹如被西湖里荡漾的春水笼罩住了。层层透明水波，在鲜嫩的茶叶间流过，连躲在光影里的叶片也被洗得光彩四溢。若是采下这流光溢彩的茶叶，缝缀成一件闪着霞光的衣衫，穿在白家小姐身上，我想，便是传说中那位西施姐姐，怕也不愿走出家门浣纱了。

153

"小素。"我在心里唤一声白家小姐的名字，便觉有一窝蜜蜂把它们酿出的蜜汁，倾巢倒在了我舌根底下；瞬间，那妙不可言的甜蜜，就在唇齿间汹涌泛滥起来，万马喧嚣奔腾着，如八月十八日的钱塘江潮，把我像一节溃不可抵的江堤冲垮淹没了。

上年兰草节，我陪母亲去灵隐寺里礼佛，曾在寺中的溪水边与白家小姐相逢，有幸一睹了她的娇容。每年，母亲都会让我陪她到寺里去上几次香，但我却不喜欢随她到各个殿里去礼拜菩萨。母亲到殿里进香时，我要么就近找个清静之地，坐在那里观山赏水；要么就斜靠在一面山坡上，像在寺外山上那样，仰望着流云，跟随它们游览辽阔的天空。偶尔，我才会到方丈那里去，打扰一回从天竺国来的度马禅师，听他讲些外藩的奇事。见到白家小姐这日，母亲进了大殿，我遂也打发走书童三吉，独自信步往前，欲找个安静之处坐看闲云，不期却在溪水边，看见了白家的丫鬟青儿。青儿挽着位美貌小姐，袅袅婷婷地立在一株枝叶繁茂的香樟树下。那位小姐手里拿柄湘妃骨的香扇，一边探了身子在水畔，似在观赏水里游动的鱼儿。我随父亲前去白府里贺寿时，曾认得青儿，此时见她，我便断定，她在此服侍的，定是白家小姐。钱塘县里人人知道，白家就只有一颗掌上明珠。我踌躇半晌，还是走上前去，对着青儿和她挽扶的那位小姐施了一礼。青儿该是天底下最聪颖的一个丫鬟了。知道对着她们施礼的书生是谁后，青儿丝毫也没有慌张。她陪着小姐，彬彬有礼地还过礼后，又不动声色地朝来往的人群里睃两眼。我心里笑着，猜测她定是在寻找白老夫人，看她是否从殿里走了出来。张望过后，青儿桂花糖那般朝我一笑，走到转过身去的小姐身侧，俯在她鬓边，低低地耳语一番。不用设想我便明白，青儿是在告诉那位小姐，我是谁。果然，在青儿挽着白家小姐缓缓地朝我转过身来时，我看见，由于娇羞，白家小姐绯红的面颊，竟比桃花还要艳丽了三分。

春和景明，遍野的花香令人熏熏欲醉。我背靠一块石头坐下，伸手掐朵叫不上名字的黄色小花，举在眼前凝望着，继续遐想着白家小姐。上回在灵隐寺里见她时，正是中元节，秋去冬来，现今雁南复北去，又到了莺飞草长时节。别后数个月里，白家小姐如何知道，我撇下手中书本，几日便偷偷地来一次北高峰，就是为了站在这峰巅之上，遥望着山下她家居住的白乐桥，情深意长地眺望她。

一阵风卷着花香吹过。我嗅着花香，回味起前日梦里的情景，在面前闪烁跳跃的明媚日光里，不觉又闭了眼睛，暗暗地祈求着钱塘地界上所有的神灵，能够助我再次入梦，腋下再生出翅膀来，去重温一番前日的梦境，见见白家小姐。可惜的是，这次，我沐浴着熏熏南风，闭着双目，直等到夕阳即将西下，也没能进入梦乡，进到白家繁花似锦的花园中。

三日前，我站在山上朝下眺望累了，便想坐下去，闭目休息片刻。谁想到春风和煦，暖洋洋的日光一晒，居然昏昏地睡了过去。不仅睡过去了，竟然还做个万分离奇的梦，梦到自己腋下生出片片羽毛，变成只通身翠红的鸟儿，飞进了白府。进白府后，我稍一思忖，觉得应该先到花园里去，这么一想，就到了花园里。春暖花开时节，百花竞相绽放，我想，说不定，白家小姐就会在花园里赏花呢。真是天作之合。一落进花园，果然看见白小姐由青儿服侍着，正在花园里赏花。我欣喜地展动翅膀，在花园上方盘旋一圈，意欲飞到白小姐手边一株牡丹上去，仔细端详她两眼，问候一声，一解多日相思之苦。思来想去，又恐贸然落在她身前，会惊扰着她，搅了她春日赏花的逸致。能来这里见她，或者就是度马禅师往常讲解的那些佛祖的恩典了。这么一想，我心里念声"阿弥陀佛"，平展开翅膀，在距离白小姐几步远的一株老海棠树上，落了下来，躲在一簇盛开的海棠花后面，静静地窥视着她的花容月貌：比起灵隐寺里见她时的姿容，白小姐身量似乎清减了两分；再看她脸上的形容，虽在热热闹闹开着的花前赏花，面容上却少有赏花人应有的春光。"她必是也在日夜地思念着我，才变得这样清瘦。"心里想着，我竟情不自禁地唤了声"小姐"。听到我的声音，白小姐从一朵白芍药上移开双眸，惊慌地朝四处花丛里打量起来，对一边的青儿说，仿佛有人在唤她"小姐"。青儿笑着回答说："小姐您定是瞧着花瓣上扑来扑去的彩蝶，想着心事走神了。花园里就咱们主仆二人，还有就是那只翠鸟儿，刚飞过来，落在那边的海棠树上，啼叫两声。难道是灵隐寺里见面的那位公子，跟着哪位神仙学了道业，变化了而来，是他在叫你不成？"

"再要胡说，仔细我告诉母亲，让她胡乱找个人家，将你打发了出去。"白小姐面红耳赤地朝海棠树上窥一眼，俄顷，又避开青儿，伸出葱白似的两根手指，悄悄在右腮上匀了一下。我躲在海棠花后面，偷眼看着白家小姐的桃花面，有些不能自持，展动一下翅翼，欲要再呼唤白小姐一声，告诉她，我正是灵隐寺里与她相见的那位书生冯文德。但是，我还没来得及发出声响，一阵风吹来，不知从哪里飞来一颗石子，投在了我一只翅膀上。我惊叫一声，便从海棠树上落了下去。再次睁开眼时，花园和白小姐都不见了，只有我独自一人，坐在遍野都被日光笼罩着的北高峰上。

二

从北高峰到南高峰下的南灵隐村，有六七里地。夕阳已经西下，我只好恋恋不舍地从白乐桥收回目光，起身下山。沿路俱是青翠树木和一簇簇灼目的野花，夕阳透过枝叶间的缝隙，在路径上缀满斑斑余晖。天色渐晚，我无心观赏路上的春花美景，花了不足半个时辰，便已到山下通向灵隐寺的路口。我在路口停下步子，朝晚霞映照的灵隐寺瞭望两眼，寻思着什么时候能到寺里宿上一夜，请度马禅师为我开解一番前日的梦境。那在日头底下突兀做起的白日梦，一直让我心生狐疑，拿不准究竟是个什么兆头，又万万不能说与他人知晓，思来想去，或许，唯有度马禅师才可一解。

我不清楚天竺国在哪里，距离钱塘有多远。我常想，也许所有生活在钱塘的人都和我一样，并不想知道钱塘以外的世界。天下就是钱塘，钱塘就是天下。但我知道佛教是从天竺国流传来的，度马禅师也来自那里。随侍禅师一个童子逢人便讲："几百年前，度马禅师在天竺国里遭了劫数，躲进山洞里修炼。修炼完毕，他奉着佛祖在梦中的指点，沿山洞里另一条通道朝前走，走啊走，走了不知几月几年，才看到前方洞口有光亮照射进去。他从那个洞口出来，就到了现今的灵隐。"小童子神神秘秘地这样讲说时，我满面带笑地听着，丝毫也不怀疑他的说法。我听家里的老管家说过，他父亲小时见到度马禅师，禅师就已经须发皆白，是灵隐寺里修行最高的一位禅师，能呼风唤雨、役使鬼神，懂得林中百鸟啼叫，明白山间百兽之语。不过，对于度马禅师修行到底多高，能不能呼风唤雨、役使鬼神、降妖捉怪，是一百岁还是一千岁，我从来没去想过这些。我崇拜这位老禅师的，是他的博学多识。日月星辰，宇宙万物，他无不能条分缕析。

正踌躇着，我隐约听见，远处似有人在呼叫"公子"。我扭转头，循声望去，渐渐认出是三吉。三吉跌跌撞撞地跑着，跑得衣衫凌乱，左手里提只鞋子，右手拼命地扬着袖子，口中焦急地高声喊着"公子"。

等三吉满脸汗水，上气不接下气地跑至我跟前，我瞧两眼他的滑稽模样，笑着问道："三吉，你跑得如此慌张，眼看气都要断了，到底是钱塘江水涨起来淹没了南高峰，还是南高峰被秦始皇那根鞭子赶进了钱塘江里？"

"公子您还有心思讲笑话。"三吉捂住胸口，探过身子，大口喘息着说,"老爷出门回来了,见您不在书房里读书,便问小的您去了哪里。小的不敢说您到北高峰来了,又不敢不回老爷的话,就胡乱说您看见外头春光好,才与人约着,外出踏青赏春去了。老爷听说您一早就出了门,生起气来,正在家里大发雷霆之怒。老夫人悄悄打发小的出来寻您,说日落之前还不见您回府,就要敲断小的两条腿,扔给狗啃。"

"要是没了两条腿,这以后,你不是要在尘土里爬着行走了。"

"小的正是这么想,才拼命地跑来寻您,肠子都要跑断了。"

"你小子还算机灵,知道编出几句瞎话糊弄老爷。"

说着,我又朝灵隐寺方向望一眼,看见方才晚霞映红之处,薄薄暮色已从周边山峰上云集而去,帘幕般遮挡了那些霞光。回身去看白乐桥,村外几棵香樟树,树冠上也已笼罩了一层似有还无的薄纱,仿佛回荡在我心底那些春愁。我悄然叹息一声,撩起衣衫,快步朝回家的路上奔去,一边低头琢磨着,回到家中,该如何应对父亲的盘问。父亲是钱塘有名的好读之人,他辞官回家后,除经营祖上留下的茶园,唯嗜读书。在他眼里,唯读书是人生里第一要事,堪比吃饭还要紧。想到往日里父亲见我不用心读书时发怒的神态,我心里越发忐忑。这几个月,我屡屡趁着父亲外出,扔下书本,溜出书房,跑到北高峰上来,今日到底露出了破绽。若是父亲再知道,我已不止一次如此行事,并且是为了白家那位小姐,只怕我的两条腿,也要被板子打得不能下地行走。

"老爷有没有问你,这些日子,我是否时常外出?"我惶惶地扭转身子,用扇子敲了下跟在身后的三吉。

三吉朝前跑一步,用袖口擦着脸上的汗回答说:"老爷就是这么问的。"

"那你是如何答的?"

"我说公子日日在家用功，每至深夜。今是见外头光景实在好，才欲外出走走。"

"回答得好。"我笑着说，"只要老爷不知道我到北高峰来了，回头定会好好赏你。"

"那公子你，今日有没有望到白家小姐？"三吉伸长脖子，瞅着我的脸，笑嘻嘻地问。

我想着梦里见到的白家小姐，又朝三吉脑袋上敲下扇子，故意沉下脸说："不该你问的事，莫要胡乱问。你以为我真能变成只雀鸟，飞进白府里去。"

"小的是想，公子从山上朝下眺望，万一有山神助着，果真望到了白家小姐，小的也替公子高兴不是。便是日后老爷知晓这桩事，暴打小的一顿，打得屁股开成夹竹桃花，也值得。"

"你也觉得世上会有神灵？"

"怎么会没有。若没有，天庭里的玉皇大帝跟王母娘娘，还有观世音菩萨和月亮里的嫦娥仙子，那些神仙都是谁？亏您还常唠叨，说那个度马禅师就如神仙一般。"

"这些你倒记得明白。"我看着暮色中半明半暗的一座山峰，"禅师若真是神仙就好了。"

"他若是神仙，您去求他老人家，教您些许法术，您何时想见白小姐，就能时时如愿了。"

"如愿你个狗头。"我爽朗地笑起来，将脚下一颗石子踢了出去。石子飞起来，落进路边树丛里，将两只在里面栖息的鸟儿惊动了。两只鸟奋力扇动翅膀，疾声鸣叫着逃出了树林，迎着天色最后的余光，向远处飞去。望着两只比翼飞走的鸟，我骤然想起梦中自己变的那只鸟，被一颗石子击落的事，忽然懊悔，为什么方才会踢起那颗石子，惊扰了两只鸟儿的好梦。说不上，那正是两个思念良久才梦里相见的人变成两只鸟。

"要是不能像神仙那样有法术，现在就剩下一个法子，让公子时时能见到白家小姐。"三吉缩下脖子，瞅着我，鼻子眼里都在一个劲地坏笑着。

我猜出三吉会胡咧咧什么。但那两只被石子轰走的鸟，让我突然有点心烦意乱。我抬起脚，一脚就踹在了三吉屁股上，说你年纪不大，肚里花花肠子倒有两丈。

"小的哪里就说错话了。"三吉咧着嘴朝前蹿两下，挤眉弄眼地摸着屁股，拧过身子高声嚷嚷道，"您想想嘛，您心心念念想见到白家小姐，这几个月，北高峰都被您鞋子踩矮了两寸。可您又不是玉皇大帝，又不是王母娘娘，也不是观世音菩萨，连个土地爷的穷法术都不会，怎么能有本领说见就能见到。您说，除回家央请老爷夫人，请他们做主托了媒人，将白家小姐给您娶回家，您还有什么妙法子。"

"这事不用你操心。你只记住，我往日来登北高峰的事，万万不可让老爷知道消息。若让老爷察觉了，就是他不敲断你的腿，我也会给你敲断，趁着半夜把你扔进西湖里去。"我吓唬三吉，唯恐回到家里被父亲责问时，他一时撑不过父亲威吓。

"老爷若是询问，小的跑出来半天，是在什么地方寻到的公子，那小的该如何回话？"

"你就说因没处找寻，故一直在庄子外等候，原来我是到灵隐寺里逛去了。"

我躲开三吉嬉皮笑脸地探到面前的脑袋，看见一轮明月从东方缓缓升了起来，照得天地间亮如白昼。我立住脚步，痴痴地凝望着盈满天地间的银辉，思念着白家小姐，恍惚看见白小姐此刻正在绣楼上，倚着窗子，对着婵娟，缠绵地唤着"公子"。我喃喃地应一声"小姐"，慌慌地对着月亮，躬身便拜了下去。

三吉看着近来因为白家小姐变得有些痴头痴脑的我，吃吃地笑半天，说公子您这是在拜托月老，让他赶紧给您和白家小姐拴红线呢，还是在练习和白小姐拜天地？

"该打嘴的狗东西，白小姐也是你能叫的？看来我真要把你狗腿打断，扔进西湖水里喂鱼了！"我骤然回过神来，佯作骂着三吉，心里却为自己一时的忘情和失态，暗自好笑起来。

三

家里灯火通明。我小心翼翼地迈进家门，战战兢兢地见了父亲，没想到，父亲非但没训斥我，还一改往日的满面威严，笑着问我这么晚回来，是到哪里游玩去了。我怕父亲是笑里藏刀，拿不准他心思，于是便偷偷地瞥眼母亲。见母亲也是一脸祥和，我这才稍稍放下心来，猜测是不是三吉见老爷回来了，怕遭连累，故慌张地跑出去寻到我，拿话唬我。

"孩儿见今日春光实在是好，就到灵隐寺里逛去了。"父亲尽管脸含笑意，我还是回答得小心谨慎，以防中了他什么算计。父亲虽然厌恶官场的肮脏，但到底是在官场上混过些年岁。我相信，凡是混过江湖的人，就是被逼着也会练出些手段、几张面皮。

"寺里景致可好？"父亲盯住我看一会，又问。

"寺里面幽静，景致自然与别处不同。"我更加小心地回道。同时，为表示内心里对佛家和度马禅师的尊崇，我还谦恭地低垂一下腰身。

"可曾去拜会度马禅师？"

"没有。孩儿只是在寺里逛着看风景，未敢前去叨扰禅师。"

我暗暗地拿眼角朝门外睃一下，担心父亲会突然变了脸色，厉声把三吉招呼进来，问他我说的可是实情。我知道，三吉在父亲面前绝对是个软骨头，只要父亲断喝一声，他就会双膝跪地，一星不差地把我出卖干净。这也是父亲为什么让他跟着我的缘由。当年，是父亲在灵隐寺外，把已经奄奄一息的他从雪地里带回家，救了他一条性命。活过来后，他就认定自己的小命是老爷的了。说实话，我从心里喜欢他，也正是因为他对父亲的这份忠贞不贰。他对父亲的忠诚，让我一直在把他当作手足。

"量你也没胆量说谎。"父亲挥挥手说，"先下去吧，改日再考你的功课。"

从父母屋子里出来，走出旁边的角门，我就一脚把三吉踹倒在了地上，警告他，以后若再这样唬我，我就会毫不客气地，用石头打断他两条腿。

三吉从地上爬起来，笑嘻嘻地绕到我前面说："只要老爷不训斥公子，您就是现在打断小的两条腿，小的也甘心情愿。"

这个小子，他倒是会卖人情。我假装恶狠狠地"哼"一声，算是饶过他了，心里却在暗暗念着"阿弥陀佛"，庆幸今日总算在父亲跟前蒙混过去一关。刚庆幸完，转念想到父亲回来，近日恐难再寻机会到北高峰上去眺望白家小姐。想到这里，我心头又渐渐被忧伤笼罩起来。三吉见我低垂下脑袋，大概猜出了我的心思，他嬉皮笑脸地又把脑袋伸到我面前，卖弄着，说他已经给我想出了一个奇妙的主意。

"什么烂主意，还不快点讲出来，在等着打嘴？"我稍稍停下步子，等着三吉的主意。月亮光穿过一棵碧桃树的枝叶，照耀在他半张脸上，在他脸上贴了一片片银光闪烁的箔片。我看着他脸上的箔片，笑起来，觉得那些亮片更像是某条大鱼身上的鱼鳞。

"您得先答应我件事，我才会讲出来。"这个该死的三吉。他知道我心急如焚，却一边说着，居然还慢条斯理地扬起头，在天上找起了星星。

"只要不是去摘天上的星星，本公子什么都答应你。"

"小的哪里敢要天上的星星。只是到时候，若老爷果真打断小的腿，只要公子您发慈悲，能够到寺里去求求度马禅师，让他救下小的，给我个破钵，让我爬行着云游天下，讨口冷饭活命，小的就谢天谢地了。"

"那要看你的主意，到底如何妙了。"我一直在盯着三吉脸上的鱼鳞，想象着人到底能不能变成鱼，或者我在梦里变成的鸟。

"您一门心思只在白家小姐身上，近日外面发生的事，您果真是丝毫没有耳闻。"

除了白家小姐，天下还有什么事情值得我去关心？我不耐烦地抬起手，朝那些鱼鳞上戳一扇子，说他要是再啰唆，现在就死无葬身之地了。

"大蟒蛇。"三吉摸着脸说，"那个大蟒蛇的事，小的猜您就不知道。"

"什么大蟒蛇？"我心不在焉地问。此刻，除了着急想出什么办法，能够瞒天过海，有机会到北高峰上去眺望白乐桥，眺望白家小姐，其他任何事情我都不想知道，也不想感兴趣。

"是一条大白蟒。"三吉愈加神秘起来，"公子您真是被白家小姐迷得不闻天下事了。现在，整个钱塘县里已经传得沸沸扬扬，人心惶惶，都快没人敢去游西湖了。说是有条大白蟒，不时就会在西湖里出没，身子儿丈长，一张血盆大口，能把人整个地吞进腹中，眼下都伤害好几条性命了。"

"不许妖言惑众！"我瞪大眼睛盯着三吉骂道。然后问他，就是西湖里果真有这么条大蟒蛇出没，和他给我想出的妙计又有什么联系。

"小的既这么说，自然会有联系。"三吉咧开大嘴，有点得意扬扬地笑一下，脸上那些鱼鳞便也跟着抖动起来，似乎有层被搅起涟漪的水波，从那些鱼鳞上面漫了过去。

"有什么联系？"我问。

"公子只需想出个办法，到西湖边上走一趟。"

"去喂那条大蟒蛇？"

"哪里那么巧，果真就让公子您遇上了。"三吉又嬉皮笑脸起来，"再说，公子方才不是还骂小的在妖言惑众吗？"

"找打！"我作势又举起扇子，催促着让他赶紧把话讲完。

"是这样。"三吉的脑袋朝我跟前凑了凑，"只要公子您到西湖边走一遭，回来说是瞧见了那条大蟒蛇，被它吓着了，因此装病，求老爷夫人把您送到度马禅师那里去，请禅师给您念经驱魔。您住进灵隐寺里养病，不就有机会到北高峰上去了。"

"这也算个奇妙的主意？"我在三吉脑袋上重重地敲一扇子，撒开步子，踩着一地月亮光朝书房里走去。心里忧愁的是，讲来讲去，我用什么法子才能走出家门，走到西湖边上去。

四

江南的天气变得越来越暖和。这几年，常常整个冬天里都降不下一场小雪，在西湖边赏雪，渐渐地已成了件稀罕事。我都快忘记，西湖最负盛名的"断桥"是什么模样了。这日，我手里握卷书，百无聊赖地坐在日光充裕的书房门口，看着在一柱柱光影里起舞的细小尘埃，想着老天要是能发下慈悲，突降一场大雪，我岂不就能理直气壮地走出家门，以到西湖边观赏"断桥"为名，去西湖一游了。当然，再然后，从西湖回来，我就能按着三吉讲的，生场病出来，理所当然地住进灵隐寺里去。三吉这个馊主意虽不甚妙，但病急乱投医的当口，似也不妨拿来当味救命的药吃吃。况且，我自己在那里冥思苦想，从天黑想到天亮，又从日出想到日落，脑袋想破一个，又想破一个，差不多想破一百个了，也没想出什么更可行的方法，能够随时攀到北高峰上去眺望白家小姐。眼下最让我无奈的是，即便三吉这个破烂馊主意，一时也没办法去实现。赏雪的借口是不必指望了。现在外面已是热热闹闹的春天，花已红遍，柳已绿透，黄莺在歌唱燕子在飞舞，哪里还会有大雪纷纷从天而降。真正的冬天里，还没有雪花愿意飘落到江南来呢。

盼不到大雪，不能踏着遍地白雪去游西湖，不能因为游过西湖而生病，我只好在脑袋里穷尽着那些描写大雪的诗词。让人可恼的是，我把肚子里积存的诗句全翻一遍，又翻完一卷《诗经》，最后又翻卷一个名字叫"钱塘客"的人勘印的《吴越诗集萃》，也没找到一首能让我想入非非着，赏到"断桥"的诗作。

见我把书卷摔到地上，三吉忙弓下身子把它捡起来，拿在手里轻轻拍打两下，骂着它和他一样不中用，"不能解去公子心中的烦恼倒也罢了，还敢惹公子生气！仔细我把你丢到炉子里，把你烧成灰。"他对着书卷嘀咕完了，小心翼翼地把它放到桌子上，低声下气地兜转回来，问我是不是到园子里走走，赏赏春光，吟几首诗。

"也罢。"看在他装模作样着卖力骂书本和自己的份上，我有气无力地应着，站了起来。

园子里满眼都是明媚的春光。一条小径上铺的黑色鹅卵石子，也摇身变作了一颗颗硕大的黑珍珠，浑身光芒四射，咄咄逼人，让人难以喘息。

"三吉！"我对着几颗逼人的珍珠跺两脚，唤着三吉，准备打道回府。想了三天三夜，都没想出办法到北高峰上去眺望白家小姐，我心如火焚，哪里还有心思赏什么春吟什么诗。但刚唤过三吉，看着他闪烁的鬼眼睛，我随即又改了主意，支吾着，吩咐他回书房去，取些纸张笔墨来，"不然，一会有了诗，用指头题在你脑门上？"我改主意的原因，是不想让三吉看我笑话。我不能因为无法到北高峰上眺望白

165

小姐，就在他眼里变得如此失魂落魄，书不能读，诗也不能吟了。好歹我也是个读书人。想想，一个饱读圣贤书的人，怎么能为着贪恋女色，从早到晚地让书童看笑话。再说，万一有一天，我是说万一有那么一天，三吉的狗嘴一个不小心，将此事兜与了别人，我岂不成了钱塘县里读书人的笑料。到那时，就是将西湖里的水倾尽，怕也不能浇灭父亲的怒火。

不一会儿，三吉就像被风卷着般地转了回来。我瞧着他，见他手里没有笔墨，一张脸上却在眉飞色舞。看着他那副让人生厌的嘴脸，我猜想，他这是又要自作聪明地给我耍什么花样？"三吉，你是遇到神仙了，还是看见西湖里那条大白蟒飞到了天上？"我瞪他一眼，训斥着他，把我教的那句"宁可湿衣，不可乱步"的君子之风，又丢到爪哇国里去了。

"小的是书童，又不是您口里的那些君子。"三吉绷着满脸笑容，一双眼睛滴溜溜地望向我，让我怀疑，他果真是在回书房的路上，遇到哪路神仙了。

"快说，是不是有出门去的指望了？"直觉告诉我，也许，出门的机会，就藏在三吉这个坏小子的笑里。我心头突突地狂跳起来，觉得自己瞬间已变成一只鸟，正迎风展翅，欢快地飞翔在去北高峰的路途中。金色的太阳光，被一双翅膀搅动得波涛汹涌。

"是位姓许的老爷，带着他们家公子来了。老爷打发人来叫您，催着您快点前去拜见。"

"哪里来的什么许老爷？"我努力保持着在三吉眼里该有的风度。

"说是老爷的同门，新上任的大官，不光管辖咱们钱塘县，还管着好些个地方衙门。"

"这和我有什么关系？"我鼓起腮，漫不经心地对片树叶吹着气，让自己不致那么快速地萎靡下去，脱光水分。

166

"怎么会没关系？"三吉胸有城府地看着我说，"那许老爷不是带了位公子来吗，他新来乍到，您若是伺机提出，邀他一同去西湖观赏风景，一尽地主之谊，老爷岂有不允之理？"

"你这个狗脑袋！"我赞赏着在三吉脑袋上敲一扇子，没想到，他的大脑袋倒来得灵光。

"您要是整天这么敲来敲去，小的脑袋迟早会变成个狗脑袋，驴脑袋。"三吉夸张地摸下脑门，两只眼睛一个劲地鼓动着我，督促我快点去会见那位许公子。

"还不前头带路，是在等着找打？"我举起扇子，挥动着，吓唬三吉。跟在他后面疾步走着，我边走边想的是，这位许公子，定是哪位神仙派了来救我出苦海的。这样一想，我步子愈加轻灵起来。"舞低杨柳楼心月，歌尽桃花扇底风。"我在花木间轻舞着扇子，悄声对那些花木说：好一派青春年少的江南三月天。

五

春和景明的节气，西湖边上虽不是游人如织，但也人来人往，络绎不绝。走到断桥时，我邀许公子到一边的凉亭上坐下来歇息，然后，借着指派三吉去买桂花糕给许公子品尝的空档，把他叫到一边，讯诮地问他"那条大蟒蛇现在哪里"？

"眼前重要的不是那条大蟒蛇。"三吉鬼头鬼脑地朝许公子瞥一眼，小声嘀咕道，"要紧的是，公子您现在到西湖来了。"

"看不见那条大蟒蛇，我回去如何生病？"

"您怎么就忘了呢？"三吉提醒着我，"您来到西湖就算达到了目的。只要您来了西湖，就看见那条大蟒蛇了。"

"狗脑袋，现在和原先计划的还一样吗？"我悄悄指下正望着湖水出神的许公子。有他和我们一起游西湖，当然不会只有我和三吉的狗眼睛，能看见那条大蟒蛇。

"您那病是生出来给老爷看的。"三吉说。

"我是说那条大蟒蛇。"我焦急地想把三吉的脑袋拧下来。

"您真是个读书人！"三吉翻下白眼，嘲弄着说。"这世上的事物，不是人人都能瞧得见，人人都去关心。"

"你不是讲，那蟒蛇有几丈长吗？"这个漏洞百出的破烂主意，急得我都要疯了。湖边这么多游客，湖上还有来往的游船，那么大条蟒蛇，总不能只有我一人瞧得见吧。

"您怎么比小的还愚钝了。"三吉滑头滑脑地笑着说，"这湖边游客是多，可谁会一门心思盯着湖面。再说，那蟒蛇能长到几丈长，还能吃人，定是有些道业了，在湖里出没，还不快如雷电，神龙一般，眨眼就没了踪迹。只要公子您说瞧见了，我再从旁边叫嚷起来，您瞧吧，到时，定有无数爱起哄凑热闹的人士，有鼻子有眼地附和着您，说他们也都瞧见了。"

这样一听，似也有几分道理。因一时没别的主意可图，我只好胡乱点着头，提高声腔，催促他腿脚快点，然后转身步入亭子，手忙脚乱地对着观看湖水的许公子深施一礼，口里说着让他久候了。

"常听人讲西湖美景天下第一，堪比天上仙境。今日有幸一游，果然不虚此名。"许公子彬彬有礼地还了一礼，感谢着我的盛情，使他得以早一日来到西湖，观赏到眼前妙不可言的人间美景。

天下再美的景致，如何比得上白家小姐莞尔一笑。因为白小姐，我今日竟无端地把许公子牵扯进来，做了我生病的药引子，想来实在不是君子所为。思想到此，我不免满怀歉意地对着许公子笑笑，说西湖美景要看久了，才会知晓什么是浪得虚名。

"这西湖可不只是美景熏熏令人醉。"许公子指着湖面上一艘画舫，神采飞扬地说，"兄台看船上立着的那位美人，万般旖旎，流水飘香，可美过眼前这风景百倍？"

顺着许公子手指的方向，我看见一位被春风撩拨得衣袂飘飘、神态宛若天仙的女子，正迎面朝我们飘来。再一定睛，我便浑身跟着两手颤抖起来，那仙子般向着我飘然而来的，不正是我日思夜想的白家小姐吗？她身边，立着那个叫青儿的丫鬟。此时，青儿正扬着手臂，抖着条淡绿色手巾，在戏着春风。"真是苍天有眼，万神庇护！"我欣喜若狂地立起来，抛下许公子，步子急急地奔出亭子，慌不择路地朝水边走去。大庭广众之下，我自然不能高声呼喊白小姐，也无神仙的法力，蹈着波浪走到船上去，与白家小姐一会。但我祈求着天下所有的神灵保守着我，让移步水中央的她，能在万花迷眼的岸上，一眼望见立在水边、日夜都在为伊憔悴的书生冯文德。

"小素、小素！"白小姐饱含着蜜汁的名字刚被我念叨两遍，我朝水边疾跑的脚步就僵住了。我忽然想起了三吉说的那条大蟒蛇。若是那条大蟒蛇真的像传说中那样，时常在湖里出没，若是它此时从湖水里跃出来——天哪！我的心陡然间就缩成了一团冰块。

"船家、船家！"我看着与湖边并行迤逦驶去的画舫，无心再念叨白家小姐，而是声嘶力竭地喊着船家，请求船家快把画舫靠到岸边来。

"飞花牵情！兄台可是也被船上美人摇动了春心？"跟在我身后跑到水边的许公子，在一边立着，笑嘻嘻地轻摇着扇子，瞧着我的狼狈相。

"大蟒蛇！"因为心急如焚，我口不择言地大声说，"湖里有大蟒蛇！"

"兄台真是风流倜傥。"许公子哈哈大笑道，"若是有蟒蛇化作如此貌美的佳丽，能够与你我相伴终生，人生岂不快哉？"

"哪里是什么蟒蛇会变作小姐。"我焦急得舌头都快打成结了。

"庄周能变作蝴蝶，蟒蛇怎么就不能变成个美貌的小姐呢？"

许公子嘻嘻哈哈着，一个劲地在编笑话。他哪里知道，我心里冒着滚滚浓烟，已蹿起几丈高的火焰了。我没头没脑地念叨着，不知道该去求玉皇大帝还是王母娘娘，只好求着天地万物，三界神灵，求他们前来搭救白家小姐，保佑她平安无事。

正在我束手无策之际，三吉手里托着包桂花糕，气喘吁吁地跑了回来。因为不明白发生了什么事，他歪着脑袋瞅我两眼，问我是不是果真看见那条大蟒蛇了。"我真是该死，怎么就忘了那条大蟒蛇，没拼命地快跑上几步呢。"三吉装腔作势地打两下自己的脸，扭头问许公子，他是不是也瞧见那条大蟒蛇了。

"你们主仆二人实在是有趣。"许公子快活地笑着，从三吉手里捏起块桂花糕，慢腾腾地尝一口，神情夸张着，说不仅西湖上的美女貌美如花，秀色可餐，勾人魂魄，就连湖边一块桂花糕，竟也如那美貌婵娟，香糯诱人，楚楚可怜，令人千回百转，"不忍心啖之，却又欲罢不能。"

"公子。"三吉看眼许公子，又朝我看来。他大概看出，我脸上惊慌失色的神情，绝不是为了回家装病，才故意在许公子面前装出来的。"公子！"他复看了看我，接着又去瞅许公子，最后望着我问，"您真看见那条大蟒蛇了？"

"大蟒蛇、大蟒蛇！"我气急败坏地跳起来，抬起脚，照着三吉肚子就踹了出去。"你倒是快告诉我，湖里到底有没有你说的大蟒蛇。"

三吉被我一脚踹个仰八叉，手里的桂花糕也跟着撒落出去，滚了一地。有两块，还蹦跳着落进了清澈的湖水里。

"有没有，您不是已经看见了？"

三吉仍然不明白我为什么会踢他。他神色迟疑着爬起来，弓着身子，两手紧紧地抱住肚子，好像我把他肚皮踢破了，里面的肠子心肺就要稀里哗啦地流淌出来。

"我是问你，那条大蟒蛇，真有还是没有？"

我腔子里的心都要化成灰了。有许公子在旁边，我又不能给三吉这个家伙言明，现在，我要的已经不是我们之前预谋的，从西湖回家后我如何装病了。眼下，白家小姐就在湖中那条游船上，如果他说的那条大蟒蛇真存在，而它又真的会出人意料地从湖水里钻出来行恶，那么，白家小姐和那条船上的人，该怎么办？

"公子，您是不是被那条大蟒蛇吓傻了？"三吉瞄一眼许公子，偷偷地朝我挤两下眼。我知道，他这是示意我继续演下去。有许公子做证，我回家装起病来就更万无一失了。

我哪里是在演戏！这个狗脑子的三吉，他肚皮里那点精灵古怪的花花心眼，一定都被他在路上偷吃的桂花糕给黏死了，纹丝不动，丝毫也不透气了。我把手里扇子狠狠一扔，砸在三吉脑门上，骂着让他滚得远远的，越远越好，最好是滚到天边去，再也别让我瞅见他，烂成泥也别让我的鼻子闻到臭味，长出草也别让我的耳朵听到它摆弄出的一丝动静，变成梦也别和我的梦遇到一块。

我该怎么办！这会儿，我真是恨死三吉这个糊涂东西了，他怎么就不明白我的意思！

"公子，小的到底又做错什么事了，让您这番动怒？"

三吉满脸委屈地瞟着许公子，巴望着许公子能站出来，为他主持公道。可惜许公子站在旁边，却像看戏一般，来回地瞅着我们两个。我猜他定是和三吉一样，整个人也是糊涂的，不明白我为什么要这样对着三吉大发雷霆。

"滚走，快滚走！"

我余怒未消，继续骂着三吉。站在画舫上的白家小姐，已经回到了画舫舱内，从我视线里消失了。望着在湖里朝前驶去的画舫，我忽然想起许公子说的，在梦里变作蝴蝶的庄周。此时，我最想要的，就是生出两只比蝴蝶有力量千万倍的翅膀，飞到画舫上去，在那条害人的蟒蛇出现之前，把白小姐救上岸。只要能把白小姐救下来，我愿意将自己这条性命舍弃一千次，一万次，千万次在地狱里遭受轮回之苦，变作猪狗牛马，变作草木石块，万劫不复。

这一日，在接下来的半天光阴里，不论许公子如何变着花样，拿我和"画舫上那位佳人"开玩笑，也不管三吉怎么花尽心思暗示着我去装病，我都不去理会他们。我只盛情地以请许公子观赏西湖晚霞为由，拖住许公子，一直在湖边逗留到晚霞布满了西天。谢天谢地！那条大蟒蛇始终没从湖里出现。眼见暮色笼上了远处的山峰，我想白家小姐斯时定已离开西湖，回到了白乐桥的家中。我蹲下来，在湖水里净了手，郑重其事地整巾正衣，在绚烂的晚霞里，毕恭毕敬地对着天地万物深施一礼！那条大蟒蛇没出现，就是天地万物保佑着我和白家小姐，重新给了白小姐和我一条性命。只要白小姐平安无事，就算下半辈子让我到灵隐寺里出家做和尚，我也会无怨无悔，欢天喜地。

六

打开手中的书卷，字里行间，随处似可窥到，有人在那里叹息春日苦短，仿佛人的一辈子，快如翻阅卷书，转眼间就瞅见最末一行字了。但我被困顿在书房里，以时挨日，日复一日，两眼望着满院子流淌的春光，只觉得度日如年，如坐针毡，顷刻时光也难挨过去。

见我心绪未定、心不在焉地攥着书卷，又在望着门前那株海棠发痴，三吉在旁边急得搓手顿足，嘴里嘟哝个不休，怪我不按他谋划的法子行事。"早知这番情形，那日从西湖归来，您何不就势装病！若是当日病了，去住进寺里，又哪来今日这般苦楚。"近日，三吉越来

172

越像个碎嘴老妈子，在我耳朵边唠叨来唠叨去，没完没了。要是有人能把他那些唠叨编排在一起，用麻绳子串起来，恐怕十个钱塘江都盛不下了。

"你能不能暂且饶过我这耳朵，让它清静片刻！"我盯着门前的海棠，回想着在北高峰上做的那个白日梦，正想到自己变作的鸟儿落在了白府花园里那株海棠树上，痴痴地望着赏花的白小姐……

"不是小的唠叨，您瞅瞅您这形容，已经瘦下去了整整一圈。再这样下去，被老爷看穿，小的就真没有活路了。"

三吉不知道从哪里捣弄来面铜镜，赫然伸在了我面前。我漫不经心地翻动眼皮，朝镜子里瞭一眼，竟被镜子里那张形容枯槁的脸面唬一跳。我在里面瞅见了一张鱼干样的脸，两只死鱼眼睛，深深地陷落在干瘪的鱼鳃上方。

"镜子里这张脸，真的是我？"我问三吉。

"不是您，难不成是小的？"三吉回道。

"你是从哪里弄来这面破镜子？"我怀疑，三吉是不是从什么人手里弄来了一面唬人的照妖镜，故意拿来吓我。我听人讲过，江湖上一些歪心眼的术士，为了骗人钱财，便时常会在背后捣鬼，故弄玄虚，使出手段做些什么"照妖镜"，拿来唬人。

"您忘了，上年兰草节您见到白家小姐后，让小的偷偷去外面买来的。说是去北高峰上眺望白小姐时，须要仔细地整理一番衣冠。"

"该死的狗东西！"我劈头盖脸地骂着三吉，突然来了力气，从他手里夺过镜子，吼着他为什么要把这破镜子拿出来，让我瞅见自己这张鬼脸。

"小的是想让公子弄弄清楚。您若这样下去，糟践坏了身子，来日等您有缘再见到白家小姐时，恐怕她都认不出您是谁了。若就此一命休了，那白家小姐岂不是更无从得知您对她的这一番情意。"

我低头喘息片刻，瞄眼三吉，把镜子从脚下捡起来，放到桌上，吩咐他去弄盆热水来。我想仔细敷敷面。打从西湖边回来，这十多日的光景里，我日日都是蓬头垢面，三吉端到跟前来的热面汤，已不知被我踢翻几次。

敷完面，我又让三吉速去弄些吃食来。三吉把一食盒吃物摆到我面前，盯着我吃完后，又嬉笑着饶起舌来，说我吃下这些东西，身子就有力气了。一个人有了足够的力气，才可以让自己春风满面。一旦满面荡漾开春风，好运气自然就跟那些被春风吹开的花朵一样，一朵花盛开了，另一朵就会紧跟其后，"一夜间就会花团锦簇"。

三吉对着我脑壳吹的这阵春风，令我频频点头。它们连同吃进我肚子里那些食物，在我体内待了不足一炷香的时辰，就帮我酝酿出一个绝妙的主意。

"伺候笔墨。"我从门前的海棠上收起目光，扭头对三吉说。

"您这才刚有一分力气，还不能忙着作诗耗费精力。"三吉手里端着茶盏，一动不动地盯住我说，"这么好的春光，您最好多晒一会子，补补阳气。"

"不是作诗。"我摆着手，让他放下茶盏，"我是想给许公子写封书信去。"

"给许公子写书信？"三吉放下茶盏，手脚麻利地铺着桃花笺说，"小的真是猪脑子狗脑子驴脑子，这些时日，怎么就没想到这点？"

"想到哪点？还不快点研墨。"

"就是让您给许公子写封书信去，让他来府上邀您出去踏青。有许公子相邀，老爷岂有不让您出门的道理。"

"你的鬼点子倒跑得疾。就不怕老爷知道了，敲断你的狗腿。"

"只要公子您还似从前那般，日日活蹦乱跳，小的就是被老爷敲碎脑壳子也情愿。"

174

“油嘴滑舌的东西，眼前我是哪般？”

“您刚照过镜子不是。”三吉边研墨，嘴里小声嘟哝道，“小的实在不明白，一个白家小姐，怎么就能让公子您如此丢魂落魄，连性命都不爱惜了。您时常也给小的讲，身体发肤，受之父母，且要格外珍惜。”

“仔细研墨！”

我拿笔杆敲下三吉的手背。男女之情事，岂是每个草木之人就能懂得？想这世间，有多少名贵树木，尚且不晓得开花结果谓之何事。

我写给许公子的书信，自然不能按三吉瞎琢磨的法子，让许公子反客为主，邀我外出踏青。在笔下，我只是极言与他相见恨晚之情。再有就是，那日只顾着游湖看风景，未能和他切磋一番诗文，甚以为憾；因此，方极力相邀公子，再到敝府中来，“与某切磋一二”。我这样写，一是不想让许公子看出我邀他的用意。读书人的颜面向来至关紧要。君子读圣贤之书，怎可习小人之态。他不肯被人用作棋子，我亦不愿遭人辱骂。二来，三吉拿着书信出门时，即便被父亲瞧见，相信他老人家也无从看出端倪。

挨到日影下窗，暝色至时，三吉方才回来。他如那日跑出去找我时一样，跑得大汗淋漓，两只袖子全被脸上的汗水渍透了。

“你还要不要命了？”我忧心三吉这样闯进门来，万一被父亲撞到，反倒惹来猜度。

“公子您看了许公子的书信，自然就不会再担心，小的有无性命之虞了。”三吉手忙脚乱地，从怀里掏出封热气腾腾的书信。

如我所愿，三吉带回来的书信里，许公子果然在邀我一起外出。他邀我后日一早，与他在西湖边上相会，同去那里看度马禅师捉拿蟒蛇。

“这么说，西湖里真有大蟒蛇？”我心有余悸地看眼三吉，不由地念声“阿弥陀佛”。

“小的何时哄骗过公子。”三吉笑嘻嘻着答道，“许公子还让小的

175

给您带话，说后日，整个钱塘的人士大概都会拥到西湖边上去瞧热闹。许老爷也会带着亲眷一起前去，亲自督看。许老爷亦另修了书信，差小的一并给老爷带来，邀老爷是日带上满门家眷，一并到西湖边游玩踏春，观看禅师捉蛇。"

到西湖边观看禅师捉蟒蛇的人，可谓人山人海，比每年八月十八时前往钱塘江观潮的人不知要多出几倍。钱塘的大户人家，几乎都是倾巢前来，搭了座席，提了果品食盒，边饮酒谈笑，边等着瞧这千年难得一遇的热闹。我和许公子坐在一处，却无心和他吃酒谈笑，更无心等待观看禅师如何捉拿传说中的那条蟒蛇。他们都与我没有关系。我只偷偷地转动着眼目，在四周围的座席间张来望去，寻着白家小姐。

"公子莫急，整个钱塘的人都被轰动了，小的猜测，白家小姐也定会跟随家人前来瞧个热闹。钱塘人都知道度马禅师慈悲，素日间连只蚂蚁的性命都不忍伤害。今日他倒亲自来捉大蟒蛇，岂不是千古奇闻。这等奇事，怎会有人甘心错过。"

三吉见我左顾右盼，神不守舍，附身到我耳朵边上，小声嘀咕着抚慰我。我哪里有闲心思听他饶舌。斯时，我心里正向观世音菩萨许着愿：若能在人群里瞧见白小姐，哪怕瞧上一眼，就算那条大蟒蛇兹时跃出水面，张口把我吞入腹内，我也心甘求之，情愿生生世世，在观世音菩萨前叩拜焚香。

我一遍遍求着菩萨，挨过半个时辰，菩萨果然显灵了。在十几米开外，我先是看见了那个叫青儿的丫鬟；待我揩了揩被春光刺花的双眼，假装打个哈欠，立起身子舒展腰身，再去细瞅，果真就望见了日思夜想的白小姐。感谢天地万物！那一日，白家小姐到底是平安地回到了家中。

"兄台可是在找寻那日画舫上的佳人？"

我正欲寻个借口离开片刻，看看能否有机缘挨近白家小姐。谁知道许公子竟也嬉笑着站了起来，拉住我的衣袖，眼睛亦攀附着我的目光张望起来。

"公子又说笑了。"我讷讷着坐下去，魂摇心荡，心里如翻滚着一锅开水。

"兄台莫急。有缘千里，也自会相遇！"

"我是在疑惑，这么多人前来观看，不知湖中是否真有那蟒蛇。"

"兄台是不是还似那日，期待有个蟒蛇变化而来的绝色美人，立到你我近前来？"

"公子万万不可打此妄语。那边禅师正在作法，等候着捉拿蟒蛇除害呢。"

我心乱如麻，不知该如何脱身，前去就近白小姐。承蒙天地万物神灵眷顾，让我今日得以再度与白家小姐相逢，我岂可辜负了苍天的美意，白白错失此良机！我朝三吉使个眼色，"哎哟"一声，弯腰抱住肚子，欲装病离开许公子，没承想却被他一把拽了起来。

"好一个殊丽佳人！"许公子一面扯我，一面拿扇子指着白家小姐说，"兄台快看，今日岂不是又撞到了神仙。那位国色天香的小姐，正是前几日你我在画舫上瞅见的仙女。"

接着，不等我清醒过来挣脱许公子的手，他已经拉着我离开席位，喜笑颜开地朝白家小姐所在的看席奔去。

七

春深果是似海，无法看到边际。时当仲春，桃李正芳，我揣着白家小姐给我的杏黄丝帕，焦头烂额，在园子里徘徊踯躅，从天光微明，复到暝色又至，仍是思量不出，到底如何开口，去央母亲请了媒人，到白府中求亲。又想着在北高峰做的那个白日梦，设若事情败露，被父亲探知原委，将为之奈何？后悔那日看完禅师捉蟒蛇后心里只念着白家小姐，竟忘记了，将梦里那番情景说与禅师，请他一解凶吉。

"公子，您停下来稍做歇息吧。这几日里，您花下长吁，天天如是，园子里的路径被您踩宽三分，一园子花也被您惊得落了满地。"

三吉站立一旁看着我，急得嗓子都哑了。他不知道白小姐给我丝帕的事。那日，许公子扯着我的衣袖，走到白家摆设的座席前，忙着递帖子拜会白老爷时，白家小姐悄然退到旁边，趁着众人拥挤喧哗无人留意时，她侧转脸对着我嫣然一笑，让青儿悄然把一方帕子塞到了我手中。三吉跑过来，我已经把丝帕藏在袖内。

"好祖宗！那番去看禅师捉蟒蛇，您也会过了白家小姐，何苦还这般折磨自己。况且，您先前苦恼，皆是源于没法子到北高峰去。眼下因着那位许公子，老爷业已应允，您随时可外出会友。您只脚步迈出大门，即便一日都赖在北高峰上，老爷又如何知情？眼下好也！小的实不明白，您为何左右不肯外出，只在这里作没要紧文字。莫不是看见禅师捉了那大蟒蛇，真把您吓得失了魂魄？还是见过白家小姐后，她把您的魂魄给勾走了？"

"没下稍的狗东西，少在这里聒噪！"三吉只管啰唆个没完，他哪里晓得我的心思！我驻下脚步，举起扇子，朝一株花正夭夭的桃树打去，打得花瓣簌簌落下，逃离了枝头。

"要撒气，您只管朝小的撒，这些花木立在此处不声不响，哪来的劫数。"三吉嘟哝着朝后退两步，作势对着那株桃树揖拜起来，嘴里嘀嘀咕咕着，拜请桃花仙子莫要怪罪。

看着三吉朝桃树作揖的怪模样，我忍不住失声笑了起来。笑过了，把他呼到跟前，吞吐半日，亦顾不得体面了，问他可有什么招子，能让我母亲央了媒人，到白家……

没等我说完，三吉就鬼头鬼脑地拍起了大腿，说我苦恼这数日，原来就为此事？"如我所告，桃花仙子果然显灵了。"他装腔作势着转过身去，又对那株桃树做起了揖。

"你又在做什么怪！"我嗔怒着，催着他速想主意。

"不是小的在做怪。"三吉把脑袋附到我耳边，神神道道地说，"小的给桃花仙子施礼，是想让她给公子出个绝妙好法子。"

"满嘴胡言！哪里来的桃花仙子？"

"公子您真是读书读傻了！您想想，天上既有天庭和各路神仙，连度马禅师都能念动咒语，捉住那条大蟒蛇，给它贴上不再害人的符咒，放进钱塘江里，为何独就不能有桃花仙子。明日，您只管请老夫人到花园里来赏花，余下的事，就交给桃花仙子了。"

"若是没有主意，休来捣乱！"我明白三吉的用心，他在那里对着桃树作揖，插科打诨，甚至搬出度马禅师，无非是见我苦恼至极，想以此来宽慰开解我。怎奈我这里如熬刑受苦，心急如焚，哪有闲心思与他逗笑。

"您常念叨什么关心则乱，当局者迷。眼下，公子您就是当局者迷。小的若在捣乱，当天诛地灭！"三吉捶胸顿足地发着誓，见我仍然摇头，他便向四周张望两眼，再次朝我探过脑袋，见神见鬼地说，"公子您信不信有桃花仙子不重要，重要的是，我会让老夫人相信。老夫人信了，您的好事自然就有了指望。"

"什么烂主意，还不从速说来听听，你是要急煞我？"

"天机不可泄露！"三吉胸有成竹地拍着胸脯，"公子您只等着好事罢。若是老夫人不信有桃花仙子，您就缚了小的，扔到钱塘江里与那蟒蛇做伴去。"

在我陪着母亲逛园子赏花时，三吉指使母亲身边一个婆子，假装

179

在一株桃树下跌倒，遂扮作桃花仙子附体，对母亲说我"与白乐桥那位白家小姐原是天定的缘分，今日缘分既到，万不可再错失良机"。

按着三吉的安排，那位桃花仙子附体的婆子说完此话，就昏迷了过去。母亲让人用簪子扎着那个婆子的人中，把她弄醒。然后，她盯住我涨红的脸看一阵，微微一笑，便带着那些随她赏花的丫头婆子，离开了花园。

三日后，母亲差人把我叫到她房中，说父亲已备下厚礼，准备央了媒人，到白家去提亲，问我这回可否愿意？我知道母亲早就看穿了三吉布的那个鬼把戏，心里一羞愧，便低垂下脑袋，跪倒在母亲面前，说婚姻大事，当全凭父母做主。

白家小姐大婚的日子，择在了一个月后。与白家小姐要成眷属的人却不是我，而是那位许公子。在三吉装神弄鬼、要人扮作桃花仙子哄骗母亲前一日，许家的聘礼就已经抬进白府，白家老爷将女儿小素许配给了新来钱塘的许公子。

母亲再次把我叫到她房里，左顾右盼地说出这个晴天霹雳的消息时，我竟出奇地冷静。"万物均有定时。"我心里背诵起度马禅师讲过的几句经文，嘴里鹦鹉学舌般对母亲讲着，"生有时，死有时；杀戮有时，医治有时；拆毁有时，建造有时；哭有时，笑有时；哀恸有时，跳舞有时；撕裂有时，缝补亦有时。"

定是我的话语和神态把母亲吓到了。她愣愣地看我半晌，忽地一把搂住我，把我拉到怀里，安慰我说姻缘既是天注定，月老一定是给我牵了个比白家小姐好上千倍的娇娘。

就是好上万倍，又与我有何干系。告辞母亲出来，我一路把三吉甩在了后面。三吉不知道母亲对我说了什么，以为是提亲的事成了。在书房门前，他笑嘻嘻着跟上来，嚷着问我该怎么赏他。怎么赏他呢？我扭头望他一眼，一口鲜血喷到他脸上，人就倒在了书房门口。

八

这一日，天气晴好得似能让人望见下一辈子。我让三吉搀扶着，攀到了北高峰上，倚靠块石头，朝山下的白乐桥眺望着。山下茶园依然碧绿，安静，但旁边的白府里，却是鼓乐齐鸣，鞭炮声震天。"白家小姐是不是今日成亲？"我问三吉。

"是，公子。"三吉说，"白家小姐长得花容月貌，没承想也是忘恩负义之人，蛇蝎心肠。她将与公子的私约忘得干干净净，竟攀附权贵，要嫁与许公子了。"

日头真好，日光照在身上，让人昏昏欲睡。

我晒着暮春的暖阳睡一觉，睁开眼，见天色已近暮，山下的白乐桥更是一片灯火通明，弦乐齐奏，喜气洋洋。我冲三吉招招手，从袖子里摸出白家小姐那方丝帕，示意他到山下白家去，替我把丝帕送还给它的主人。"要去您自己去，小的死活也不愿看见那种人。"三吉说着，又怂恿我，还是把那害人的东西烧了干净。

三吉不去，我便自己去。行到半山腰，隐约看见一个人没命地跑了来，一面跑，一面疾呼"救命"。待到跟前看清了，却是许公子。望见我，许公子一头扑上来抱住我，嘴里高呼着"禅师救命"。

"许公子，你不是在迎娶白家小姐吗，怎么跑到山上来了？"我拉住瑟瑟发抖的许公子，问他发生了什么事。

"大蟒蛇！"许公子没头没脑地说，"禅师救我！我与白家小姐成亲一年，今日饮了杯雄黄酒，始发觉，那日日与我共枕同寝、恩爱非常的白娘子，竟是条蟒蛇！"

"我是冯文德。"我晃了几下许公子，"快休要胡说！你怎么连我都不认得了？一个月前，我们还同在西湖边上观看度马禅师捉那条大蟒蛇。"

"禅师莫要糊弄我，我认得您是法海禅师，才拼命跑来求您度救。禅师救命！那白家小姐果真是条大蟒蛇，千真万确！"

许公子抱住我胳膊正苦苦求救，白小姐已经被青儿搀扶着，追了过来。看见白家小姐，我的泪一下子就涌出了眼眶。"小姐！"我推开许公子，对着白家小姐深施一礼，心底感念着天地万物和钱塘地界上所有的神灵，它们让我又见到了白家小姐。

"禅师是何人？"白小姐看着我问道，"为何阻挡在此，不让我和相公相见。"

"法海禅师，您快拿咒符镇住她，她真的是条蟒蛇。"许公子躲在我身后，紧紧抓着我的衣衫，死活不肯松手。

"法海禅师？"白家小姐瞄我一眼，面含着微笑说，"我与禅师素日并无交集，两不相干，还请速让开，允我把相公带回家去。"

"我是南高峰下的冯文德。小姐不记得我了？"我慌忙从袖中取出丝帕，"那日小姐在西湖边与我的定情之物，小姐可还记得？"

"好个轻薄和尚！再如此胡言乱语，纠缠不止，小心取了你性命。"

"小姐真不记得我了？"我望着眼前的白小姐，五内俱焚。许公子在我背后已缩作一团，声嘶力竭地叫着我禅师，让我捉拿蛇妖。

"小姐！"我又唤一声白家小姐，问她，我此时可是在梦中？

"禅师快请让开！"白家小姐怒声喝道，"再不让开，仔细我怒气上来，毁了整个钱塘。"

"小姐，我不是什么禅师，我是冯文德！"我肝胆欲裂地唤白小姐，却找不到法子，证明自己就是那个和她两情相悦的书生。

"实在是找死！"在我准备回头去唤三吉，让他帮忙，给白小姐说清楚我是谁时，白家小姐忽然变作条白蟒蛇，张开大口向我扑来。

"三吉！"我惊呼一声，伸出手想抱住脑袋，却看见自己手里托只度马禅师捉蛇时那样的金钵，举在空中，将白家小姐变成的蟒蛇，收进了钵中……

我昏睡一个月，大汗淋漓地呼着三吉，从一场吓人的噩梦里醒来后，三吉哭着悄声告诉我，白家小姐在和许公子成亲的夜里，已经悬梁自尽，香消玉殒了。

我失魂丧胆地挣扎起来，滚爬到灵隐寺里，扑倒在度马禅师面前，恳求禅师收我为弟子，为我剃度。想着梦里那个被称作法海的自己，我请禅师，无论如何也要赐我"法海"这个法号。我不再读圣贤书，不再闻天下事，我要日夜闭着眼睛，千万年地生活在梦里，看着千万年间，人们编排一出出《白蛇传》，千万遍演绎诅咒着那个叫法海的人。度马禅师曾说过，寻找有时，失落有时；栽种有时，拔出所栽种的也有时。

这晚，我闭目打坐，又神游到了北高峰上。看着山下物是人非，已没有白家小姐的白乐桥，心里幻化出一幅千年后的画面，一个叫冯文德的年轻书生，一次又一次地走近白乐桥。

青　黄

一

春天，有些树想开花就开了。

先是杏花，仙里仙气地开着，好像它根本不是人间的花朵，浑身不着半点的烟火气，妖娆得人的眼睛一落上去，仿佛就能跟着它一起飘飘欲仙似的。杏花后边是桃花，桃花每年都比杏花开得晚，总是抢不到杏花前面去，因此，桃花一绽放，总是比素颜素面的杏花多了些羞怯，涨红的颜面像是用彩霞洗过。

二青家院墙外的一棵杏树，就在它想开花时开了。最先看见杏树开了花的是二青。二青一惊一乍地在门口喊，杏花开了！杏花开了！二青爹在院子里听了，说二青，开就开了吧，不顶吃不顶喝的，吆喝什么，又不是结了一树麦穗子。二青就不吭声了。二青听见娘站在屋门口说他爹，小孩子家的一点兴致，你也打压他。二青爹说，肚子还饿着呢，哪来的闲心看什么花开，还不赶紧到地里挖野菜去。

二青喜欢春天的田野。二青娘说，春上，地里万物都是宝。二青非常相信他娘说的这句话。春天，田野里万物都在复苏返青，新鲜的气息弥漫在一阵一阵的春风里，让人醉醉的。春天是一个和其他三个季节都不同的季节，春天好像一朵朵杏花，鲜艳、明亮、娇美，动人

184

心弦。二青看见杏花时，会完全忘记了肚子的饿。他的两只眼睛像蜜蜂一样，在花瓣上飞来飞去，就吸饱了甜甜的蜜水。这一点完全不和他爹说的那句不顶吃不顶喝的话一样。二青爹整天垂着头，大概从来没注意过杏花开时是一种什么样的鲜亮场面。在这一点上，二青有些可怜和看不起他的父亲。

春天的田野里，大地上冒出来的那些嫩嫩的草，是不被人们叫作草的。草是一种低贱的称谓，听起来就乱糟糟的。春天以外的草，在庄稼地里与庄稼争肥争水争阳光，注定是要被手拔掉、被锄头锄掉的恨物。但是在春天，大多数草都会被人们高贵地称作野菜。菜是进人嘴人肚的，草是喂牲口的，这一点区别是很明显的。所以，二青觉得春天是一个很高贵的季节。很多东西，都会因为和春天粘连着，就有了自身不同凡响的价值。譬如他篮子里的这些野菜就是这样。还有那些长着野菜的泥土，在风雪里沉沉地睡了一个冬天，春风吹醒了它们以后，那些泥土普遍变得松松软软起来，托出圆头圆脑的豆瓣菜，托出一身花边衣服的荠菜，托出生着锋利锯齿的蓟根芽，托出开了一嘟噜一嘟噜小白花、新娘子一样的荞麦嘟苏。现在，二青把这些野菜从地里挖起来，装进了他的篮子里。他的篮子也跟着鲜亮起来，在他的手里一跳一跳的，闪着水灵灵的光泽。

二青是一个十二岁的少年，只是由于经常饿着，使二青看上去长得像个八九岁的孩子，非常瘦小。二青有一个哥哥，一个妹妹。二青的哥哥大青去年到部队当兵去了。为此，二青很是羡慕大青，下决心长大了也要和大青一样，到部队上当兵去。二青喜欢绿色的军装，当然更关键的是，大青每次来信，都说在部队上能吃饱饭。这一点，比绿色的军装更有诱惑力。二青很多次都在睡梦里流出了馋馋的涎水，醒过来后，饿得直叫唤肠子疼。二青的妹妹叫小锁，天天跟在二青后边，像个跟屁虫一般，二青很烦她。但二青爹说，你身子小不能到队上干活，还不带好你妹妹！二青爹是个天天板着面孔的人，脸一黑，说出的话二青从来都不敢不听。不仅二青，二青的娘、大青、小锁，从来都对二青的爹顺顺当当的。

二青娘对二青他们说，你爹是家里的主劳力，咱谁也不许惹你爹生气。二青的爷爷前几年摔断了腿，一直不能走路，靠一个板凳，一点一点地往前挪。二青的奶奶有哮喘病，帮二青的娘做饭拉拉风箱，都喘不匀气。大青能去当兵，很大程度上就是因为家里困难，被贫农小组推荐着照顾去的。大青到区上换了军装回来，全村人都跑来看，七嘴八舌地说，范德福是个有福的人，名字没起错，今年这个兵让大青验上了，过几年大青在部队里入上党，提个干什么的，范家老小就更光彩了。

城阳大队很小，是那种谁家孩子夜里哭一声，全村人都能听清楚的小。说小是因为人口少。人口少，才五年没走上一个兵。为此，那些人口众多的大队，常常会嘲笑城阳大队的人，很不把他们当回事，说你们大队好几年都没有一个能去当兵的人，你们大队的人不是熊包是什么？弄得城阳大队的人因此很不硬气。出门，人家问是哪个大队的，他们往往不说是城阳的，而是说，街上的。城阳紧挨着街上，街上是一个人口众多的大队，还有五天一次的集市。当然，更重要的是街上大队每年至少会有两三个去当兵的，最多的一年，街上一下子去了五个。气得城阳大队的人直跺脚骂娘。

大青去当兵后，城阳大队人的底气明显地足了，有些人见了二青的爹，脸上甚至挂上了羡慕的笑。倒是二青的爹，并没有因为大青去了部队，就挺着腰杆子仰着脸走路。二青爹每天照样垂着头，早出晚归地到地里干活。

快到中午时，二青篮子里的野菜才刚盖过了篮子底。二青很是沮丧。地里到处是一群一群找野菜的孩子，一眼望去，找野菜的人像是比野菜还多。仿佛人得坐在地头上，等着野菜从地里冒出来，然后看它们随着风长大似的。二青最近不和其他人结伙结伴了。一大帮人挤在一块，遇见野菜，一人一棵就抢光了不说，有时候为了争夺一棵野菜，还会有人动手打起来。另外，人多了还要多说一些话，话说多了也消耗体力，容易使人饿得快。

二青每天早上只能吃两碗菜汤，假如让二青敞开了肚皮吃，五大碗二青也能吃得下。但是，二青只吃两碗。而且，如果碗里有黄豆粒那么大的一点地瓜干，二青也会挑拣出来，寻个机会放到父亲碗里。二青看见他爹往栽地瓜的地里运肥，车绊压在他爹的后脖子上，他爹弓着个腰，屁股一撅一撅地，在松软的地里往前拱着，人都快被车子挡的看不见了。两条腿死力地蹬着，头往前拼力地挣，后脖子被车绊勒出一条沟，像是车绊勒裂了皮肉，直接勒在骨头上了。这让二青想起了队里那头拉犁的瘦牛，拉着拉着就倒在了地垄里。但是牛有麦穰吃，能凑合着填饱肚子，耕地时还能吃上棉籽饼、黄豆面什么的精料。二青的爹却只能吃二青挖回家的野菜。一锅野菜汤里，二青娘只往里拌两小把捣碎的地瓜干。一家人只有小锁嗓子眼细，吃饭时咽不下野菜，愁得直落清泪。吃完饭，小锁跟着二青出门，二青就吓唬小锁，说小锁，你要是往后吃饭时再抱着碗哭，让爹娘为难，我就不领你了，让你自己挖野菜去，谁欺负你我也不管。小锁胆子小，再吃饭时，就伸着脖子往下咽，卡得眼泪一串一串地往下掉。

豌豆开花的日子，太阳暖暖地照着二青、小锁，照着开满白色、粉色和淡紫红色豌豆花的豌豆地。豌豆圆圆的碧绿的叶子，托着多姿多彩的豌豆花，在风里一闪一闪的，像一片响亮的笑声在快速地往前飞奔。豌豆叶子被风掀起来的背面，像浅白色的帆一样，推波助澜地鼓动着。二青坐在豌豆地边上，眼前彩色的大地，让他的眼睛里绽放着豌豆花一样的光彩。二青喜爱和迷恋这样色彩绚烂的春天，它像极了娘用五彩的丝线给小锁绣出的花鞋面。二青常常羡慕女孩子，她们的脚好有福气，天天穿绣着五颜六色花瓣的鞋。像是一年四季走动在春天的花朵上。二青闭上眼睛，他看见了风是彩色的，土地是彩色的，空气是彩色的，他和小锁的一个眼神，一个姿势，一声响动，统统都是彩色的。就连他们刚刚走过的脚印，二青觉得也是彩色的。假如你前脚走过去，扭回头一瞅，脚印里已经冒出了一些野菜的绿芽芽，或者开出了一小瓣鲜艳的花，这还不是彩色的吗？

小锁靠在二青的身边，见二青闭着眼睛，知道二青是在嗅豌豆花的味。小锁忍不住伸手掐了一朵豌豆花，捏在手指间，左瞅瞅，右瞧瞧，看样子都想把豌豆花吃下去。二青睁眼看见了，嘲弄小锁，还是个女的呢！一点也不爱惜花。再说了，一朵豌豆花能结一个长豆荚。等它结了荚，长了豆米，你摘一个搁嘴里嚼嚼，不是满嘴里都冒甜味。小锁舔舔嘴唇，说，二哥，我现在就想吃豌豆荚。二青说，我也想吃。可是现在豌豆花还没谢呢，哪来的豌豆荚？你闭上眼，把手上的豌豆花放到鼻子上闻着花味，假装在吃豌豆荚吧。等豌豆荚长成了，我来给你摘几个，让你解解馋。小锁说，要是让人逮住了怎么办？二青嫌小锁啰唆，瞪了小锁一眼，说，还早着呢，你现在操哪份子心啊？

下午，二青和刘二牛打了一架。刘二牛为了讨好一个叫大美的小姑娘，强行要从二青的篮子里抓一把野菜给大美。刘二牛的爹是贫农小组长兼着保管员，刘二牛能给大美几粒炒黄豆吃，大美就只和刘二牛在一起玩，平常理都不理二青。当然二青也不稀罕和大美一起玩。大美很霸道，挖野菜的人都得让着她不说，大美还很娇气，一根蓟根刺扎到手上，小锁都不哭，她却要哭上半天。二青自然不会把他的野菜给这样一个大美。二青扬起手里的小铁铲子就给了刘二牛一下子，

188

把刘二牛的眉角铲破了，血顺着眼角往下流。两个人扭在一起打了个鱼死网破。刘二牛咬破了二青的耳朵，二青又抓破了刘二牛的手背，小锁护着菜篮子吓得尖叫，大美也吓得尖叫。

刘二牛家住在二青家对门。刘二牛的爹刘洪亮会染布，人也跟在染缸里上过颜色似的，乌黑透亮。刘洪亮生得五大三粗，认得他的人都叫他刘大个子，名倒没人叫了。刘大个子染得一手好布，也印得一手好花布。惯常的猫蹄花、枣花就不用提了。谁家儿女嫁娶，想印个凤凰戏牡丹、干枝梅喜鹊什么的，他印的花能闻见香，鸟能听见鸣。刘大个子布染得手，心眼子也比一般人活泛。先是当生产队的保管员，后来村里成立贫农小组，他又当了贫农小组长。二青娘不喜欢刘大个子，是嫌他爱串门子查看别人家饭桌子。二青娘说，刘大个子怎么那么爱看人吃饭，省得人偷吃了一把秕谷。二青爹说，他家祖辈上就爱那样，喜欢探看别人家的饭食。现在工作队的人在谁家吃饭，都是他捣鼓着派的饭。二青娘说，看了也罢了，就是看完了还爱四处评说谁家饭食好，谁家饭食差，气人。咱家这个境况，张扬出去了，以后谁来给咱大青提亲。

二青爹笑眯眯地抽了一口烟，笑话二青娘，又妇道人家见识了不是？咱大青现在是部队上的人了，还能愁个媳妇？我看得打副铁门框预备着，别等大青来家探亲时，媒婆挤歪了咱这破门。二青娘说，眼下锅都揭不开了，你倒有心思说笑话。还嫌二青看杏花，你倒有闲心了。二青爹说，谁家的日子能强到哪里去，一块地里刨食。二青娘说，那可不一定，听二青说，二牛时常拿了炒黄豆给大美吃。二青爹说，耕地了，队里拿了些黄豆给牛添加精料。人也背不住吃一把。多一点少一点的，牛不会说也不会道。二青娘叹着气说，咱要是有一把豆子，也让大人孩子的打个牙祭。你看二青他奶奶喘得，能不能熬过这个春去还两说着。这日子，难为死人了。

189

二

工作组长顾大华在二青家吃过半个月派饭。顾大华去年秋天下到城阳大队前，是北京某部队的连长。顾大华在军营里绷着一张脸绷惯了，到了城阳还是天天绷着放不开，看上去一脸严肃，不苟言笑。以前村里晚上开个社员会，人闹哄哄地，没个正经。顾大华来后，会上除了发言的人，除了讨论，到会的人一律不许有半句说笑，更不准带着小孩，乱哄哄地闹会场。开会时迟到的人，全部要做检讨。白天在地里干活，休息的空里，大家就说顾组长把咱都当成兵了。顾大华在一边听着了，也装作没听着。倒是光棍子石柱听了兴奋起来，一边往一群妇女跟前凑，一边说，你们省着劲，留着夜里做黄粱梦去吧，还想让顾组长拿着你们当个兵，也不看看你们长了几瓣脚丫子。石柱捅一把二青娘说，范德福家的，还是你家那个小兔崽子命好。他奶奶的，想当年，我就是因为这双烂脚板子，平平的没个凹心，没当成兵，吃了大亏。要不然，说不定我也能跟顾组长似的，当个工作组的人。多神气！二青娘说，你这个人，幸亏得老天爷长眼，生了你个平脚板。你瞅瞅人家顾组长的做派，再看看你，天生不是个当兵的命相。

顾组长到二青家吃派饭时，二青已经学会了唱工作组下乡来，贫下中农笑颜开。顾大华在屋里吃饭，二青故意在大门外放声唱，唱得不跑腔不跑调，有板有眼。顾组长来到城阳的第一顿饭，就给村支书韩庆祥提出来，要到村里最贫寒的户里去吃。支书韩庆祥看顾组长态度很坚决，掂量来掂量去拿不定主意。刘大个子说，就去最穷的户里吃吧，咱得按上级的指示办。顾组长就被安排到了石柱家。石柱的爹长年有病卧床不起，娘跟一个说书人跑了，另外有一个疯疯癫癫的大爷，不知道嘴里天天念叨什么。石柱家做饭的一口铁锅用三块石头

190

支在院子里，两间破屋一脚就能踢倒。顾组长在石柱家吃了半个月饭，在石柱的推荐下，第二户就到了二青家。

一个冬天，一家人的牙齿像耗子一样，不知不觉地，就把秋天里分到手的百十斤杂粮、三四百斤地瓜干子吃得见了底。二青家人口多，出工的少，队里分粮食时，倒数第一堆是石柱家的，倒数第二堆就是二青家的。每次去生产队的场里领粮食，二青家的一堆都是缩在场边上，跟害羞似的。当然害羞的不是堆在场地上的粮食，是领粮食的人羞涩得抬不起头来。二青娘几乎不用去翻压在粮食堆里的条子，就能找到她家的那一份。虽然别人家的那堆实际上也大不到哪里去，但是按人头算下来，分到几张嘴里头，就见多见少了。二青娘掐头掐脑地对付，粮食还是没有日子多。过年时，二青娘奢侈地给两位老人和二青、小锁包了顿白面饺子。她和范德福吃的黑粗面饺子皮里，还掺了一层高粱面皮子。二青说，娘，都吃白面的吧，要不掺在一块下。再要不，光给俺爷爷奶奶吃白面的。二青娘说，你爹说了，你们吃，等再过年着，咱全家都吃白面的。

但是，年好过，春就难熬了。刚出正月，二青家就面临着歇锅断顿的困境了。正月里，二青娘提议跟石柱学着，她也带着二青和小锁出去讨几趟饭。范德福望着满院子里的积雪和墙头上东倒西歪的衰草，风正在草上冷飕飕地刮着。范德福不许二青娘去，说，上哪里讨要去，冰天雪地里，要不着不说，传扬出去，也好说不好听。这又不是旧社会了，指着拿根棍子填肚皮没人笑话。现在，大青都当兵去了。二青接着说，我哥真有福，天天能吃饱饭，还能吃上大米跟白面馍。范德福说，你也好好长，长大了也能吃上那些好东西。二青娘叹了声气说，啥时候了，还讲脸面，你这个人就是死要面子活受罪。

刘大个子和顾组长在他家吃完饭一出来，就抓住了二青。骂道，二青你个兔崽子，怎么那么狠？用铲子铲二牛。二青说，他抢我的野菜送人。刘大个子说，一把野菜你就铲得他头破血流？二青说，那把野菜是我家的口粮。顾组长说，范德福闷不拉叽的不说话，他儿倒是铁嘴钢牙。

顾组长现在到谁家吃饭实行抓阄，刘大个子鼓捣着和支书对顾大华说，你老是在贫寒户里吃派饭，大家伙都有意见，你是咱全村人的工作组长，不光是贫寒户家里的。现在，很多贫农呼声很高，都要求工作组长深入到他们家里。顾大华考虑了半天，接受了群众的请求。刘大个子和支书韩庆祥挑了几户人家，写在阄上，让大家抓。刘大个子自己也包括在这几户当中。

顾大华去年秋里来时，已经快收秋尾了，所以顾大华到最贫苦的户里去吃饭，也能顿顿喝上高粱粥，吃上香甜的煮地瓜、地瓜面窝头，或者红灿灿的高粱煎饼。顾大华是南方什么省份的人，从来没吃过煎饼，也没见过。从石柱家吃了半个月派饭出来，到二青家后，二青娘支下鏊子，和上高粱面糊，特地为顾大华烙了高粱煎饼。顾大华看着圆圆的煎饼，有些老虎吃天的感觉。好容易跟范德福学会了怎么卷煎饼卷，卷好了，又两只手扛着煎饼卷，不知道先咬哪头好。一直等范德福示范着吃了一口，他才下口。结果一个煎饼吃下去，牙都累酸了。没办法，接下去他只好扯着一个煎饼，一折四半，一块一块撕着吃，吃得手忙脚乱，大汗淋漓。二青和小锁站在一边，一个劲地捂着嘴笑。笑得顾大华那张紧绷的脸上也放了笑意，说这煎饼做起来难，吃起来也不容易对付它，真是不好对付。二青大着胆子问，那能比枪难对付？没等顾大华回答，范德福就像撵鸡一样，把二青和小锁全都轰到了大门外头。

二青喜欢顾大华身上的绿军装。绿军装穿在顾大华身上，二青有空就跟在顾大华屁股后头看，二青认为顾大华要多神气就多神气。顾大华在二青家吃饭时，二青想凑近了看看顾大华身上的军装，他就去摸了两次泥鳅，回家让他娘用辣椒炒给顾大华吃，并且请求他娘在饭桌上对顾大华说，泥鳅是二青抓回来的。顾大华不到三十岁，穿着制服军装，显得年轻英武，村里那些人跟顾大华一比，一个一个都跟烧地瓜似的。就说二青爹吧，穿个大裆裤，垂个头，开春就光着脚板子下地干活，理发就理个光头，衣裳领子整天脑油乎乎地，满身上都是吸旱烟吸出来的烟油子味。就是刘大个子和顾大华比起来，也缩头缩脑的，丢了原先的威武。顾大华脸也黑，但那种黑和村里人的黑又明显不一样。顾大华的黑脸里有血色，而村里人脸上的黑色里掺着灰乎乎的土色。二青想让自己长大了脸上和顾大华一样，有血色。二青娘说，人能吃足粮食，脸上才有血色。你长大了要是能当上兵，就能有顾组长那样的脸色。大青当兵后，二青跟在顾大华后边，会想起大青到了部队后，脸色是不是也和顾组长的一样了，因为粮食吃得足，脸上有了和顾组长的脸一样的血色。

二青干瘦干瘦的，像根蒿杆子，浑身上下只有肚皮大得吸引人的眼光。夏天里，二青光着身子在河岸上跑，每个看见二青的人，都会提醒二青，慢着跑二青，小心脚下石头绊倒了你，摔出你的肠子来。二青娘给二青爹说，二青的肚皮看样还没有煎饼厚，你看那一根根青肠子，一指甲就能划破了淌出来。二青爹说，什么时候粮食足了，就厚了。二青娘担心二青放着青光的透明肚皮，等不到粮食足，就会在哪一天被个带尖的东西划破了。

冬天里，队上用地瓜淀粉下粉条。快过年时， 通知每户去两个人，到粉房里吃一顿炖粉条，算是对全体社员一年到头在田里劳作的犒赏。二青和小锁一人抱着一只大碗，跟在二青娘后边去了粉条房。队长石平江说，说好了每家来两个人，你们家怎么来了仨？出大力的不来吃，毛孩子来干什么。二青说，我不吃，我只来看看，让我娘和小锁吃。队长一听，说，你小子看着别人吃，你不馋？二青说，我闻味就能闻饱了。二青娘说，让小孩吃去，小孩正长身体。队长说，两个小孩吃，你们家不又亏了？二青娘说，那给我一碗，我端回去给他爷爷奶奶吃去。二青娘端着一碗粉条走后，二青也不用筷子，手抓手挠地吃了六大碗，小锁也吃了三碗。抢吃光了粉条，大家伙腾出了嘴，说你看吧队长，你还说范德福家两个小孩来吃粉条吃亏，好家伙，二青比头猪吃得都多。队长掀开二青的破棉袄，说我看看你把六大碗粉条装哪里去了。看了二青的肚皮后，队长说，你这个小肚皮，薄得都透着亮，你就不怕它撑破了，肠子跑出来。二青摸着胀青胀青的肚皮说，我留着量呢，再有一碗还能吃下去，谁让粉条这么香呢。

三

每次开社员会，翻来覆去的两句话，早上说了，晚上还讲，昨天讲了，今天又重复，像二青娘手里纳不完的鞋底，一针一针地，纳着同样大小的针脚。你鞋底纳成花瓣绣成花朵，最后不还是为了穿在脚上赶路？会开得再多，天上也不会像下雨一样往下落粮食，会上不许乱说话，范德福就一个劲地抽烟袋锅子。烟袋锅子里也没有旱烟装，里头摁的是揉碎的葫芦叶和豆叶。二青娘是个不笨的女人，她把晒干葫芦叶，葫芦秧捣碎了，掺上豆子叶，给范德福过烟瘾。范德福试着抽了一烟袋，还很呛口。就表扬二青娘，问她怎么想到用葫芦叶。二青娘回答，小时候看大人抽烟，一些小孩子眼馋，就剪了葫芦秧，当烟抽，我也尝过，很辣嗓子。范德福表扬了二青娘后，二青娘很受鼓舞，又发明了用辣椒棵子和芝麻叶做成烟末给范德福抽，有时候里头还捣上两个红辣椒。范德福说，过去的皇上老子也没抽过这种特制的烟。二青娘说，人家过去的皇上抽大烟。我爷爷还有一个黄铜的水烟袋呢，一抽呼啦呼啦地响。范德福说，你爷爷聪明，要不你家能定个贫下中农？你爷爷当过盐贩子，有过几个钱。当初你爷爷还真有远见，给你选门子贫农的亲。幸亏没嫁到大户里去，要是嫁到大户里，现在就不光是饿肚子的事了，还天天得低着头走路。你长得俊俏，低着头没人看，就可惜了。二青娘说，外头人都说你范德福闷不拉叽的不爱说话，你闷不闷的，我可知道，你这样说话，这叫闷呀？范德福说，在外头说多了话，容易伤元气，哪跟省点力气，在家里多给你说几句。和外人有啥说头。

这几天的会，是因为石柱和队长石平江打赌，吞吃了一只给高粱晒根时挖出来的小土蛤蟆。石柱这些日子饿红了眼，看见什么都想往嘴里吃，一边给高粱挖根，还顺手掐了一节高粱叶子塞进嘴里吃，嚼得两个嘴角往外溢绿水。队长石平江抬头看见了，说石柱，饿成这么个熊样了？不怕高粱叶子划破你的舌头。石柱翻着白眼说，划掉了舌头正好当块肉吃。他奶奶的，饿死人来，日子咋越过越没饭吃了呢，饿得我胆汁都从嘴角上跑出来了。家里那口破锅要是能啃动，我也把它啃啃吃了。石平江说，你这货，小光棍一个，饿死谁也饿不死你。石柱说，要是光我自己，兴许饿不死。他奶奶的，家里两个不能挣的老货，拖累死我了。石平江说，说你不是东西，你还真不是东西了，没有家里的老货，哪里冒出来的你。石柱说，这不是没得吃吗？要是有粮食，我当条狗养着他们，也养。石平江说，你真是饿成疯狗了。恰巧手底下挖出个小土蛤蟆，抬手扔给石柱，问，这个你也吃？石柱说，我要是把它给吞了，你能给我两斤粮食？石平江说，你是真成饿狗了。你要是活着吞下去，我，石平江一拍手上的土，我给你两斤地瓜干，让老婆孩子饿上三天。石柱听完这话，提起蛤蟆腿就往嘴里送。石平江一看就急了，急赤白脸地说，你真吞呀，你不怕噎死你。石柱说，噎死了算我倒霉，噎不死，我两赚，既吃了蛤蟆肉，又得了地瓜干。

195

石柱噎得一蹦一跳地，两只眼望上翻着，脖子用力伸着，眼泪河水一样地流。这个空里，吓得石平江腿都哆嗦了。要是石柱真给蛤蟆噎死了，石平江身上有一百张嘴也辩不清白。石平江直喊，小爷嘞，快吐出来，地瓜干我照样给你，我认输，咱不赌了。但是蛤蟆卡在石柱的喉咙里，想吐也吐不出来。石柱蹦跶了半天，脸都憋青了，才把那只蛤蟆吞下去。

本来，石平江给了石柱三斤地瓜干子，打赌的事算是过去了。但是有人跑到顾大华那里，告了石平江一状。顾大华在全体社员会上，批判石平江的陈旧思想和作风，让石平江检讨自己的错误。

二青和小锁天天围着那片绿油油的，曾经开满白色、粉色、紫红色花朵的豌豆地转，转来转去地等待豌豆花落了，结出弯月一样的豌豆荚。小锁在梦里几次都梦见二青摘了满把的豌豆荚，笑嘻嘻地递到她的手里，二青还说，小馋猫，你别把豌豆皮也吃了。小锁回答，这么鲜嫩的豌豆荚，皮也能吃。二青说，皮发苦。你光吃豌豆粒，豌豆粒甜。小锁就甜滋滋地只吃豌豆粒。每一次，小锁都是吃着豌豆粒，咯咯地笑着醒过来的。

现在，豌豆刚谢掉花结出了荚。豌豆粒在豆荚内还是一点白胚，一点点地在鼓水泡。小锁剜一阵子野菜，就没话找话拐着弯子提醒二青一次。二青烦了，就骂小锁是馋鬼。二青说，你连半点耐性也没有，豌豆又不是杏，谢了花，长出的杏蛋子就能吃。我看世界上最馋的馋鬼也没有你们女的馋。大美馋二牛的炒黄豆，你就馋地里的豌豆。

在二青认为地里的豌豆荚马上就可以摘给小锁吃的时候，二青的家里发生了一件大事。二青娘留给二青奶奶压咳嗽的一小筐地瓜干不见了。二青奶奶生二青爹时得了饿痨，饿厉害了就咳得上不来气。一家人饭锅里半个月不见粮食面了，二青娘也没敢动那两把地瓜干子。

范德福孝顺他娘，在村里是出了名的。

傍黑，二青和小锁一走进大门，就看见他们的爹范德福黑着张脸，背着手站在院子中央，头也不低着了，一直看着大门口。根据二青的经验，他爹以这种架势站在院子里，就说明他或小锁哪里出了错，他爹要教训他或者小锁了。二青的脑子快速地转了几个圈，确信他自己和小锁都没有犯错，心里就不害怕了。怀疑他爹这次是不是叫一家人的吃饭问题愁的。

二青放下野菜篮子，听见他爹说，你们两个过来。范德福的声音有点像炸雷，吓得二青往腔子里缩了缩脖子，二青偷眼瞅瞅小锁，小锁的小脸都吓白了。范德福说，你们两个把留给你奶奶的那点地瓜干藏哪去了？二青嗫嚅着说，我们没藏，我们没拿。范德福看了小锁一眼，说，小锁你说，说出来了，我就不打你。小锁看了看二青，说，我们没拿，我二哥没拿，我也没拿。范德福见两个人偷了地瓜干子竟还不承认，气得嘴都哆嗦起来，咆哮着说，你们再嘴硬，看我不打死你们。知不知道你们奶奶离了那点嚼头会咳嗽死？说，藏到哪里去了！二青和小锁眼里都含了泪，二青说，我们真没拿，真没藏。范德福被二青和小锁的嘴硬气得七窍生烟，抬脚脱下一只麻底鞋，照着二青和小锁，不顾头脸，劈头盖脸地抽下来。嘴里骂着，打死你们两个不懂人事的小畜生。叫你们偷吃。那是你们奶奶活命的命根子，你们知道不知道！

二青娘从屋里跑出来时，二青和小锁的脸都已经被范德福的鞋底抽得肿了。二青娘一看二青和小锁的脸，发疯地撕住范德福，说，你要打死他们吗？但凡不是饿绿了眼，一把烂瓜干子，能值得孩子去偷吃吗！已经没有了，你打死他们又有什么用！范德福说，打死他们，我少些拖累。二青娘说，你摸摸心口，你这是个当爹的在说话吗？一春天，要不是二青和小锁满地里跑着剜野菜，一家人早饿得眼珠子都掉到地里去了，你睁开眼看看，两个孩子还有个孩子模样吗？二青娘说着，一手揽了二青和小锁，放了悲声哭。二青在他娘怀里哭着，说，娘，我们真没拿。小锁从没见他爹这种阵势，吓得呆呆地，一句话也不说，也不哭。

下半夜里，小锁开始发烧，身子像一块燃着的木炭，烫得二青娘缩了一下手。二青娘赌气不跟范德福说，只是到院子的水缸里舀了一盆凉水，摸着黑，一遍一遍地用湿了的手巾捂在小锁的额头上。范德福这一次忒狠了，往死里下了手。二青娘跟了范德福二十多年，从来没见范德福这样残暴过。虎毒尚且不食子，为了一口吃食，人却变得不如一只老虎良善了，把孩子往死里打。二青娘一边给小锁头上捂手巾，一边怨恨着范德福，默默地垂泪。二青一夜里哼叽哼叽地叫唤，小锁却一声不吭，要不是小身子滚烫滚烫地烧着，二青娘真怀疑小锁已经被范德福那一顿鞋底打没了性命。

范德福早已坐了起来，靠在床头上吧嗒吧嗒地抽烟袋。烟锅里一星火，一明一暗地，在两间被黑夜包围着的小土屋里，像一个蹦跳的鬼火。二青娘越瞅越觉得那是来索小锁性命的鬼眼睛，心里有点不寒而栗，便侧躺了身子，紧紧地搂住小锁，闭紧眼睛，不去看那个一跳一跳的火点。停了一会，二青娘听见范德福下了床，打开门走到了院子里。二青娘不知道范德福要干什么，就支起耳朵听院子里的动静。听见范德福往二青爷爷奶奶住的西屋去了，才放下耳朵。范德福准是听见他娘井绳一样拧着麻花地咳嗽，不放心，走过去听听动静，怕他娘咳得背过气去。果然，一阵乱麻绳般的咳嗽声平息下来后，范德福又走了回来。二青娘接着听见院子的门响。二青娘不知范德福又要干什么，就隔了窗户问，鸡才叫过三遍，你开大门做什么？范德福道，我去井里提点新凉水，给小锁退退烧。三青娘说，黢黑黢黑的，什么也看不清，你再到井里搭上个水罐子？范德福说，天上有星。二青娘说，你小心点井台，脚底下看好了。

从井里提上水来，范德福走了两步，又退回去，坐在了井台上。刚

198

才提水，范德福真想一头扎到井里去，一了百了。这熊日子，过得歇锅断顿的，还有什么过头？一个男人，上不能养老，下不能育小，因为一把烂瓜干子，把孩子砸了个半死。这还是个男人做的事吗！范德福眼窝子里一热，泪就下来了。泪一出来，范德福越发地悲切。索性抱了头，呜咽着哭了起来。

夜里的空气冰凉冰凉地，夹杂着臭椿树叶子淡淡的苦味，苦味在空气中若隐若现，一丝一丝地飘摇着。整个村子静得像是没有了人烟的荒丘，只有臭椿树的枝叶，很轻微地摩擦着黑色的夜空。几粒星星顶在高大的榆树梢上。所有的榆树，枝枝杈杈都是光光的，不剩一片叶子在上面。一个春季，人的牙口像虫子一样，先是食光了榆树叶子，接着又啃光了榆树皮。那些柳树、槐树、桑树、香椿树，小芽叶一冒出来，就会被人撸个精光。因为吃槐叶，范德福一家人的脸都吃成了面瓜脸，后背一夜胀了二指的膘。地面上的树，许是只剩下臭椿树还披着一头绿叶子，像株树一样活着，在风中能刮出几声树叶子特有的响动。

范德福使劲抽了抽鼻子，吸了一阵子清凉空气，算是坐够了，哭够了。起身倒了些水罐子里的水洗了手脸，抬起头瞅了瞅满天的星光，才倒掉罐子里的水，重新打上来一罐子，往家里走。

四

二青肿着脸，一个人仍然跑到地里去剜野菜。小锁昏迷一天了，还是没有醒过来，二青娘吓得趴在小锁身上哭。二青想方设法地在豌豆地里摘了一把豌豆荚，绾在裤腰里带回来。二青趴在小锁身边，把豌豆荚放在小锁的手里，叫，小锁，小锁，哥给你弄豌豆荚来了，你不是说在梦里都想吃吗，快起来吃吧，保证你甜得笑。起来吧小锁，你起来吃了，哥再给你弄去。

小锁不醒，二青娘想来想去，背了小锁去找老和尚。老和尚八十多岁了，没有人知道老和尚是哪里人，姓什么，大家面上叫他和尚爷爷，背后都叫他老和尚。老和尚曾经是街上大庙里的住持，新中国成立后，大庙拆了，老和尚没处去，就到了城阳村。一是城阳村里有好几个人都是老和尚的俗家弟子，范德福、刘大个子小时候都因病许了愿，带发在庙里跟随过老和尚。二是老和尚懂医术，会针灸、推拿。周围村里大人孩子谁有个头疼脑热了，三月三送豆神、挂五彩什么的，都找老和尚。这后一条，也是城阳村的人，当初挽留老和尚住在村里的主要原因。老和尚把了把小锁的脉象，又掰开口，翻动眼皮看了看，说孩子受了大惊吓了。脉象弱，身子虚。二青娘说，因为他奶奶房里的一把地瓜干子不见了，他爹硬说是孩子偷了，给打的。家里十几天没见粮食的面了，全凭了孩子挖来野菜搁水里煮了吃。老和尚给小锁穴位上扎下银针，说等会孩子醒过来，你从我这里抓把高粱面回去，给她熬碗粥喝，小孩子活力大，你不用害怕，不碍事。

　　几个时辰后，小锁醒了过来，翻身从老和尚的床上爬起来，两只眼睛转来转去地打量屋子。二青娘惊喜地说，小锁，你醒来了？这是在你和尚爷爷家。你发烧，烧迷糊了，你和尚爷爷给你灸了几针，你这才醒来。快来给你和尚爷爷道个情。小锁并不看她娘，只是一个劲地打量屋子。老和尚说，道什么情，孩子醒过来就大吉。快去抓上点高粱面，回家给她熬点粥喝去。二青娘连声应着，去背小锁，小锁却死活不跟着走。小锁哭着说，我要回家。二青娘说，娘就是背着你回家去。小锁说，我不认识你，我要回我的家，不跟你走。二青娘说，你这孩子怎么胡说？起来跟娘回家。但小锁就是不下床，哭着说她不认识二青娘。二青娘不知道该怎么办了，求助地回头看着老和尚。老和尚说，锁儿，这是你娘。小锁还是摇头说不是。二青娘吓坏了，问老和尚，和尚爷爷，孩子这是怎么了？老和尚说，怕是伤着什么地方

200

了。这样的事我还是头一回遇上。

二青娘强行把小锁带回家，小锁依然哭着找家。二青手里握了豌豆荚走过去，放进小锁手里说，小锁，这是咱家，我是你二哥。你忘了，你一直想吃豌豆荚。咱挖野菜时，你成天盼着豌豆荚长大，好让我给你偷几个吃。小锁疑惑地看着二青，眼泪一串一串地往下掉。小锁说我不认识你，我要回家，我要回家！二青哄着小锁，你先把豌豆荚吃了，尝尝豌豆米甜不甜。小锁张开手，把豌豆荚撒到了地上，仍然闭着眼睛哭。

明净的月光，一缕一缕地飘下来。村庄、田野，远处、近处，都仿佛流淌了一地的水银。一眼望去，映得人眼睛昏花昏花的，明亮的月光底下，就似藏了万千的黑影在晃动。万千人马伏在黑影里，借着月光偷窥大地。天不知怎么就热了起来，好像往年这个时候没有这么热，热得空气都不流动了。范德福觉得比三伏天里还热，有点像三伏天里被捂在了棉花垛里。两只脚也和醉了酒踩在棉花垛上一样，软软地发不出一丝声响。

田野里一片空旷，静谧的夜里只有一地月亮的光华。所有白天在地里劳作的人，都从地里回家了。挑着水桶给地瓜浇水的，扛着锄头给高粱锄草的，在夜晚来临前，他们晃着滞缓的步子，跳过田埂，走过长满绿草的田间地头，踏上了窄窄的通往村庄的泥土小路。小路上，雨后留下的车辙，一道深一道浅地交织着。劳作的人顺着这些河道一样硬邦邦的辙沟，像一条游在河水里的鱼，游回了各自的家门。现在他们都游进各自的梦里去了。田野里寂静着，只有植物生长发出的滋滋的微弱声音和月光滋润着大地后植物透出的气息，在空气中穿来穿去地流动着，它们为大自然里逐渐开始的各种盛会奏着序曲。这些气息和声音，因为四周围月光的无限幽静，而显得悠远和缥缈。

范德福先是藏到了一条大沟里。由于惊慌，他差一点就尿了裤子。范德福两手哆嗦得解不开裤带，手里抓着茅草镇定了半天，才稍稍停止了哆嗦。傍晚收工，范德福走过大麦地边，一阵被风裹着发出唰唰撞击声的麦穗响动着，迅速包围了范德福。范德福想着家里还剩下一口气的娘，对大麦汤的留恋和等待，范德福觉得所有正在往金黄里过渡的大麦，都张开了夸张的金色长芒，在诱惑和鼓动着他，去做一件他一生没有做过甚至从没有想过的事情。做一次惊天动地的冒险举动。

范德福喜爱庄稼的气味。那是一个农民从骨头缝里钻出来的对粮食的膜拜。无论是青苗子生长时蹿出来的腥涩味，还是庄稼成熟后热烘烘的香甜味，只要庄稼散发出的这些气味一刺着范德福的鼻子，他就满足得一塌糊涂。二青娘常说他上辈子肯定是个牲畜，转了世，今生只认得庄稼秆子味，不知道这世上还有很多的好滋味，都是人品尝的。牲畜变的就牲畜变的吧，范德福说，草料能填饱肚子，无愁无忧的也是福分，怕就怕庄稼秆子味也不能滋滋润润地闻。庄稼地里，早晨清爽得滴着水珠的庄稼味，中午温热得鼓着甜丝的庄稼味，晚上氤氲得散着水汽的庄稼味，也不是谁想闻就闻得到。这些庄稼味聚在一起，就是收成得囤满钵流的好年成，就是吃了上顿不愁下顿的好年月。能过上这样的日子，看你还讥诮不讥诮我只认得庄稼秆子味了。二青娘说，这样殷实的日子，我这辈子还能跟着你过上？要是能过上那种逍逍遥遥的日子，还不是神仙一般的活法，我连想也不敢想。范德福说，有了指望在前头牵着，就比没有强。娘们就是鼠目寸光，光看手掌心上的日子。二青娘嘲笑道，你伸过手来我看看，你手指甲上开出了什么花一样的年景。

藏进大沟里的一瞬间，大麦金色的穗子、大麦滑腻喷香的味道，就被长长的金色的麦芒刺穿着，扎满了范德福的思维和意识。他从沟底里向上望，天空中没有一丝风，没有一丝水汽，只有月亮在弥散着光辉。在月光的照耀下，大麦穗闪着金色的光圈，似乎月光就要把大麦长长的麦芒点燃了。恍惚里，范德福甚至已经闻见了大麦在火焰中发出的爆裂的香味。那些香味鲜亮地闪着光泽，在慢慢升腾起的水汽里，缓缓地扩展、弥漫、散发开去，整个天空和大地间，都被大麦特有的香味充盈着、笼罩着。世界上除了大麦飘荡的香味，再也没有了任何一种别的滋味。

从大沟里走上来，范德福的手不再哆嗦。只是十个手指全被沟里的草汁染绿了，像攥了一把僵死的绿色豆虫。手不哆嗦了，但是心里仍然勒紧了千百圈绳子一般，憋闷得喘不动气。几只草蚂蚱被范德福的走动惊飞起来，在月光下慌慌张张地画着弧线，蹬腿扇翅地往别处逃，仓皇地像是到了末日。范德福也被脚底下这些忽然惊飞起来的小东西吓了一跳。他嘀咕着骂了一句狗日的蚂蚱，给自己壮了下胆子。四处里没有一丝声息，眼前只有一片明晃晃的大麦地。范德福三步两步地奔进大麦地里，甩动起两只沾满绿色草汁的手，飞快地掐起了金黄里还泛着淡淡青色的麦穗。由于惊慌，范德福连别在腰间的镰刀也忘了用。一穗一穗的大麦激动地抖动着，屏住了呼吸，从范德福泛着绿色草汁的手里，带着他指甲温暖的印痕，蹦跳闪耀着往他破烂的夹袄层里钻去。第一穗麦子兴奋地进了衣裳夹层后，范德福觉着他是把燃烧着的阳光和麦穗一起，装到了自己身上。阳光和麦穗扎得他浑身发烫、发痒。痒得他的心跑到了嗓子眼里，又烫得他直想把堵在嗓子眼里的心吐出来，然后畅畅快快地呼吸一口气。

范德福的心思全扑在了手里掐动的麦穗上。大麦穗晃动着长芒，针尖一样，划破了月光的脸面。月光冷着眼睛，打量着这个被大麦陶醉着的汉子。除了月光的眼睛在打量范德福，另外还有一双眼睛，也跟在月光后头打量着范德福，还有范德福被月光和麦子团团围住的双手。

月光下，范德福像国王一样，正被千千万万麦穗的子民仰视着。

范德福的心里已经解除了绳子的捆绑，他和他的子民们在做着最投入的心与心的交谈。他掐断麦秆后发出的气息淹没了他。范德福完全被麦子解除了武装,因此很轻易地就被另一双手抓住了握着麦穗的手腕。范德福握住麦穗的手只抖动了一下,整个人就瘫在了大麦们的身体上。他手里滑下去的那几穗麦子,因为惊恐,把月光撞得东倒西歪,稀里哗啦。一地的麦子都在月光下瞪圆了眼睛。

抓住范德福手腕的,是工作组长顾大华。

范德福往村外地里走时,顾大华就盯上了他。顾大华白天收到了老婆的信,顾大华的老婆在信上告诉顾大华,她给顾大华生了个儿子,希望顾大华能给他们的儿子起个名字。顾大华已经有两个女儿,这次却生了个儿子。所以,他看完信之后,心里说不上来的兴奋。一天都在琢磨,怎么才能给儿子起个响亮的名字。顾大华给儿子想名字想得睡不着觉,就信步走上了村街,走到了月光底下。月光像水一样,极其温柔地勾勒着村子。在月光下,村子像一幅淡淡的水墨画。房屋、树木甚至脚下的一块石头,都因为沐浴着月光,浑身散发着亮闪闪的光。顾大华在石柱家门口的一块石头上坐下来,他想仰起头,好好看一看这乡村的月亮。农历四月乡村的月亮,明净、甜美、姣好。顾大华想着儿子的小脸,脸上就有了一个幸福的父亲的笑意。顾大华笑着从月亮上收回眼睛,一转头,就看见了月亮底下的另一个人影。那个人影东张西望了一下,箭一样地向村子外头射去。顾大华当即忘掉了给儿子起名字的事,他以一个军人标准的思维和动作,跟上了那个人影。他要看看这个人影,究竟到村外头干什么去。

范德福瘫在地上,仰起头,看清了顾大华。范德福舌头打着结,脑子里空空的,只会喃喃地说,顾……顾……顾组长,顾……顾……顾组长。顾大华毫无表情地说,你什么也不用说,带上麦穗,跟我回村里。现在和我说什么都没有用,这是集体的财产。顾大华这么一说,范德福脑子里忽然开了一条缝，他赶紧爬起来，跪到顾大华跟前，哀求道，顾组长，你放了我这一回吧，俺娘不行了，就想喝一口大麦汤好上路，我家里的情形你都清楚，肚子里多少天没跟粮食打照面了。

范德福想，顾大华听了这句话，一定会心软放了自己。谁没个亲娘老子？昨天中午，他收工回到家，奔到娘的屋里，娘已经喘得嗓子里像是鸡打鸣，想说什么，憋了半天说不出话来。他爹说，你娘就想喝一碗大麦汤，看这情形是喝不上了。范德福听着爹的话，看着娘，心如刀绞，二话没说。他想无论如何也要了了娘的这个心愿。

顾大华没有露出半点同情，他硬硬地说，我说了不算，这是全体社员的大麦，你看看你怀里揣了多少？范德福哆嗦着嘴唇回答，三十多穗，三十多穗。顾大华神情严肃地说道，三十多穗，三十多穗是小数吗？三十多穗麦子做种子，它要收获多少穗！这么大的事，必须上报公社领导，我们必须把你上交。范德福叩着头，似一只啄米的鸡，说，顾组长，你饶了我这一回吧。你的大恩大德，我们全家人记在心上。我范德福来世做牛做马，也一定会报答你顾组长。顾大华听了，脸上忽然泛起一层冷笑，他哼了一声，厉声道，你这种封建腐朽的思想，就该严加批斗。你把我们共产党员看成什么人了？还来牛鬼蛇神那一套，起来，走！顾大华说着，忽然想起了大青，说，你儿子去了部队，你还是一个光荣的军属，一个光荣的革命军属，你却在为军人脸上抹黑，你不配做一个军属。我们要把这个情况报告上级领导，通知你儿子所在的部队。

范德福听得目瞪口呆，他往前爬了一下，抱着顾大华的腿，哭着苦苦地相求道，顾组长、顾组长，你听我说，我做了坏事，你在这儿批我、斗我、揣我、打我都行，你行行好，咱不上公社行不行？我求求您，您可千万不能告诉大青的部队，要是那样，大青一辈子就完了，就抬不起头来做人了。顾大华不耐烦地说，你起来，跟我走，不要胡

205

搅蛮缠了。范德福硬着头皮不起来，拉着顾大华的袖子，昂着头继续哀告。顾大华愤怒了，用力甩开范德福的两手，低声吼道，你不要异想天开，你这种破坏行为，完全可以判你两年刑，让你蹲两年监狱。往深里说，你这是破坏社会主义，你懂不懂！

范德福看见再怎么哀求也是瞎费力气，没用了，就浑身筛着糠一般，从地上爬起来，跟在顾大华身后，往麦地头上走。即将走到麦地头了，范德福往屁股上抹了一把手里的鼻涕，手指无意间就触到了别在腰间的镰刀上。范德福已经忘了，自己腰间还别着一把镰刀。这一触摸，让范德福彻底清醒了过来，他不能被动地被这个顾组长牵着鼻子走。要不然，无论是他到公社里挨批斗，还是被抓去判两年大刑，他这一辈子的名声和儿女们的一辈子,就都毁在这个姓顾的人手上了。

不是鱼死，就是网破。范德福决定除掉眼前这个人，保护他和他的一家子人。范德福从腰间取下镰刀，照准顾大华的脖子砍了下去。

一镰刀下去，范德福张开了全身的毛孔，这些毛孔往外散发着范德福身体内重又聚集起来的潮湿的恐惧。这些恐惧，像那股黏稠的血液，飞溅起来，任他的镰刀再怎么挥动，也隔不断那些在月光下喷射起来落到大麦芒上的红线了。范德福忽然飞奔起来，跑到村里为浇地打的那眼敞口大井里，拼命地把镰刀扔了进去。他怀里的麦穗，在奔跑中撒了一路。

五

二青奶奶喉咙里那根烂麻绳终于拧断了，再也不用费尽力地去挣一口气。二青爹和几个帮忙的人去抬二青奶奶的寿材，装殓二青奶奶。寿材抬起来，刘大个子说，范德福，你看你家的地瓜干子。天天在地里干着活说饿得直不起腰来，有地瓜干子却藏着不吃。范德福说，眼看着一家人饿得直倒气，这一口寿材都不够用了，你还有心思拿我寻开心。刘大个子说，谁寻你开心，你自己看看。范德福一伸头，就看见了寿材底下压着的一小堆地瓜干子。范德福当即明白，自己屈打了两个孩子。范德福骂道，这些狗日的老鼠，你们算是坑苦我范德福了。范德福一松手，叭地把寿材摔到了地上。

第二天一早，就有人发现顾组长被人杀死在大麦地里了。这么惊天的案子，把整个城阳大队的人吓得鸦雀无声。

工作组长顾大华被杀了，还是名军人，这还了得。公安局破案小组当天就进驻了城阳大队。根据现场情况，公安人员很快断定，是有人在偷麦子，被顾大华发现了。顾大华为了保护集体的财产，被偷盗分子用镰刀砍断了脖子上的大动脉。虽然暂时不能肯定杀害顾组长的人就是城阳大队的人，但是八九也会不离十。只有本大队的人，最熟悉地里的情况。

范德福扔进大井里的那把镰刀，是在二青奶奶出殡的那天下午，被公安人员从井里捞上来的。公安人员根据撒在地上的麦穗，从顾组长倒下的麦地，一路寻到大井边。起初，公安人员认为，杀人者准是先跑到大井里清洗了凶器上的血迹或溅到身上的血，然后带着凶器跑回了家。根据这一分析，公安人员下令收起全村每家每户的镰刀，一一检验。公安人员到二青家收镰刀时，范德福看见公安人员，脸唰地一下白了。二青娘狐疑地把家里的两把镰刀交给了公安。公安人员走后，二青娘看着范德福青灰青灰的脸，问，二青爹，咱家的镰刀怎么缺了一把？

二青爹瞪着二青娘，忽然低声吼道，狗日的，他奶奶死了还哭不瞎你的眼。二青娘看着范德福吓人的眼睛，想着外面关于顾组长被杀的种种议论，不仅打起了寒战，浑身起了一层鸡皮疙瘩。她转身扑到二青奶奶的寿材上，放大悲声地哭起来。范德福猜测得到，他扔到井里的那把镰刀，迟早会被公安人员捞上来的，这只是个时间早晚的问题。

二青奶奶死后，二青家里乱糟糟的，像一盘散沙。范德福一副六神无主的神态。刘大个子张罗着，让队里借了些高粱和地瓜干给范德福，招待那些帮忙安葬二青奶奶的人。刘大个子自己又掏出了五块钱，借给范德福，置办安葬二青奶奶的各色用品。范德福去街上草草置办了几样东西，回来把剩下的两块钱随手还给了刘大个子。刘大个子说，你这人，办完了事再给我还迟了，急什么？范德福说，这些钱我这辈子要是还不上你，小锁大了，若是二牛不嫌弃，就让她给二牛当媳妇去。又扭头对愣眼愣神的二青娘说，我说的这话，你也记着。二青娘哭着说，小锁至今还不认我这个娘，往后我可怎么办呀！

从大井里捞上那把镰刀后，公安人员确定它就是杀害顾组长的凶器。但是根据凶器找凶手，还是个难题。让全村的小孩到大队里认领自己家的镰刀，就是刘大个子在这个时候给公安人员出的主意。公安人员怀疑这种做法，说小孩能认清吗？刘大个子说，农村的事，你们不大清楚，这家家户户的小孩，对自己家里样样东西都摸得贼清，再说了，让大人来认领的话，杀人凶手肯定不会把杀人的凶器领回去，那不是自投罗网吗？公安人员研究了一下，同意试试。

二青领着小锁从地里回来，篮子里只剩了几把野菜，地里的野菜大多都长成草，不能吃了，好像它们从地里一冒出来，就是草了。远远地，二青看见很多小孩都抱着碗，往大队院方向走去。二青跑上前，问人家拿着碗干什么。一个小孩说，大队里请每家每户的小孩去吃粉条。二青说，小锁你快回家拿碗去，我先去大队里等着。

二青跑进大队部，看见二牛他们都围着镰刀往外挑自己家里的。二青一头挤过去,在一大堆镰刀里不费劲地就找出了自己家里的三把。其中一把，就是公安人员从井里捞上来的。刘大个子在一边看了，瞅着公安人员，声音都哆嗦了起来，说二青，你可要认准了，万一拿错了，这可不是闹着玩的。二青自负地说，我家的镰刀，我闭着眼都能认清了。他举着从井里捞上来的那把说，这把枣木把的，是我爹最喜欢用的。

范德福被枪决后，二青一家人也跟着失踪了。几十年了，一直没有下落。有人说，二青在他爹死后也死了，二青太倒霉了，那把枣木镰刀被他认出来后，等于他砍断了他爹和他一家子人的命脉。也有人说他去了大青的部队，找他哥哥去了，二青娘和小锁投奔了东北的亲戚。还有人说，这几年把城阳村的土地全部租赁下来，搞生态大棚种植野菜的那个人，其实就是二青，只是他一直不肯露面。生态园里种的野菜，大部分都出口到国外去了。

桃 花 水 母

看到春来坐在磨坊的门口，路过的人就知道，磨坊里停电了。

河对岸是一片油绿的麦子地，靠近麦子地的，是一片油菜。春来的眼睛跳过了河边的几棵杨树，就落到了麦子地里。

春暖花开的花指的是桃花。高潮眉飞色舞地说，桃花开了，天气才是真的暖了。

高潮第一次这样说的时候，眼睛越过了眼前的河水，说梨花杏花当然也勉强算，但它们的颜色都比不上桃花鲜艳。所以，它们离那个暖字，就还隔着两垄麦子和三趟油菜的差距。

油菜花盛开着，在太阳下是一片耀眼的黄色，波浪似的让太阳光在上面滑来滑去，起伏不定。春来的眼睛小心翼翼地贴着高潮的目光掠过河去，也落到了那片油菜花上。她依稀看见了一些蜜蜂还有一些蝴蝶，和她的睫毛一起在油菜花上眨动起落，一不小心，就弄得那些花粉四处扑散，像空气里一些没藏住的浅笑。

高潮折回眼睛来，盯着仍然一脸懵懂的春来说，我说过了，你除了知道桃花是红的油菜花是黄的，不可能弄懂春暖花开的真正内涵和诗意。春来没有反驳高潮。在高潮跟前，她现在总是不能一下子找到反驳高潮的话语，就只好微微地、略带羞涩地红着脸笑了笑。春来这样笑起来是最好看的，很多人都这样说。高潮曾经也说过。不过，高潮说春来除了这个笑，别的就没有任何能迷人的地方了，牙齿比别人的大，嘴巴也比别人的大，只有眼睛，是比别人的小。另外还有就是身体，怎么扁瘦得就像一根韭菜叶呢。

从去年考上了教师进修学校，高潮在那里学习两年回来后，就再也不是原先低史小普一等的民办教师了。高潮的爹是村里的书记，高潮从小在村子里就是高人一等的。只是到学校里当老师后他就不行了，尤其和史小普比。史小普原本在村里是最穷的，穷得只有一个爹连个烧饭吃的娘都没有，但他偏偏是读了师范回来的。尽管是一粒麦子一样大小的小中专，但公办教师的身份却钉子似的在墙壁上钉着，不显眼，也不容人忽视。

史小普是村里出的第一个公办老师。为了压住史小普，高潮考上进修学校后，首先学会了写诗，并且已经写了很多首，写满了一个笔记本。那个笔记本是春来送给他的。但要命的是，春来却看不懂他写在上面的那些诗。春来只知道盯着磨面机下面被热气吹起来的鼓荡荡的面粉袋子，不停地弯下腰去往外倒面粉，把别人送来加工的麦子轰轰隆隆地磨上三遍，把头遍和二遍的白面粉给人家装在一处，然后再把第三遍的粗面粉和麸皮各自装好，把它们一一排列在窗子底下。磨完麦子，她拉下磨麦机的电闸，再去拉开另一台机器的电闸，磨地瓜干和玉米。磨地瓜干和玉米简单，从头到尾一遍就成了。所以，春来每次都是先去磨工序烦琐的麦子，然后再去磨一遍就成的玉米和地瓜干。

每次干完活，春来的脸上都会落一层白面粉，像失脚跌进了石灰粉堆里。尤其是没被毛巾包住的眉毛，白白的，像两条长病的白蚕卧在眼睛上方，要多难看就有多难看。问题是春来自己一点也不觉得这个样子滑稽难看，她每天还是像在学校里上学时那样，露着有点黄的大牙齿，对着前去磨粮食的人笑得没头没足。

史小普顺着河岸上一排绿了叶子的杨树拐过来，走到春来的跟前，说还在停电吗？

停一下午了。春来看着史小普树干一样又长又直的身体说，这么早就放学了？

太阳都落下去了，天都快黑了。史小普说着，有些异样地看了看春来，又朝春来背后的磨坊里看了看，好像要看见里面那些机器是不是躲在了某处黑影里。

春来往史小普走来的河岸上瞅了一眼，目光微风一样在一棵树上缠绕了一圈，又回过头去瞅磨坊，才看见背后的磨坊里，机器的影子都要开始模糊了。

史小普的家就在磨坊的斜对面。史小普家的狗听见史小普说话，摇着尾巴跑过来，围着史小普转了一圈，又跑回了门口，站在那里回头看着史小普，眼神像史小普的娘。

看着史小普，春来觉得还想说点什么，这时候她看见史小普的爹出来了。春来说你爹在门口呢，便转身进了磨坊。史小普没回过头去看站在门口的父亲。他迟疑了一下，对着春来走进磨坊的后背说：我回家了。

走进磨坊，春来三步两步就到了糊着一层面粉屑的窗子前，从一块玻璃的中间往外看着史小普往家里走。史小普每次走过来和她说过话，她都会觉得心里突然变得像这个沾满了面粉屑的玻璃窗，说它是透明的，它上面偏偏沾满了面粉屑，说它是不透明的，它偏偏还透着一些亮光，能让你清楚地看见磨坊外面的世界。有时候，被细小的旋风卷起来的几片槐树叶子或者榆树叶子，它们身不由己地奔跑和飞翔，偏偏都会让人看得无比真切，一览无余。

如果史小普的娘还活着，自己现在会不会是史小普的花媳妇呢。磨坊里每次停了电，春来坐在磨坊的门口，看着史小普家的大门，都要这么胡乱想一阵子。胡思乱想的结果，是她觉得史小普的娘如果还活着，她现在也许就不会在高潮家的这个磨坊里给人磨面粉了。她一点也不喜欢在这个磨坊里待着。有时候，她拉下电闸轰轰隆隆地磨面粉时，脑子里就会有一种错觉，觉得自己也和那些粮食一块被倒进了机器里，被轰轰隆隆的机器给磨碎了，磨成了粉尘。她发现一些从机器里逃出来、想跑出磨坊的粉尘，由于惊慌或者失措，不是被四周的墙壁挡住了去路，就是被透明的玻璃给粘住了往外飞行的翅膀。

从念小学开始，春来就喜欢和史小普一起往学校里走。史小普的娘只有一只手，史小普家吃饭就总是比春来家吃得晚。春来由此断定少了一只手的人，做饭总归是比两只手都齐全的人慢一些。春来吃过了饭，就站在史小普家的大门口，一只肩膀摽在史小普家的门框上，等着史小普。那时候史小普的娘当然还活着，如果她在院子里喂着鸡，看见春来摽在门框上，就会走过来逗着春来说：春来，你这么喜欢和小普一起去学校，长大了给我们家小普做花媳妇行不行？

史小普的娘每次这么说，春来的小脸都会红成大红的过门笺儿，风一样快地从门框上跑开。她每次跑开，史小普的娘都说春来跑开的样子就像一片花瓣从花树上飘落了下来，俊俏得比在枝子上开着还吸人眼。史小普的娘总喜欢用花朵去比喻她喜欢的东西。她只有一只手，但奇怪的是她还会绣花。她用一只手绣出来的花朵，比村子里所有两只手的女人绣出来的都鲜艳。村子里的人喜欢形容说，小普娘绣的那些花能闻出香味来呢。又说，她绣的那些散着香味的花，在有蝴蝶和蜜蜂的日子里，会给村子里招引来成群的蜜蜂和蝴蝶。

春来一直想不明白，史小普的娘怎么会突然喝药死了呢，她的那只手那么巧，花绣得比花枝上开着的花还招人怜爱。上学的路上，春来问史小普他娘为什么会喝药。史小普说他们上学的空里，街上来了个算卦的。算卦的人看见了史小普的娘在门口绣花，就走过去，站在

213

旁边的一棵榆树底下看。看了一会，他说史小普的娘，你绣花绣得像活的一样，可你周身被一团黑气包着，怕是要大难临头了。史小普的娘抬头扫了说话的人一眼，说你就是站在树荫里，也该看清我的手了，我从娘胎里一出来，就是带着大难来的。难和难不一样。算卦的人说，有些难不能破解，但有些难是能破解的。史小普的娘说你要是能让我的左手长出手掌和指头来，我就信你。那个人说信不信由你吧。不用三天，你就会信了我的话。史小普的娘看了眼往西坠落的日头，说那个人，你在树下遮着我的光了，别在这里耽误你的工夫了。第二天，史小普的父亲想拿钱去赶集买猪秧子，摸遍了麦子缸，没摸到钱，后来干脆把麦子都倒了出来，也没找到藏在麦子缸里的钱。史小普的娘一屁股跌在了地上，说一定是被贼偷了。她把头天里那个算卦男人的话说给史小普的爹听，说完了，又说那个算卦的一直站在那里和自己搭话，谁想到他会是一个钩子。她懊恼自己没看好家，哭到半夜里，就把搁在床底下的一瓶子敌敌畏喝了。

一个那么喜欢绣花的人，她怎么会死呢？史小普的娘死后，春来再到史小普家的大门口等着史小普一起去上学，每次心里都会这么想。

邮递员给史小普送来录取通知书的那天，春来在河岸上看见邮递员站在史小普家的门口，就走了过去。史小普的爹站在一边，眼睛盯着史小普和史小普手里的通知书，说人都是命，差一分就是一条天河。史小普的分数比录取分数线高一分，春来的分数比史小普差了十分。她想她比史小普差了十分，就是和史小普隔了十条天河的距离了。十条天河的距离，是她春来长了翅膀也飞不过去的。

从史小普家出来，春来没有回家，而是又走回了河边，靠在一棵杨树浓密的背影里看着河对岸的玉米地。玉米的长叶子还在被风缠绕着，但已经不是刚才那些绿色的飘带了。她发现，仅仅是她去了一趟史小普的家，回来，它们好像就被热风锻造成了一把把坚硬的刀和剑。

她看见它们锋利的刀锋在阳光里闪耀着，河水一样波动着，就把缠绕着它们的风斩成了一段一段的碎片，然后威逼着它们跳进了流淌的河水里，纷纷向着看不见的远方逃走了。

现在，高潮从学校里回来，已经不再拿着写满诗的笔记本，朗诵他的诗歌给春来听了。高潮坐在河边上，解说完了春暖花开的诗歌含义后，从河对岸太阳光一样明晃晃的油菜花上弹回目光来，看着她，说我现在终于明白了一个词语的含意。

春来说什么词语？

和你讨论诗歌，我好像突然理解了什么是"对牛弹琴"。高潮说。

春来的脸被涨红了好一会，红得眼泪都要流下来了。她绷住泪水说，你一个诗人，怎么会和一头牛定了亲，又要回来和这头牛坐在一起讨论诗歌呢？

高潮从身边摸起一块石头往河里投去，然后看着跳起来的水花说，人类的进步和对自身的认识，都需要一个缓慢的过程。就像油菜结籽之前，需要先开花。

这是一个哲学问题。高潮侧脸瞅了瞅春来眼睛里荡漾起来的泪水说，你没学过哲学，当然也不会知道，哲学和诗歌一样，都是有高度和深度的，不是所有的人都能理解的。

春来垂着头没再说话。她不明白，自己只是不能理解那些不咸不淡的诗歌，高潮怎么就能把自己形容成了一头牛呢！

虽然眼泪都要流出来了，但是春来没有生气。她觉得自己没有资本生气，她看着河里的水，只是有些恍惚，想不明白自己为什么就同意和高潮定亲了。

和高潮定亲，是在他们初中毕业的第二年春天。那时候刚到清明，桃花已经开了，霞光一样的艳红连成了片，但杨树的叶子还蜷缩着身

215

子，正在由淡淡的褐红色往绿里蜕变着。地里的麦子也已经没过了老鸹，正在柔软起来的春风里蓄着势往高里拔节，踮着脚，远远眺望着抽穗结籽的日子。她顶着细雨给地里的麦子撒完了尿素，蹲在河边洗净了胶鞋上沾的泥，就在那里漫不经心地撩着流淌的水，瞅着雨雾里缭绕的一溜杨树，想知道它们刚长出来的叶子为什么会是褐红的，为什么要长着长着，才会成了油亮油亮的碧绿。人呢？她想，人是不是也会像这些杨树的叶子，在长大之后就慢慢变了颜色。

很多胡思乱想都是没有结果的。在家里，她爹一看见她的眼睛在发直，就会沉着脸告诫她一次。她当然也明白，有些胡思乱想仅仅就是胡思乱想而已，但她总是忍不住要这样胡思乱想。这一段日子她最常想的是，假如她考试的分数比史小普高十分，她考上了中专，而史小普没有考上，以后的结果会是什么样子呢？假如她和史小普一起考上了，以后的结果又会是什么样子呢？有好几次，她都想回学校去复习，来年再考一次，但几次都被她爹黑着的脸色给压了回去。整个村子里，她已经是念书念得最高的女秀才了，高潮的爹是村里的书记，高潮的姐姐也不过念完了小学。

胡思乱想过了，她的目光从树叶子上坠落下来，就看见了站在树下的二姐。二姐正使劲地冲她招着手，叫她。

春来。二姐说，春来，快上来。

有事吗？她看着河岸问。

有事。二姐说，没有事我还跑出来找你。

春来又撩了把河水，然后慢腾腾地站起来，踩着水里的几块石头，蹦跳着过河。桥在上游五十米的地方，很多人不愿意去绕路，她也不愿去绕。

一块石头下面的沙子大概被水流冲偏了，她一脚跳上去，石头摇晃起来，她的身体也跟着在上面来回晃悠了好几下，才稳住劲，继续

216

跳到了前面的一块石头上。

上了岸，还没走到二姐身边，二姐就满脸堆笑地说，我刚来，家里就有人来给你说亲了，是咱们村里的，还和你是同学，你猜猜会是谁家？

春来红了脸，心在陡然间怦怦地跳起来。猜测着会不会是史小普的爹突然来给史小普提亲了。史小普的娘活着时说的那些让她长大了给史小普做花媳妇的话，她相信史小普的爹肯定也听见过。而且就在前几天，史小普在写给她的信里还说，他爹嘱咐他以后找媳妇时，一定要看准了，最好找个像春来那样本分的。想着史小普信里那些暗示的话，她颤抖起来的手指就来回捻动着衣角，低着头说我怎么知道。

二姐笑了笑，说，你肯定想不到，是高潮。

春来停住了捻动衣角的手指，抬起眼睛来望着二姐说，你说谁，高潮？

你以为是谁？二姐说，小普考上大学了，其余的两个家底子又不行。现在村里能配上你学问的，也就是高潮了。人耐看，爹是书记，家庭没得挑。光是一个磨坊，雷打不动的，一年就赚多少钱。还是咱爹有眼光。

但是我心里不愿意。春来说。

二姐看着春来脸上的表情，觉得她有点不识好歹。书记那样的人家，连锅屋和茅厕都是红砖红瓦盖起来的，那是谁想嫁进去就能嫁进去的？虽然田地早都分到了户里，你不种庄稼撂着荒长草也没人管你了，但书记还是书记，还是个官，还是管着一村子人的杂七杂八，书记的分量和权势一草丝也没有降低。要不是爹有主见，暗地里先找媒人送了礼，哪个媒人会想到把个春来和高潮系在一根线上呢。二姐说你都十七了，你朝四周瞅瞅，多少和你一般大的小闺女眼馋着高潮家的高门楼子，馋得眼珠子都快蹦出来被雀子捡去吃了。

217

春来说我半点也不眼馋，过去的皇帝老子家还有败落的一天呢。

咱爹说你的资本就是比别人多读了两年书，真是一点不假。二姐继续看着她，说那个史小普的梦你最好还是别巴着了，你姐夫进城卖果子，几次都看见他和一个女学生在压马路呢。史小普念完了大学回来也是教书，可人家高潮现在就已经在教书了。如果不是考上了大学，史小普哪一点能和高潮比。

在这之前，春来一次也没想到过史小普现在的那些女同学。她把手里空空的肥料袋子扔在了地上，眼睛瞪着二姐，说你哪只眼睛被风迷住了，看见我在巴着史小普的梦。

春来从来没有这样发过狮子脾气。二姐知道自己的话是戳在了春来的心尖上，把她心尖上正在开着的那枝花给折断了，就在心里笑了笑，说你没巴着史小普的梦就对了。你想想，和高潮定了亲，你就能名正言顺地到高潮家的磨坊里去干活，风吹不着雨也淋不着，跟考上大学去城里当工人有什么区别。

春来心里乱糟糟的，像是有一万只黄蜂在里面嗡嗡地飞着筑窝。她不想再理会二姐，就又掉头下到了河里，站在水边，流着眼泪看着流淌的河水，看着水里一块布满青苔的石头。她想不出来一块石头要在水里待多久，才会长出满身的青苔。

走进磨坊里的人，首先看到的都会是春来脸上的笑。一些妇女进来看见了她脸上石榴花一样的笑，就喜欢逗着她说，你看看这个春来，找了个这么好的婆家，把这间磨坊交给她，她就天天都笑得蜜食在口了。

那些妇女们这样说春来时，她不管是在低着头给粮食过秤记账，还是在轰轰隆隆的机器声里磨着粮食，都会假装听不见她们的话。假装听不见，她也还是听见了。她抽空看一眼磨坊对面史小普家的大门，在心里长长地叹息上一声，然后安慰自己说，她们愿怎么说就怎么说吧，她们哪里知道春来一点也不是在稀罕这间磨坊呢。

磨坊里的活干完了，春来清扫地面，扫出一些蹦到角落里的玉米或是小麦，她把它们捡起来，分开放到磨粗粮的铁皮盒子上，用它们分别摆出史小普和高潮的名字。有时候，她又会把那些玉米和小麦摆成史小普和高潮的头像，然后愣愣地看着他们。即使是用一粒一粒粮食粒子摆出来，高潮的脸上还是多了几分让人感觉慌乱的东西。她说不清楚那是些什么，是不是高潮反复给她朗诵的那些深奥的诗歌的影子，它们在高潮的脸上往外涌动着，河水一样滔滔不绝，那些激荡起来的水花，一次一次溅得她心慌意乱。史小普的脸上呢，他的脸上从来都是那种淡定的神情，眼神温暖柔和地看着你，像春天一缕打在花瓣上的阳光。在史小普的脸上，她总是能看见他娘绣出来的那些花朵生动、自然，不动声色。她在史小普的脸上摸索着，把眼泪滴在史小普铺满阳光的脸上，每一次都后悔，毕业的时候怎么就没在照相馆里偷偷地拿一张史小普的照片呢。

哭过了，春来就会锁上磨坊的门，走到河边，站在树下看一会河对面的庄稼和树。或者就干脆从桥上绕到河对岸，在暮色的庄稼地边上待一会。到了庄稼地里，她就会和庄稼、野草说一会话，抚摸着它们的叶子问：一个人为什么要爱上另外一个人呢？人为什么就不能和你们一样，和石头树木一样，不知道伤心，不知道去爱另外一个人呢？

史小普吃过晚饭回学校里去备课，看见春来还坐在河边上，就走到了春来身边，说你是不是心情不好？我都吃过饭了，你怎么还坐在这里。

春来说我没有心情不好。我只是想看看河里的水是怎么流的，它从我们小的时候就这样流，怎么一直就流不完呢。

史小普笑起来，说，你是不是被高潮传染了，也想写诗？

春来回应着史小普笑了笑,想把高潮嘲笑她不懂诗歌的那些话说给史小普听，但想了想，又放弃了。她觉得不该把这些事情告诉史小普。

春来说，人为什么要长大呢，我们小的时候多好，看着河水就是河水，看着石头就是石头，看着一棵树就是一棵树，什么都不用想。

你怎么了春来？史小普蹲下来，凑近了，看着春来有些模糊起来的脸庞说，我怎么一直觉得你哪儿不对劲呢，你是不是和高潮在闹什么别扭？

没有。春来摇摇头说，高潮已经两个星期没回来了，我怎么会和他闹别扭。

那，是不是因为他没回来你才心情不好？史小普说，他哪天回来了，咱们一起去蒙山看桃花水母吧。

你是说桃花鱼吗？等他回来桃花就败了。春来不明白，为什么史小普和高潮一样，现在也喜欢管桃花鱼叫桃花水母。春来想着那些桃花鱼，它们的身体，四个花瓣一样在清澈的水里浮游着。她同样想不明白的是，那些桃花鱼，它们为什么会随着桃花开，又随着桃花落去。

她轻轻摇了下头，又自言自语地说，我心里一次也没有想过他。

暮色正在慢慢地垂落下来，薄雾一样柔软地遮盖起了河里的流水和岸上的树木。春来一说完，就被自己的话吓住了。她在逐渐微弱起来的亮光里慌张地看了看史小普，史小普也在看着她，史小普脸上的表情，像河里的流水突然凝固了一下。

春来低下头沉默了一会，说，你听河水流淌的声音，是不是还和我们小时候一样。

好像是。史小普站了起来，说天晚了，你早点回家吃饭吧，我得去学校里备课了。

我想再听一会水声，你走吧。春来仰起头看着史小普的头发，眼睛，以及唇角，她突然觉得自己那么想在上面亲一下。就亲一下。

史小普读中专之后，他们再也没一起在桃花开的时候去看过桃花

220

鱼，也再没这样一起待在夜晚的河边听流水声了。在他们一起上初中的那三年里，夜里下了晚自习，他们一直都是沿着河边，一起听着河里的流水声往家里走的。特别是在春天有月亮的夜晚，月亮在半空中悬着，河水在月光里流淌着、闪着粼粼的波光，杨树的叶子在透明的晚风里哗哗啦啦地翻动着，他们两个人走着走着，就会在铺满月光的河岸上停下来，相互对视一下，然后不约而同地走到靠近河水的地方，坐下来，静静地听着河里潺潺的流水声。史小普看着染了一身月色的河水，喜欢说河水在月亮里流动的声音是金属敲击的声音，她则喜欢说染了月色的河水在月光里流动的声音，是世界上最好看的桃花鱼盛开的声音。

史小普的身影消失在暮色里了。史小普的脚步声也消失在暮色里了。春来抬起眼睛朝天空中看了看，她看见今晚的天空中没有明晃晃的月亮挂在那里，也没有璀璨的星星在照耀着流淌的河水。

史小普的娘已经被很多人忘记了。她绣的那些能散发出香味的花也已经被很多人忘记了。整个世界上，好像只有春来还在悄悄地默念着她，没有一点办法去把她忘记。

春来看见了桃花杏花，看见了蝴蝶蜜蜂，或是在一户人家的门口看见了月季花石榴花，或是仅仅看着史小普家的大门口，看见了史小普家那条老狗，再或是听见了远处树上一声喜鹊的鸣叫，她都会想起史小普的娘，想起她曾经绣的那些花。有时候，春来觉得史小普娘那只会绣花的手一直就藏在她的心里，那只手在她的心里描呀描，绣呀绣，那些花，就绣在了她蹦跳的心上，一年一年的总也开不败，一年又比一年鲜艳。

春来现在知道的这个关于史小普娘的死因，是她娘说出来的。春来娘忽然说起来史小普的娘，是因为她上午回了一趟娘家，回来说她

221

娘家村里那个精神病曹三掉到井里淹死了。春来娘叹息了一阵子，看着墙角的一树杏花说，死了就解脱了。随后看了看春来的爹，又说，这个曹三，害死了小普的娘，也害了自己，真是什么树开什么花，命！天地万物都逃不出一个命去！

她跟随着母亲的视线看完了杏花，假装随意地问，那个曹三，他到底是偷了史小普家钱的那个小偷，还是那个站在街上给史小普娘算卦的人？

什么算卦的人和小偷？她娘说，那都是史小普的爹编出来的一套瞎话。他说的小偷和算卦的人，影子都没有过。站在他家门口和史小普娘说话的那个人，是曹三。

在这样一个盛开着杏花的傍晚，春来知道了史小普家里并没有进过小偷，史小普的娘也从来没有和一个算卦的男人说过话。和她说话的，只是一个名字叫曹三的男人。这个男人是和史小普的娘青梅竹马一起长大的，长大后就去闯了关东。还有，这个男人从关东回来后，史小普的娘就喝药死了。而史小普的娘死后，他突然就成了精神病，总喜欢围着一些井台转来转去。

木木地愣了一个春天，春来也没想明白史小普的娘到底为什么会死，她绣的花那么好看，好看得像是有一个春天一直装在她的心里。而史小普的娘死后，那个名字叫曹三的男人，又为什么突然精神失常了呢？他精神失常后总是不停地在围着井台转，又要在井台上寻找什么呢？春来觉得史小普娘藏在她心里的那只手，拿着绣花的针，一针一针地在她心上扎了一个春天。

当然，和史小普的娘一样拿着针扎她的，还有高潮。

高潮从阳光里站起来，叫着春来一起过了河，走到了油菜地里。春来看见，和她想象的一样，油菜花上果然有一些蜜蜂在忙碌着，翅膀扇动着，把阳光划开了一道一道漂亮的弧线，像是给阳光打开了一扇一扇通风的小窗子，它们的嘴巴和细细的爪子上，都沾满了毛茸茸的梦一般的花粉。她知道，那些淡黄色的花粉，很快，就会被它们酿成无比甜蜜的蜜汁。

春来在一朵油菜花的花头上抚摸了一下，像蜜蜂一样，把一些花粉沾在了指甲上。她把指甲放在舌尖上湿了湿，想起自己好像很多年没有站在开满油菜花的地里了。史小普的娘活着时，每年都要带着她和史小普一起到油菜花地里来扑蝴蝶。那些翅膀几乎和油菜花有着同样颜色的蝴蝶落在油菜花上，似乎只有史小普的娘才能够分辨出它们。她想起来，史小普的娘死后，她就再也没有专门来看过油菜花了。

高潮用力地在油菜花的上空扇动了一下手掌，赶走了刚刚落到油菜花上的一只蜜蜂，问春来，坐在河那边看见的油菜花，和站在这里看见的油菜花，是不是完全不一样？

这里能看见蜜蜂的翅膀和花粉。春来说。

从河对岸看过来更像是一幅油画。高潮说。

春来不知道油画是什么样子，但她显然更喜欢眼前的油菜花。它们在风里来回摆动着，在蜜蜂的翅膀底下微微颤动着，这些肯定都不是画里能看见的东西。

春来说油画是不是像你说的那些诗歌。

有一点类似。高潮说，你是真的喜欢在我们家的磨坊里待着吗？

春来看着高潮，不明白高潮什么意思。现在，高潮说的一些话，她已经越来越弄不明白了。她想他一定是想把自己说出来的所有话都变成诗歌，像这些蜜蜂想把春天里所有的花粉都变成蜂蜜。

高潮说，我现在一直在想，你为什么会答应到我们家的磨坊里来呢，你完全可以不到我们家的磨坊里来。看上我们家和我们家磨坊的，应该是你爹。

春来掐了一朵油菜花在手里，说你是不是不愿意让我在你家的磨

223

坊里待着了。

高潮拉住了春来的袖子，看着她的眼睛说，那你待在我们家的磨坊里，是不是为了每天都能看见对门那个史小普。

不是的。春来忽然激动起来，一把挣脱了高潮的手。她横冲直撞地往油菜地的外面走着，说不是的，半点也不是，我为什么要看见史小普？

春天好像是被油菜花和桃花托起来的，油菜花和桃花一败，春天也就跟着败下去了。跟随着春天和桃花一起败落的，当然还有桃花鱼。

春天败落后，风就吹着各种树叶子，呼呼啦啦地热起来。天热起来，磨坊里停电的时候更多了，春来坐在门口的时候也就更多了。

史小普从学校里回来，看见春来坐在磨坊的门口，说天热城里用电的多了，咱们这里停电的次数就跟着多了。

春来一直低着头，没看见史小普从河边走来。听见史小普说话，她忙抬起头来,眼睛就看见了史小普还有跟史小普并肩走来的女孩子。

她站起来，对着史小普和女孩子温和地笑了笑，说，每年都是这样。

一个春天，史小普已经带着这个女孩子来过三次了。从史小普的爹那里，春来已经知道这个女孩子是史小普正在谈的对象。还知道她是为了史小普，专门从外乡的学校里调过来的。

前两次史小普带着这个女孩子回来，春来坐在磨坊门口远远地看见了，就站起来躲进了磨坊里。她不愿意同这个喜欢和史小普并着肩走路的女孩子面对面地站着。她一看见那个女孩子，就会想起史小普的娘。史小普的娘总是喜欢对她说：春来，你这么喜欢和小普一起去学校，长大了给我们家小普做花媳妇行不行？

看着史小普和那个女孩子并着肩往家里走的背影，春来心里有些酸酸的。史小普的娘为什么就死了呢，她想，假如史小普的娘还活着，现在进进出出和史小普并着肩走路的，会不会就是春来呢？

　　春来看了一会史小普家的大门口，转身进了磨坊。这次她没有站在窗子前透过玻璃继续朝外看史小普的家，而是走到机器跟前，趴在了盛粗粮的铁皮盒子上，把脸贴在上面，悄无声息地哭了起来。

　　春来的耳朵里一直回荡着高潮的声音。高潮立在油菜花地里，没有追赶走出油菜地的春来。高潮说你离开我们家的磨坊吧，我让我爹给你一万块钱。你拿着这些钱，可以托人去弄个城里的户口，到城里去。她站住脚，回头看着被油菜花的波浪冲荡着的高潮。她看见从油菜花朵上飞起来的一只淡黄色的蝴蝶，一会儿就消失在了油菜花的上空。

上海啊上海

蹲在两棵西红柿跟前看着授过粉的花蕊，石榴直到听见了它们害羞着坐果的声音，才把眼睛移开了，不再去打扰它们。外面是隆冬天气，但太阳光探照灯似的辐射进长满蔬菜的大棚里，大棚里就和开过桃花的春天一样温暖了。这些温暖的太阳光照耀着蔬菜，也把石榴照耀成了一棵蓬勃生长的青菜。事实上，在外人的眼里，石榴一直是一个沉默寡言的女孩子，喜欢像一棵青菜那样，默不作声。

自己变成了一棵蔬菜。这是默不作声的石榴时常在脑子里闪现的一个念头。石榴不认为这个想法滑稽。她想像着自己被包装起来，和自己种的那些蔬菜一起，被装到了车上，然后，一路看着北方到南方不同的风物，就进了她无数次想像过的上海。没准，她就会被一个买菜的人拎着，走在了南京路上。那条南京路，逛一半，肯定就会累得像她侍弄了一天的菜，腰酸腿也疼。

南京路是上海最有名的一条路，这个当然很多人都知道。但是，没有人知道南京路会是石榴在心里翻来覆去想像着的一条路。她几乎每天都要让自己在这条路上走两个来回，感受着它的风和日丽，抑或风声和雨水。上海是南方，南方是一个多雨水的地区，这一点石榴知道，从天气预报里就能经常看见那里雨水纷纷。

石榴不断地想像南京路，是由于石榴一直想不出来，南京路，它

226

到底是南北方向走的，还是东西方向走的？它的繁华，到底是一种什么样子的繁华？

"又在瞎想什么呢石榴，西红柿授完粉了？"

石康进到大棚里，发现妹妹石榴出神入化地蹲在那里，竟然没听见他走进来的动静。

"授完了。"石榴说，"天老是变来变去的，我在算这些西红柿还能不能赶上过年。"

"瞎操心。"石康瞅着温度计说，"这两天看好温度计，掌控好温度，天气预报说晚上又来冷空气了。"

"我知道了。"石榴在一棵西红柿上打掉了两个花头，"你们什么时候走？"

"马上就走。那边来电话，说天冷，菜紧着呢。"

"上海人真是幸福，全世界的人好像都在想着他们吃菜的事情。"

石康笑了笑，说："上海人多吃菜你还不高兴。你知道全国有多少种菜的人，都想把他们的青菜摆到上海人的饭桌上去。"

看着石康往大棚外走，石榴的眼睛蜜蜂似的盯住他后背盯了好一会。她想把石康的后背叮疼，叮出一个大包来，让他只关心这些菜，从来没问过她想不想到上海去逛一趟。

村里多数女孩子都去过上海。小藕前些日子也去了。从上海回来后，小藕眼睛里扑闪着奇异的光，一进石榴家的大棚，石榴就看出眼前的小藕和去上海之前那个小藕，已经完全不是一个小藕了。小藕天南地北地说完了在上海的见闻，忽然又说："给你说个笑话吧。那天小眉带着我去转石窟门。你肯定不知道石窟门是什么东西吧？就是咱们说的老旧房子，小眉说过去那都是老上海没钱人家住的，一半房子埋在地下，日夜的不见太阳光。谁知道现在换了风水，那些地方如今成了老上海的影子，都成了观光的好去处。小眉带着我进到石窟门里吃饭，邻桌子的是两个上海女人，她们鱼戏水一样在那里喋喋地说了一顿饭的工夫，我瞪着眼睛跟听天书似的，竟然一句话也没听明白。石榴你猜猜，上海人都是怎么说话的？"

石榴想了想，发现除了小藕，真的从来没有人回来说过上海人是怎么说话的。石榴说："还能怎么说，唱黄梅戏一样唱着说？"

"你怎么会一下子就想到了唱着说呢？"

小藕黑着眼睛看了下石榴，又让自己的嘴巴在那里空白了一会，像是专心专意地去摘下了一个西红柿。然后，她轻轻地一转脸，看着石榴："他们说话的味道刚才还粘在我嘴唇上呢，你这一说，怎么呼啦一下子就全飞跑了。有点像开桃花时扯扯拉拉又软又滑的那些细雨吗？轻轻地落进水里，像花瓣飘了下去。反正那个味道现在学也学不来，说又说不清白。"

"说不明白就不说它了，先说你去没去看南京路。"石榴打断了小藕。南京路，这才是她最关切的地方。

"当然去了。不去看南京路，怎么算去了上海呢。"小藕忽然换了种煽动的语气说，"石榴，你不去上海不知道，上海真好啊！到了上海，看过南京路，我就再也不想回来种菜了。"

有很多次，石榴听着石康河水一样哗哗地给母亲讲上海，她都想问问南京路在上海的位置，问问它东西南北的具体走向，还有它的繁华和南苍城里有什么不同。但每次，她又都闭紧了嘴唇，变回了一棵沉默的青菜。这时候，她就会在心里觉得自己有点好笑，上海的一条路是什么方向的，是东西还是南北，是怎么繁华，这些又和自己有什么关系呢！

说没有关系，石榴觉得似乎也不对，说到底还是有一些关系的。什么关系呢？石榴想过许多次了，关系就是走在那条路上的很多上海人，一年四季都在吃着她亲手种出来的各种蔬菜。菜虽然都是最普通不过的青菜，除了白菜、萝卜、青椒、蒜薹，就是茄子、黄瓜、西红柿。问题是在种这些菜的时候，她是怀着不一样的心情去种的，从往地里落种子育苗开始，她就知道她种出来的这些菜是要运到上海，是要被很多上海人买回家里端到饭桌上去的。意思就在这里了。她知道自己种的菜是卖到了上海，而上海那些买了菜回家吃进嘴巴里的人，却根本不知道他们吃的那些青菜到底是山东、山西人种出来的，还是河南、河北人种出来的。自然他们也就更无从知道，他们饭桌上的青菜，有一些，就是一个名字叫作石榴的女孩子种出来的。

种菜的石榴没有去过上海，生活在上海的上海人却在吃着石榴侍弄出来的青菜。石榴在菜地里给蔬菜浇着水，看着青菜水灵灵的叶子想起这些来，就会禁不住笑一下，觉得她好像是和这些蔬菜共同密谋着，对上海人制造了一些小小的阴谋。这时候，石榴心里就会跟着它们生动起来。

石榴表示自己生动起来的动作，就是在一个茄子或者一个萝卜的跟前蹲下来，在上面轻轻地画出"石榴"两个字来。画完了这两个字，她就注视着它们，猜测这个刻着字的茄子或者萝卜运到上海后，会被一个什么样子的上海人买回家，做成一道什么味道的菜。张小眉说上海人做什么菜都喜欢往里面加一点糖。石榴不关心他们加不加糖，因为不管什么味道的菜，酸的还是甜的，肯定都是他们自己喜欢的味道。石榴觉得重要的，是那个买菜的人会不会注意到她画在上面的"石榴"两个字。假如那个买菜的人回家洗菜时看见了，盯着那两个字，又会想些什么呢？一定会认为是卖菜的人闲着没有事情可做时随手在上面画下的。那个买菜的人可能丁点都不会想到，上面的字，其实，是种菜的石榴画上去的。

这天，外面还在下着小雨，小藕又顶着漫天的雨丝，神神秘秘地跑了来。她枝叶婆娑地看了一会正在给西红柿打杈的石榴，笑嘻嘻地说："石榴，我年后也要去上海了。真的。去了上海，就再也不用没白没黑地和这些青菜打交道了。"

"你们家不种菜了？"石榴感觉突然被人砸了一榔头似的，她的眼睛看着小藕，手也停住了。等她发觉了自己的失态，才慌忙掩饰着说，"趁现在还没去上海，赶紧给我帮忙堵几个杈。温度高了一天，它们就要长疯了，好像我有六只手都不够用了。"

"种啊。"小藕看着一棵西红柿说，"我去上海和我们家种菜什么关系。"

"你不是说你们家还要添个大棚，现在人手都不够吗？"

"我爸说他已经想好了，明年再多雇上两个人，反正来干活的人多的是。但是我去了上海，意义就不一样了。上海是一个国际大城市，是一个跟美国纽约、法国巴黎一样的地方。"

"那你想好去那里做什么了吗？"

"先和小眉一样卖手表呀。"小藕说，"我去找小眉时，在她卖手表的那条街上转了转，老天爷，一整条街，真的全都是咱们南苍的人在经营手表。现在那条街被上海人叫作了"南苍街"，真是一点也不过分。小眉说一半去那里逛的都是外国人，所以那条街在全世界都闻名。小眉还说咱们南苍的人到上海去，只要在那条街上说咱们南苍话，不管在哪一家，你买手表都只需要花上一折的钱。那可都是瑞士和英国产的名牌手表。小眉还说外人去买，就是上海本地人，还有瑞士和英国来的外国佬，也是一分钱都不给他们打折扣的。"

石榴当然知道张小眉在上海卖手表，也知道"南苍街"。石康说过，他们卖的十只手表里有一只是货真价实的真牌子就不错了，它们大多都是走私的水货，和一些假冒的牌子。

小藕说："石榴，你也和我一起去吧。你还没去过上海呢，我保

230

证你去一次，看一眼，就会和我一样，再也不想回来种菜了，做梦梦到的都会是上海的高楼大厦。小眉说，在那里卖一天的表，也比咱们在家里种一辈子菜见识的要多。那是全世界都闻名的地方。小眉说外国人在中国第一是喜欢香港，第二就是喜欢上海了。在上海人眼里，目空一切的北京人都只能算是乡下人。"

"我去了上海，我们家的菜谁来种啊，我妈身体又不好。在那里卖一天的表就是比种两辈子菜见识的多，我现在还是只能种菜。" 石榴摇摇头。

小藕有点看穿了石榴的心思，她往石榴跟前凑了凑说："你和你哥商量一下，让你哥在家里管菜地，别去给小眉家开车了呗。"

"我哥要是不给小眉家开车，小眉肯定就不会跟他好了。"石榴说。

"就算你哥给她家开车，做长工，她也不一定就回来和你哥结婚。你没去过上海，不知道上海是怎么迷惑人的，它真就像书上描写的那个百慕大三角，凡是从它上空和身边经过的，不管是大翅膀的飞机还是小翅膀的鸟，都会被它吸进去，变得没影没踪。"

"起码我哥现在去上海的时候，能找空去和她说一些话，暖暖她的心。要是不开车去送菜，他就连见也见不着她了。"

"也是。"小藕稍稍停顿了一下，心里盘算着要不要把张小眉已经在上海找了男朋友的事情告诉石榴。她这次去上海，就是张小眉的男朋友陪着她们去逛的南京路、参观的石窟门。张小眉说他家是崇明岛的，在上海市区有两家洗浴城。

想了一会，小藕觉得还是不能告诉石榴。但她又不甘心，觉得应该让石榴觉察出点什么才对，于是就话里有话地说："你哥怎么就会喜欢小眉呢，我半点也看不出来小眉什么地方好。在上海待久了，她肯定就不是以前那个小眉了。"

石榴心不在焉地低着头，没觉察出小藕眼睛和声调里的微妙变

231

化。她也没觉得张小眉哪里好，但她不想把这样的话说给小藕听。小藕也喜欢石康，她知道，可她一直在装作不知道。

石榴在想着那条南京路。有关南京路的方向，她没问过石康，没问过张小眉，没问过村子里任何一个去过上海的人。她不想让他们知道她心里也在惦记着上海。但是，现在，连一直都看不起张小眉的小藕，因为去了一趟上海，年后也要去那里跟着张小眉混了，石榴觉得那条南京路忽然变得像开足了马力的一列火车，在她心里横冲直撞着，就要从她心里脱离轨道冲出去了。石榴按住性子又掐了两棵西红柿的杈子，想把那列火车挡住。但她拼着命地抵挡，那列奔驰的火车还是没被她掐西红柿杈子的手指拦住。石榴看见自己突然变得仓皇起来，她心慌意乱着，声音像火车撵过钢轨一样颤动着说："你去了南京路，看见它是东西走向的还是南北走向的？"

"奇怪！"小藕停住了手，看不明白石榴似的瞅着她，"你不问它热闹在什么地方，繁华在什么地方，怎么会问它东西走向还是南北走向呢？你没去过上海，想象不出来它有多大，不瞒你说，我一去到那里就转向了，根本分不清东西还是南北。特别是从地铁里出来。你知道地铁有多快吗，它快赶上八级大风那样快了，一个风头就闪过去了。我跟着小眉从地铁里出来，三转两转，就不知道自己是在哪里了，只觉得上海真像一个世界那么大，你怎么走也走不完，就算走到梦里也走不完。剩下的，就是怎么看怎么眼花缭乱了。"

"亏你还在那里买了那么多东西呢。"石榴说。 石榴原本以为从小藕这里，她就能知道南京路的方向了。但是这个小藕，人去了上海，走在了南京路上，还从那里给她买回来了牛皮糖，买回来了丝巾，却仍然和她一样，不知道它的方向。石榴听见那列火车在呼啸着脱离轨道的一瞬间便轰轰隆隆地倾倒了，车体支离破碎地散在了道路两边，发出一串令人心慌的轰鸣。她望着眼前一片青绿的西红柿，后悔怎么就和小藕说到了南京路呢。

小藕咯咯地笑了一阵子，说："去逛地方就行了，又不是去相亲，干吗非要弄清楚人家的大门口朝南朝北。早知道你想知道南京路的方向，我就问问小眉了，小眉一定知道。就算小眉和我一样晕头转向，分不清东西南北，我肯定也会买张上海地图给你带回来。"

石榴慌忙说："你以后去了上海，别给小眉说我问过你南京路的事。"

"我知道。"小藕说，"你是不是怕小眉告诉你哥，说你也想去上海？"

"不是。我是不想从小眉嘴里知道南京路是东西走的还是南北走的。"

"你就是这样，心里想的从来都不愿明白地说出来。那等我年后去了上海，就是知道了它的东西南北，回来也不告诉你了。好让你等着自己去辨认。"小藕不满地挑了挑眉毛。

石榴把手里一把西红柿的枝杈扔在了地上，看着它们依然支棱棱的叶子说："你现在是不是就盼着过年了？"

"有一点。"小藕说。

村子里第一个见识了上海就死活不愿意再回来种菜的女孩子，不是张小眉。是小眉的姐姐小梨。小梨坐在石榴爸爸开的运菜车上去上海送菜，来回跑了三个月，就决心要留在上海，不再回来种菜了。小梨伸着两只手，给阻拦她去上海的父亲看着，说人家上海女孩子的手指细细的，长了细的手指是为了戴戒指的。你看看我的手指，也细细的，为什么就要和菜根一样，整天跟这些泥呀土呀混在一起。我去了上海就是摆摊子卖菜当保姆捡废品，也不愿意像一棵菜，天天把根扎在烂泥里活着了。她父亲说小梨你生错地方了，上海不是南苍，南苍也不是上海，它们中间隔着上千里的路程。南苍长不起高楼大厦来，也不出珠宝，南苍就是长萝卜青菜的地方。小梨说我生错了地方，才要找回那个对的地方去，找到长高楼大厦和珠宝的地方去。我就是要

233

到上海去，让我的手像上海女孩子的手，手指上戴着珠宝，在太阳底下闪着光，一闪一闪的，不再沾染一星一点的灰尘。

小梨最终还是没能到上海去生活。没能让自己的手指戴着珠宝，在上海的太阳底下不沾一星灰尘地闪着光。她最后一次和父亲赌着气，跟上石榴的爸爸去上海送菜，半路上起了大雾，他们和一车菜撞破桥上的护栏，一起栽进了下面的大河里。

石榴的母亲靠在床头上，眼睛盯着飞到窗子上来的雪花，问石榴："你哥也不来个电话，怎么这时候还没回来？平常这个点，他是不是早该进门了。"

"今天不是下雪吗，路滑，路上肯定不能撒着欢地跑。"

"你哥回来，我可得给他说，什么样的路也不能撒着欢地跑。"

"我哥知道这些，您不用担心。"石榴说。

雪是从半夜里开始下的，断断续续，又没完没了。雪一落下来，轻微的簌簌声就头发似的来回扫着石榴的睡眠，把她从梦里扫醒了。后半夜里石榴起来了两次，站在屋门口斜斜地晃着手电筒，察看雪花的密度。风没有刮起来，雪也不大，它们都不会对大棚制造出什么影响。但是石榴不放心，最后还是晃动着手电筒出了家门。再有十天，大棚里的西红柿就能摘了。摘完这棚西红柿，就会过年了。而过了年，小藕就会去上海了。

石榴在雪花中穿行，穿过一朵又一朵雪花，晃着手电筒刚走近菜地，就把一间小屋里的人晃了出来。那间屋子是小藕家的，石榴不用猜，就知道从里面出来的人一定是小藕父亲。为了方便夜里照看大棚里的菜，每户人家都在大棚的出口处盖了间小屋子。小藕父亲心窄，不放心那些雇来的人照看大棚，夜里都是他自己亲自在这里照看。

小藕父亲的咳嗽声电波似的震动着雪花。他用充电的大手电筒朝

234

石榴晃了晃，说是你呀石榴，天亮还早着呢，你怎么大半夜里就冒着雪来了？

"我不放心菜，来看看。"石榴说，"叔，您也是被下雪的声音聒噪起来的吧？"

"这点雪。"小藕父亲说，"我给你说过多少回了，你哥不在家，刮风下雨天都有我。夜里黑咕隆咚的，你一个闺女家不要出门。"

陪石榴绕大棚走了半圈，小藕父亲又说："我家小藕要是有你一半的心就好了。别说下这样的雪，就是打雷也轰不动她。"

雪花在他们手电筒的光柱里飘来舞去的，仿佛手电筒的光给它们铺设了一条看不见尽头的路，又仿佛搭建了一个透明的舞台，让它们突然间找到了一个可以尽情歌舞的天堂。石榴看着光柱里被染了温暖颜色的雪花，有些羡慕地说："小藕不是有您吗。她前些日子说，年后她也要去上海了。"

"她天天吵着要去，那就去吧。现在世道不一样了，你们趁着年轻，去大地方见见世面也好。我在你们这么个年龄的时候，也是最稀罕听一个从上海下来的知青讲上海。就是你们现在都知道的那个老洪。他那时候在咱们这里待了都有小十年了，但他讲了十年的上海，咱们这里也没有谁亲眼去见识过上海。谁知道他回上海后，有一天忽然又回来了，回来组织着各家各户建成了蔬菜基地，种菜往上海卖。他在这里的时候，谁也没把他放在眼里，一个饿急了眼连大队里藏的那点地瓜种都去偷着啃的人，谁能想到他日后会让咱们一南苍的人都跟着他见识了大上海。特别是你们这些年轻人，想去，就能去那样阔气的地方待上几年。你们根本不相信，早些年，老洪一个地地道道的上海人，下到咱们这里落户后，都是不能随便回去的。他说没有正当理由，派出所里人半夜摸上门查夜，排查出来一个就抓一个。"

石榴想小藕父亲说这些，显然是他不知道她的心思。哪里还要看

235

整个上海，在那里待上几年。单是走一趟南京路，肯定就让人心满意足了。石榴从大棚上抓了一把雪，又在手电筒的光柱里抛散出去，像要把一些念头撒进黑夜里，彻底让黑夜吞掉。自从父亲出事后，她发觉自己头一次在心里埋怨父亲：他满眼都是弥漫的大雾，辨不清楚路的位置和方向，为什么还要把车开得那么急呢？假如他走得慢一点，他车上的菜，上海人只会晚吃上小半天。

"石榴你也应该到上海开开眼去。年后小藕去的时候，不行你跟着她一块逛一趟去。棚里的菜我来给你照看着。"

"我妈还要人伺候呢。"石榴把手捂在了明亮的手电筒上，看着被光线照射着红得透明的手指，它们玉雕的一样，已经不是她身体的一部分了。

"你妈就交给你婶子。平常里她们就喜欢一起说话，你和小藕不在家，正好给她们一个空，好让她们没白没黑地说去。"

石榴往刚才透明的手指上哈了口热气，把落在上面的几片雪花融化成了湿润润的冰水，然后才说："那我要先问问我哥。"

一上午，石榴在那些即将成熟的西红柿跟前，感觉自己又变成了一个悬空挂着的西红柿，有个东西一直在心里荡来荡去的，让她坐立不安。为了平静自己，她就一遍一遍地反复幻想起到上海后的情景。不用说，去了上海，她看的第一个地方就是南京路。她站在南京路熙熙攘攘的人流里，眼睛掠过那些漂亮的高楼和广告牌，仰头观望着天空中的太阳，一会儿就把南京路的方向确定下来了。她可不能允许自己犯小藕那样的错误。噢，你把南京路走过了，把南京路上的丝丝缕缕都装在了眼睛里，装进了心里，最后还从它那里带走了一大堆一大堆的东西，你却不知道它东西南北的方向？多恼人！看南京路的确不是去相亲，但肯定也不是逛过就逛过了。因为南京路的方向，小藕笑

236

话她好几次了，可小藕不明白，有时候，那条路在她心里真的不单单是一条繁华的路。

石榴又想起了父亲。她父亲最后一次出门送菜前，像平时一样坐在桌子前喝酒。一杯酒之后，他的脸微红着，在灯光底下漾着笑，问石康和石榴："你们两个谁先说说，这趟想要我给你们带什么回来？"

她母亲说："你这趟去能有空逛逛了？"

"我想到南京路上逛逛去。"她父亲端着酒杯，依然笑着，"往上海跑了这么些年，还没去逛过南京路呢。小梨说南京路是上海最繁华的一条路，走两步就能遇上一群外国人。你看看，人家外国人坐着飞机都来逛的地方，我一年朝上海跑上百趟，却没去看过。"

"我现在什么也不要。"石康说，"等我考上复旦大学，去了上海，我自己逛着买去。"

"你呢石榴？"父亲看着她说，"你是不是也想等着考上那里的大学，自己逛着买去？"

石榴说："我才不呢。我要一条真丝的丝巾。那里有很多外国人，卖的丝巾一定都是真丝的，没有假。"

石榴说过了，她父亲呵呵地笑着说了两声好后，看着她的母亲说："石榴要一条真丝的丝巾，你呢石榴妈？"

"你是不是喝多了。快点吃完饭睡觉去，明天不是还早走嘛。"

"我好不容易要去逛一回南京路了，你别扫兴好不好。说，想从南京路上带点什么？"

"想要你把一条南京路带回来。"

"那不可能！南京路是上海最有名的一条路，外国人都要来看呢，我怎么能给你一个人带回来。"

石康已经吃完饭，离开桌子又捧着书本复习功课去了。他要参加高考了，他的目标就是上海的复旦大学。石榴看见父亲扭脸看了眼石康，又回过头来看着她说："你妈真以为我喝多了，敢把人家的南京路叠一叠摞在车上带回来。你妈没见识，南京路还用带回来？等你们都考到上海去上大学，以后留在那里生活，南京路就在你们的家门口了。我和你妈去了你们家，还不是随便什么时候想去南京路上走一走，就什么时候去走一走。"

石榴低头走在风里，琢磨着石康这次回来后，她怎么才能把小藕父亲的意思告诉石康，让石康答应她去一趟上海。石康从来没说过让她去上海逛逛的话。小藕去的时候，石榴旁敲侧击地给他说了，他却说上海有什么好逛的，就是路长楼高人多车多。"人在那里像装在车里挨挨挤挤的青菜，不透风不透气的。"他说。

他好像觉得上海只有张小眉待在那里是应该的。石榴想。

"石榴，你都要撞到我身上了。我一直看着你走路，你一路都低着头，在寻思什么好事？"

石榴在风里抬起头来，看见是和石康一起开车运菜的四海。她平时不愿意和四海说话。他现在老是装得吊儿郎当的，眼神飘着，一张嘴就往外冒臭气。

"你们回来了？我哥呢，他回家了？"

"你哥？他还在后头呢，今天肯定回不来了。我们回来的时候，他忙着找张小眉去了。"

四海的眼睛在石榴身上睃着，故意弄得跟滚动的琉璃珠似的，滚动了一会，又不屑地说："要是我，早就解决了。"

又是张小眉。石榴想石康一点看不透，张小眉真的赶不上小藕一半好。张小眉在上海卖了两年的手表，已经差不多和那些冒牌的手表一样，不知道自己是什么身份了，回家来耳朵上挂的两个大耳环，比牛鼻子上穿的那个铁环还要大，裙子呢，又短得连屁股尖都遮不严实。

眼皮一会儿描成蓝色的，一会儿又涂成紫色的，鬼一样。但人偏偏就是这么个怪东西，张小眉越是张开翅膀一副要飞走的模样，石康就越是围着她追得紧，好像她是一口气，他不赶紧地去吸，她就会在他眼前烟消云散了。

"解决什么？"石榴不明白。

"你看石康费那些闲事，天天跟狮子扑野驴似的，跑来跑去的和张小眉兜圈子，捉迷藏。女人，你照准她脖子一口下去，什么事都办就了。"

"我哥可不像你。"石榴脸红着，逃跑似的绕开了四海。他又开始冒臭气了。

"所以他才费那么多事。"四海在石榴背后的风里说，"像张小眉那样的野雀子，我敢保证，石康要是不去下狠把，他一辈子也弄不到手。上海是个什么地方？你要是有一天去了上海，就会知道了。那里有上海滩，有百乐门，解放前就是个花花世界！"

"再花花的世界，也是那些花花人在花花。"石榴在心里说。她是不喜欢张小眉的做派，但她也不愿意四海说诋毁张小眉的话。哪怕张小眉将来不会是她的嫂子。

石榴继续在风里走着，西北风虽然不是很大，却有着刀尖般锋利，一下一下，漫不经心似的，在轻轻割着石榴的脸。怎么就遇到了四海呢，石榴后悔没在大棚里多待一会。这个四海，他在去年夏天的一个夜里往车上装菜，趁着人多在小藕的胸脯上轻轻摸过一把后，她再看见了他，每次都会莫名其妙地惊慌和心跳。他的手上像是有一股电，从小藕的胸脯一直电到了她的眼睛里。电得她像躲避一头狮子似的，一直想躲着他，老害怕他会真的像一头凶猛的狮子，突然从哪里跳起来，一口也把她吞掉了。

石榴走出十几米远了，四海又从后边叫着她的名字追了上来。

"石榴，你要是到上海去，一定要叫上我陪着你。我敢肯定，在南苍,没有人会比我更熟悉那里。"四海又横着身子拦在了石榴的前面。

　　"你怎么知道我会去上海？"石榴说，"我从来都没有想过要去上海。"

　　"也许，你最近会去的。"

　　"你是神仙？"

　　"我不是神仙。但我知道，有一天，你是一定会去的。"

　　"我才不会像张小眉她们呢。上海再好也是上海人的上海，不是南苍人的上海。上海人只是喜欢吃南苍人种的菜。"

　　"我没说你像张小眉她们。张小眉算个什么东西，'熏拉丝'似的！"

　　石榴知道"熏拉丝"是上海人拿癞蛤蟆肉做成的，她爸从上海买回来过。

　　"你相信不相信，我哥要是听见你这样骂张小眉，他会一拳头打得你仨魂子丢掉俩。要是想踹你，他会跟踹一棵白菜似的，一脚踹得你心都烂成泥浆。"

　　"我信。所以，我说你一定会去上海。"

　　"你能不能说句明白话。"石榴说，"我哥没和你们一块回来，是不是他和张小眉在那里发生了什么事？他们闹架了？"

　　"没有。"四海表情模糊地笑着，笑得眉眼飘得都有点不像他了，"你哥追张小眉都来不及,恨不得把她当眼珠子,他怎么会和她干架。"

　　"我想也是。"石榴说，"你没事别装神弄鬼地吓唬人。"

　　四海说："我只是想给你说，你什么时候要去上海了，一定要找我陪着你。黑道白道的，我在那里还认识几个人。"

　　"你还是留着那些黑道白道跑车去吧。"

　　石榴又绕过了四海。天上黑影了，路上只有一阵一阵的风在经过，看不见人影，她不知道四海在耍什么鬼心眼子。

"石榴，记着，你要是到上海去，一定要找我陪着你。我今天没开玩笑。"四海在石榴错过他的肩膀时说。

不知道怎么回事，石榴忽然觉得四海的声音像条菜虫子，在傍晚的风里蠕动着，把什么东西菜叶子似的咬出了一个一个的洞。"四海，你翻来覆去地说这句话，到底什么意思？"她立住脚，侧脸看着四海，口气里有了明显的怒气。

"和你开玩笑的，什么意思都没有。天这么冷，我还没吃上晚饭呢，我得走了。告诉小藕，哪天请你和小藕看电影去。"

这回是四海像被大风卷着似的，匆匆迈开步子走掉了。

看着四海迈动着步子逃跑一样的背影，石榴忽然有些惴惴不安起来。她转过头去慢慢地走着，觉得四海像是在她的心里装进去了一样东西。但具体装进去了什么呢，她一时又不能清楚地想明白。

这天下午，张小眉坐在"南苍街"的手表店里，手里在把玩着一块手表。午后的太阳光照射进来，落在她手里的表上，她手里的表就在阳光里闪烁着一片灼人的光斑。石康的眼睛被那片光斑灼疼了，他伸手把小眉手里的表夺了过去，声音柔和地说："小眉，你能不能不玩表了，和我说几句话。"

"我已经和你说过了。"张小眉眼睛看着石康手里的表，说，"把表给我。"

没有太阳光照射着，石康手里的表上已经没有了在张小眉手里灼人的光斑。

"我们一块回去过年好不好？"石康看着张小眉漂亮的眼睫毛说。她的眼睫毛眨动着，又翘又长，像一个外国女人。配上这样长长的假睫毛，她的眼睛越来越漂亮了。

"过年是我们卖表卖得最快的时候，我肯定不会和你回去。"张

241

小眉的眼睛依然在盯着石康手里的表。它的表针一下一下地在跳动着，像一个人的心跳。

"我要不要把心掏出来给你看看！"石康急了，说着，放下手里的表，"哧啦"一声拉开了上衣的拉链。

"我为什么要看你的心？"张小眉说，"谁看见我的心了？"

"你对我这么冷着脸子，是不是在这里又找人了？"

"我为什么要告诉你呢？"

"你是不是真的在这里又找人了？"

"我为什么要告诉你呢？"这次，张小眉尖叫起来。

张小眉还没尖叫完，门口一暗，一个男人突然撞断太阳光闯了进来。他的手里端着一把枪，对着张小眉说："把所有的钱和名表都装进袋子里，扔给我。"

石康听见，他的声音好像比他手里的枪还要冷漠。

石康冲到他前面，挡住了枪口："钱在我这里，你放开她。"

那个男人看都没看石康一眼，说："滚开！知道这是什么地方吗，有你屁事？"

石康扑上去，想夺下男人手里的枪。但是张小眉这时候制止了他。张小眉晃动着手里的表，漫不经心地说："这是我们玩的游戏，和你有什么关系。你没听见吗，他让你滚开。"

张小眉说着"滚开"，上前勾住了男人的脖子。她的眼角扫了下石康，说你来得真是时候，要是再晚来一分钟，我就要被这个人绑架了。

男人推开张小眉，把手里的枪对准石康，嘴角挂上了冷笑。"是吗？"他说，"我正好想找个东西试试枪里的子弹够不够威力。"

他说着，一扣扳机，一串子弹就在阳光里鸟一样鸣叫着射进了石康的胸口里。在石康的喊叫声里，张小眉看着他胸口里小河水一样流出来的血，拍着手笑道："这枪真好使呀，射出的子弹也好听，居然像小鸟在唱歌。以后，这个人再也不会跑到上海来找我回去过年了。"

直到被母亲推醒过来，石榴才知道刚才的情景是一个梦。她泪流满面地坐起来，恍恍惚惚地看着电灯幽暗的光，梦里的枪声、石康的喊声和张小眉的笑声好像都还在耳朵里响着。

她母亲翻着她的枕头说："哭的声音那么吓人，做什么噩梦了？好了，我帮你把枕头翻过来，噩梦就过去了。"

"您一推醒我，就忘了。"石榴说。石康没回来，她不能给母亲说这个恐惧的梦。

天还没亮，石榴就到了大棚里。她蹲在西红柿的跟前，伸手摸着一个西红柿，心烦意乱地等待着天亮。天亮后，如果石康的手机还像昨天晚上一样关着，张小眉的手机还是没有人接听，她想她就要去找四海了。四海一定知道些什么。

这一次，石榴想着上海，想了很久很久，但她没有想到南京路，也没把自己想成是一个西红柿。